吱吱 著

花娇

下册

重庆出版集团
重庆出版社

目录

第三十七章　绢花　/001　　第三十八章　求助　/014

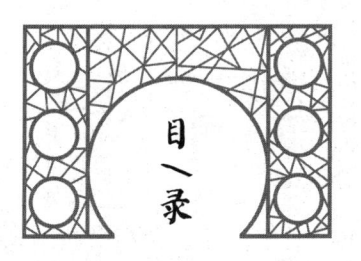

第三十九章　难受　/027　　第四十章　机敏　/040

第四十一章　赏梅　/053　　第四十二章　不悦　/067

第四十三章　发火　/080　　第四十四章　进寺　/094

目录

第四十五章　善事　/107

第四十六章　出局　/120

第四十七章　丢脸　/133

第四十八章　主事　/146

第四十九章　挑战　/160

第五十章　鄙视　/173

第五十一章　逗趣　/186

第三十七章 绢花

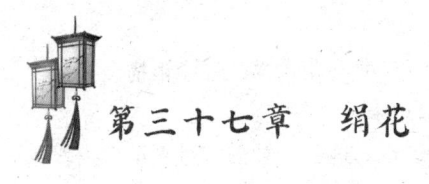

计大娘像上次一样，在二门迎了郁棠，陪着她一路往老安人的院子里去。

路上，她低声对郁棠道："大太太和二太太过来给老安人请安，要委屈郁小姐在暖阁等一等了。"

人家晚辈过来尽孝，她当然不应该掺和，是计大娘客气，说得这样委婉。

郁棠想着那次来裴家偶遇大太太，想着裴宴刚刚接手裴家时的那些传言，她不仅笑盈盈地应了，还避嫌般地转移了话题："计大娘，明天就是重阳节了，怎么府上还没有摆菊花？"

重阳节正是菊花开得最好的时节，江南人爱花，就算是果腹之家，也要养两株菊花到了这个时节拿出来应应景，何况像裴府这样的豪门大家，不摆几株墨菊出来或是堆几座菊山，都不好意思说要过节了。

谁知道这句话说得也不应该。计大娘神色间闪过一丝尴尬，道："这不是我们三老爷不喜欢这些花啊朵啊的嘛。自老太爷去了之后，老安人心里不痛快，也没有这心情赏花莳草的，我们这些做下人的，也不好自作主张。"

郁棠心里的小人擦了擦汗，忙道："确实是这样的。我姆妈前两年身体不适的时候，我们家也没什么心情过节。家里待客的马蹄糕、雪花酥之类的点心都是从集市上买的。"

也不知道这句话哪里就戳中了计大娘的心窝子，计大娘感慨道："谁说不是。自我们家老太爷驾鹤西去之后，老安人一下子就像塌了天似的。从前那么喜欢漂亮的人，金楼的师傅一年四季恨不得住在家里给老安人打首饰，这一年连一件衣裳都没有做，更别说打首饰了。还是前几天老太爷周年，二老爷劝了老安人一天，老安人的精神头这才渐渐地好了起来。"说到这里，她看了看前面带路的小丫鬟，压低了声音提醒郁棠："等会儿你见了老安人，只管让她高兴，若是能让她打首饰做衣裳，阖府上下没有一个不感激你的。"

郁棠眨了眨眼睛。敢情人家不是看中了她做的花生酥，是要找个给老安人逗趣捧哏的人啊！听起来二老爷还真像传言说的，挺孝敬的。但裴宴去哪儿了？他为什么不劝劝老安人呢？阖府都感激她，那大太太也会感激她吗？

· 001 ·

郁棠在暖阁坐下，又遇到了个熟人——累枝。

她欢喜地站了起来，道："你还记得我吗？"

累枝冲着她直笑，道："您上次来的时候我就看见您了，不过我那天在茶房里当值，就没好意思和您打招呼。"

郁棠见她一身利索的青色杭绸比甲，托了个海棠花式样的红漆银描金托盘，精神抖擞的，笑道："没想到你也到老安人身边来了。"

累枝笑道："我来了快一年了，还在学规矩。这不，看见您过来了，我就找了个借口过来了。"

两人高兴地说着话，郁棠知道了很多裴府的事。

比如说，老安人并不是个喜欢给媳妇立规矩的人，原来老太爷在的时候，两位太太都随着丈夫在任上。老太爷没了之后，老安人免了大太太的晨昏定省，二太太则每逢初一、十五过来请安就行了。今天大太太和二太太过来，是因为马上就是重阳节了，老安人却突然说不过节了，要去寺里住两天。二老爷怎么劝都劝不住，让二太太随行服侍老安人，老安人也不答应，大太太和二太太只好提前带着家里的小辈来给老安人请安。

那老安人还答应见她？郁棠吓了一大跳，忙道："老安人什么时候启程？"

累枝道："明天一早就走，去昭明寺。"说完，又抿了嘴笑了笑："要不然怎么会轮到我来给您斟茶呢？老安人屋里的几位姐姐都忙着收拾箱笼呢！"

郁棠觉得自己来得有些不是时候。谁知道这念头刚起，就有个圆圆脸，模样儿喜庆乖巧的丫鬟撩帘而入，笑着给她行了个礼，道：郁小姐，老安人知道您来了，让我请您过去呢！"

累枝就向郁棠引荐："这是老安人屋里的珍珠姐姐。"

这小姑娘看着比累枝还小，要不就是生得面相稚嫩，要不就是老安人身边的一等丫鬟，姐姐是个尊称。不过，珍珠这名字倒很衬这小姑娘，她长得的确圆润又不失温柔。

郁棠跟着喊了一声"珍珠姐姐"。珍珠吓得退了半步，连称不敢，还红着脸道："这是大家开玩笑的，郁小姐千万不要当真，不然陈大娘要责罚我的。"

郁棠摸不清楚老安人屋里的深浅，也就不再多说什么，笑着说了几句打趣的话，这才随着珍珠去了老安人屋里。

老安人看着精神还挺好的，坐在罗汉床上朝着郁棠招手："拿来我看看，你都带了些什么绢花过来。"

大太太和二太太等人都走了，屋里的茶盅果盘都端了下去；但几个绣墩还围在罗汉床边，不知道是没来得及收走还是有意放在那里的。

郁棠笑着上前给老安人行了礼，在小丫鬟的示意下坐到离老安人最近的那个绣墩上，将手中的匣子递给了珍珠。

· 002 ·

珍珠打开匣子，把里面的绢花奉给老安人看。

老安人眼神一亮：大红色的绒毯上两朵山茶、两朵菊花、两朵玉簪、两朵玉兰，酒盅大小，是用这个季节让人看了就觉得温暖的漳绒做的，花瓣重重叠叠，栩栩如生，若不是事前知道很容易让人误会是真花。

"这可真……"老安人拿了朵山茶花到手里仔细地端详，道，"上次见你头上戴的并蒂莲就觉得很好了，没想到这几朵花做得更好。你是怎么做的？"

郁棠笑道："其实外面卖的并不比我做的差。只不过外面卖的是专做这个的，我是拿着打发时间的，能做得和别人一样好，老安人就觉得我很了不起似的，实际上大家都差不多。"

老安人点着头，却突然"咦"了一声，手指在那山茶花的花瓣上摸了半晌，然后朝郁棠望去。这次，她看郁棠的目光多了几分郑重，把郁棠吓了一大跳，结巴地道："怎，怎么了？"

老安人闻言却展颜一笑。那笑容，仿若冰雪消融，她周身的气氛都变得温煦起来。

"你这绢花做得很好。"她笑着道，笑容从眼底流淌出来，而不是像上次来的时候，浅浅地停留在嘴角唇边，"我之前只觉像真花似的，刚才才发现，你用来做绢花的漳绒比一般漳绒的绒毛短，因而显得密，花瓣看着就像真花似的既有厚度又显平顺有光泽。你是怎么做到的？用剪刀重新修剪过，还是有其他的什么方法？"

她很感兴趣地问。郁棠却一下子激动起来，骤然间有种"红粉赠佳人"的欢喜。

"您发现了！"她笑道，"我之前做绢花的时候，总想着要做出与众不同的东西来，不是在花瓣上做滴露珠就是停个蜻蜓什么的，或者是钉了玻璃珠子做眼睛，可后来，却越来越觉得能做到'真'才是最难的。午间的花是怎么开的，早间的花是怎么开的，晚上的花开成什么样子……我做山茶花的时候就买了最上好的漳绒不说，还想办法把它们的绒剪短了……可剪得太短，有时候就会露出布底来……我上次去苏州的时候，就特意请教了绸缎庄的伙计……向他们订了一匹布……就是有点贵，可做出来的绢花大家都说好，像真的一样……像您手上的这两朵，就是正午开的山茶花。如果是晚上的，这花瓣就要再卷一点……我还寻思着，要不要配着早中晚换着花戴。"

"你说得不错。做绢花，就要做得以假乱真才是本事！"老安人欣然道，"那你这玉簪花是晚上开的，菊花是早上开的了？"

"嗯嗯嗯。"郁棠眼睛笑成了月牙儿，"我想要是老安人晚上见客，可以换着戴。"

老安人做过宗妇，族中妇人有事都会来找她，也就不分什么早中晚了。

"你这小姑娘，还真是心灵手巧。"老安人赞道，转头吩咐珍珠把花都收好了，并对郁棠道，"我明天要去昭明寺住几天，等我回来，准备做几件冬衣，你到时候来帮我看看。"

这是她合格了的意思吗？郁棠觉得有趣，道："我不怎么懂衣裳的裁剪。"

老安人呵呵地笑，道："你能做出这样的绢花来，可见是个有内秀的，到时候你只管什么漂亮挑什么就可以了，我到时候给你们家下帖子。"

如果这件事能让老安人高兴，她愿意去做。

郁棠又回答了老安人一些做绢花的技巧，借口还要回家准备重阳节家宴婉拒了老安人留膳，这才起身告辞。

依旧是计大娘送她出门，可她们在半路却遇到了阿茗。

"郁小姐，我等了您半天了。"他笑着跑到郁棠面前，"我们家三老爷请您去凉亭喝茶。"

现在风吹到身上都有些凉了，不是应该去暖阁喝茶吗？郁棠在心里腹诽着，却没有说出来，跟着阿茗去了凉亭。

这次她去的凉亭并不是上次去的那个在溪边的凉亭，而是一座建在小山坳的凉亭，叫什么"题茶"。

郁棠小声问阿茗："你们府上有多少座凉亭？"

阿茗伸着指头喃喃地数了一会儿，道："应该有十七座。但也不一定，我就把记得的数了数，可能还有漏掉的。"

好吧，她家一个也没有。

郁棠跟着阿茗进了凉亭才有点明白裴宴为什么会在这里见她。

八角凉亭，檐角高翘，灰顶红柱，因建在山坳中，一面靠山，三面临湖，风吹不到凉亭里来，可凉亭外的山上却枫叶如火，凉亭下的湖面则水清如镜。坐在凉亭的贵妃榻上，湖光山色尽收眼底，让人神清气爽，顿生惬意。

可真是会享受啊！郁棠在心里腹诽着，望着手边茶几上水晶盘里摆放的黄灿灿的秋梨、紫艳艳的葡萄、红彤彤的苹果，寻思不知道裴宴什么时候来，她有没有机会吃完一个梨子……裴宴就出现在了凉亭里。

"见过我母亲了？"他皱着眉头走了进来，连个寒暄都没有，声音显得有几分不耐烦地问着，随后毫不客气地坐在了贵妃榻对面的禅椅上。

他们有这么熟吗？虽然郁棠相比之前的自己胆子大了很多，但男子也只亲昵地接近过父兄，裴宴的模样虽然随意，但女子对男子天生的警戒让郁棠立刻坐直了身子，眼睛也盯向了裴宴，心里却很是忐忑。他要是脱了鞋袜盘膝坐在禅椅上，她是当没看见呢，还是斥责他几句呢？

很快她就松了口气。

禅椅虽然应该盘膝而坐，裴宴显然没有这打算，他端端正正，像坐太师椅一样正襟坐在了禅椅上，还拒绝了阿茗端过去的瓜果，而是吩咐阿茗："给我煨一盅浓茶过来。"

这是累了？郁棠不由仔细地打量他。这才发现他眼里有血丝。郁棠不禁有些担心，道："您有什么事让阿茗给我带个话就是了。"不一定要亲自见她。他帮她良多，她把他当恩人看待，他有什么事用得上她，她是很愿意帮忙的。

裴宴摇了摇头，道："这几天在盘账，全是些糊涂账。"话说到这里，他语气一顿。可能是感觉和她说这些不合适。

郁棠在心里想着。

裴宴果然很快就转移了话题，道："我这段时间忙得脚不沾地，偏生我母亲……心情一直不太好。我也不知道怎么才能让她老人家开怀，想着从前我表姐没出阁之前，常过来小住，陪着我母亲买这买那的，有时候还一起去山里寺庙小住，就想到了郁小姐。想请你这段时间多过来走动走动……"他说着，嘴角抿了抿，显得有些严肃，却也透露出几分很苦恼的样子："算是帮我一个忙，让我母亲高兴高兴。我也知道郁小姐很忙，若是有什么地方需要我帮忙，只管说。就当是我们互换其责好了。"

还有这种说法？郁棠睁大了眼睛。她很好奇裴宴那位出了阁的表姐是谁，陪着老安人买买买，玩玩玩，想想就觉得羡慕。不过，既然是裴家的表小姐，家世肯定也很显赫，平日里说不定就靠着买和玩打发日子，和她不一样。

不过，她也看出来了，裴宴估计是想孝顺母亲，可是既没有时间又没有办法相伴，所以才想出了这个点子。互换其责倒不必，能够帮得上裴宴，她还是很高兴的。况且裴宴已经帮他们家太多次了。不管她忙还是不忙，都会抽空过来，直到老安人慢慢地从丧偶之痛里走出来之后，想必就不需要她长时间的陪伴了。

"三老爷别这么说。"郁棠真诚地道，"我在家里也不过是吃吃喝喝，没什么要紧的。老安人这边，只要她老人家需要我，我一定义不容辞。"

裴宴听着轻哼了一声，道："我借你的那几本书，你可看懂了？"

郁棠脸上火辣辣的，声音也低了几分："没，没有，还没有看完。"

没有看完也是因为她看不懂，看得很艰难。虽说把王四叫过来几回，王四也告诉了她一些浅显的耕种知识。但秋天来了，那几株沙棘树能不能顺利地度过这个冬天还不知道，王四需要把更多的精力放在那些树苗身上，她总不能三天两头地把王四叫进城来。

裴宴拿了颗苹果给她。郁棠茫然地接过苹果。

裴宴挑着眉道："尝尝！"

郁棠不解地咬了一口苹果，然后满脸困惑地低头看着自己手中的红果子。接着，她听到裴宴的嗤笑："还行。不知道茶是什么味道，好歹还能吃出果子是什么味道。"

这不是羞辱人吗？郁棠怒目以对。

裴宴不以为意，道："这是沙果。我们家田庄里种的。"

· 005 ·

沙果她知道的，可都是小小的，什么时候长得和苹果一样大了。郁棠望着裴宴。难道是他们家又种出来的新品种？

裴宴难得地点了点头，道："不错。这是我们家种出来的新品种。和苹果一样大，却比苹果结得多，熟得快，卖得也便宜，还上市早。"

裴家肯定有个非常懂种果树的师傅。郁棠眼红得都快滴血了。

裴宴却朝她俯身，低声道："要不要互换其责？嗯！"

郁棠吓了一大跳。裴宴压低声音的时候是这样的嗓音吗？醇厚、旖旎，如悦耳的胡琴，却又像根羽毛，轻轻地拂过她的胸口，让她的心如急鼓，咚咚咚地声声震耳，再也听不见周遭的其他声音。

等她回过神来，耳边是裴宴隐含着几分喜悦的声音："那就这么说定了。我让胡兴带着人去帮你看着那片山林，不仅让你的那几株沙棘树安然过冬，还帮你种几株沙果树，帮你把蜜饯铺子开起来。你没事的时候呢，就多往我们家跑跑，也不用拘着只陪我母亲做绢花做衣裳，有什么好吃的，好玩的，只管带进府来。我母亲是只要她没有见过的东西都喜欢观察一二，你把握住这一点就行了。"

"啊！"郁棠呆呆地望着裴宴。她什么时候答应他了？

裴宴却已经愉悦地站了起来，道："这几天乱七八糟的，总算有件顺心的事了！我那边还忙着，先走了。你要是没事，就在这里吃吃果子，歇一会儿。回去的时候告诉阿茗一声，他会帮你安排轿子的。"

"不是！"郁棠忙站了起来，慌张地道，"我什么时候答应您了？"

裴宴不悦地道："你刚才不是一直点头吗？怎么？点头不算吗？"

她点头了吗？她怎么一点印象也没有了。郁棠表情有些呆滞。

裴宴不由分说地道："做人怎么可以言而无信？！这件事就这样说定了。我要回账房了。阿茗，你就在这儿候着。"说罢，也不管郁棠是什么表情，抬脚就大步出了凉亭。

郁棠傻了眼，望着裴宴很快就消失在幽径的背影说不出话来。

走出了凉亭视线之外的裴宴却抑制不住，嘴角高高地翘了起来。他之前还觉得郁小姐机敏善变，是个十分伶俐却又擅长审时度势的，没想到，把她绕到圈子里去之后，她居然有点傻乎乎的，他说什么她都点头。这样的郁小姐……还挺可爱的。可见千人千面，郁小姐也不是总那么强势。

裴宴满意地回到账房，把胡兴叫了过来，吩咐他："带了定师傅，帮郁小姐把她那个山林给弄明白了，别总是没什么收成。"

胡兴恭敬地应了。出了账房的门却觉得腮帮子疼：那山林他又不是没去看过，怎么样才算是弄明白啊？"别总是没什么收成"，可就算是种好了，又能有几个收成？既然这么关心那山林有没有收益，随便扒拉个铺子的收成拨给郁家不就是了！

想到这里，胡兴心中一动，摸起下巴来。三老爷不会就是这个意思吧？要不然一个小小的山林，怎么让他堂堂裴府的三总管去盯着呢？他想到郁小姐进府得了老安人的青睐。三老爷，不会是看上郁小姐了吧？

念头一起，胡兴立刻站不住了。要真是这样，以裴家的显赫、三老爷的身份，郁小姐肯定不能做正妻。可如果是个妾室，他这个时候巴结好了，等到三老爷的正房太太进了门，他岂不是尴尬？那，他该怎么办好呢？一时间向来机灵无比的胡总管陷入了进退两难的境地里。

郁棠是个恋家的人，没什么事了，她哪里还有心情待在裴府一个人看什么湖光山色，吃会儿瓜果点心？裴宴前脚出了凉亭，她后脚就回了家。

陈氏早在家里翘首以盼。郁棠回家就被她拉到了内室说话："怎么样？老安人还喜欢吗？有没有说让你再去家里做客？"

"挺喜欢的。"郁棠一面笑着更衣，一面把去裴府见老安人的过程讲给母亲听。不过在说到裴宴的时候，她只是简略地说了说裴宴让她去见老安人的目的。

陈氏听后很是欣慰，道："大家都说二老爷孝顺，我看三老爷也很孝顺，不然也不会让你时常进府去陪老安人了。裴家对我们家有大恩，我们其他事上也帮不了裴家什么忙，既然老安人瞧得上你，你就听三老爷的，常去裴府走动走动。等以后除了服，三老爷成了亲就好了。"

裴宴成了亲，承欢膝下的自然就是裴宴的妻子了。郁棠也就可以功成身退了。

郁棠连连点头，心里却不由想着裴宴会娶个怎样的妻子，是性格温顺、温柔可亲，还是精明能干、明艳照人……不管是前者还是后者，她都想象不出有人站在裴宴身边时的景象。可惜，梦中她不知道裴宴成亲了没有。如果提前知道，说不定还能悄悄地跑去看看裴宴的太太是个怎样的人。

郁棠在那里一个人天马行空地胡思乱想了半天，直到被陈氏叫去学做重阳糕。

泡了一夜的江米和粳米磨成了浆，红绿果脯切成丝，黄糖、板栗粉、猪油合成糖，一层层铺在蒸笼上……她姆妈做的重阳糕与别人家的有点不同。别人家的是用红糖、红豆和猪油合成糖，他们家的重阳糕却是用黄糖、板栗粉、猪油。这样做出来的重阳糕白如雪，而且带着板栗特有的香味，还不油腻，特别受郁文那些同窗好友的青睐。因而每年重阳节他们家都要做很多送人。今年还加上了马秀娘家。

陈氏叮嘱郁棠："你快去快回，等会儿我们还要去你吴世伯家吃晚饭。"中秋节的时候，郁家请了吴家来吃螃蟹宴。重阳节，吴家请郁家吃螃蟹宴。就是郁博一家，也受到了邀请。

"好的。"郁棠高声应着，去换了件衣裳，提着装了新出锅的还热腾腾的重阳糕去了章家。

马秀娘还没能恢复到从前的苗条。晴儿则越来越胖，像个糯米团子似的，脖子还不能立起来，却不愿意躺在别人怀里，非要人托着她的小脑袋抱着，还要四处走动，让她到处瞧瞧，不然就要大声地哭闹。

007

"肯定是你在她月里把她给惯的！"马秀娘一面抱着女儿在屋里四处转悠，一面佯装不悦地抱怨郁棠，"这都是债。你就给我等着好了。"

郁棠不好意思地冲着马秀娘讪笑。马秀娘好不容易哄着女儿睡着了，把女儿给乳娘抱了下去，才有空坐下来和郁棠说体己话。

"你的婚事还没有着落吗？"她非常关心这件事，"要不，就出阁算了。我瞧着你堂兄这个人真不错，有他支应门户，你再从旁照应一些，你阿爹和你姆妈不会没有人照应的。"

郁棠现在一点也不想成亲，她兴致阑珊地随口应了几句，就把话题转移到了章家的事上："我听说章公子去坐馆了，那他以后还继续下场吗？"

马秀娘也正为这件事发愁，她道："晴儿她爹是块读书的料子，不下场，岂不是荒废了？可他也是个倔脾气，晴儿出生之后家里要用钱的地方太多了，我想拿出嫁妆来补贴补贴，他怎么也不答应。我们家小姑子马上又要出阁了……"

她叹了一口气。

郁棠这才把之前的想法和盘托出："……能不能让章公子帮我们家的漆器画几幅图样？不写他的名，要是有人问起来，就说是我阿兄画的，你觉得成吗？"

很多读书人都耻于为钱财折腰，章公子如今还只是普通的读书人，以后若是入仕，帮书店抄书是雅事，可为了银子帮商家画图样就是匠气，是与手艺人夺利，有辱斯文，会影响章公子的名声。

如果是其他人提出这件事，马秀娘会想也不想地把人给赶出门去，但说这件事的是郁棠，郁棠的为人她非常了解，口紧，又是个有主意的，是信得过的。可章公子愿不愿意，她也说不好。

"我帮你问问吧！"马秀娘不敢把话说死了，"要是他愿意，我也没什么不放心的。"

郁棠松了口气。

郁家的漆器铺子虽然重新建了起来，可生意却没有从前好了。主要还是因为长兴街走水的那段时间，临安城里很多需要漆器的人家只好去杭州城买，去了之后才发现杭州城里的漆器铺子卖的东西不仅比郁家铺子里的东西齐全，还样式新颖。临安城里一些有钱人家就开始去杭州城买漆器，而商家赚的永远是那一部分有钱人的钱，他们家的铺子可不就不如从前了？

等过了重阳节，裴家来人接郁棠去府上做客，这次郁棠有了准备，不仅带了自己这几天做的几朵绢花，还带了陈氏做的桂花糕。

今年新渍的桂花糖，香味馥郁味道清新，做成桂花糕，如同白雪里洒着金箔，看着就让人觉得有食欲。裴老安人连吃了两块，陈大娘就不敢再让老安人吃了："您好歹留几块给我们这些眼馋的尝尝。"

老安人哈哈大笑，把剩下的点心赏了下去。

郁棠很高兴，道："您要是喜欢，我下次来的时候再给您带。"

"主要是这桂花糖做得好。"老安人赞道，"这也是你母亲的手艺？看样子她的点心做得不错。"

郁棠抿了嘴笑。

计大娘看着，就去喊了早就等在抱厦的裁缝进来。

裁缝是个四十来岁的大娘，带着两个二十五六岁的娘子。裁缝胖乎乎的，像个馒头似的，笑起来两个眼睛都快没有了。两位娘子则一个瘦小沉默，一个苗条机敏。

三个人进来就给老安人和郁棠行大礼。

老安人让计大娘把那裁缝扶了起来，受了两位娘子的礼，指了郁棠对那裁缝道："这是我一位侄女，姓郁。"又指了那裁缝对郁棠道："这位是杭州城金缕楼的老板娘，夫家姓王，你叫王大娘即可。"至于两位娘子，老安人指了指，没说怎么称呼，显然不记得这两人的姓名了。

王大娘立刻殷勤地道："这是我两个徒弟，一个夫家姓李，一个夫家姓周。"

郁棠上前去打了招呼。王大娘连声道着不敢，两位娘子则侧过身去，不敢受她的礼。

老安人也没有在意，问王大娘："听说你这次带了苏州过来的新式料子，拿来我看看。"

王大娘立刻应了一声，和两个徒弟去搬了七八匹布料进来，一一展开了向老安人和郁棠展示："您瞧这月白色团花杭绸，往年织的不是折枝花就是水草纹，今年出的是佛八宝，因着用的是银色的丝线，远远瞧着，像是匹素面杭绸，可走近了，就能看见这团花纹样了……还有这匹，墨绿色绣小白菊的杭绸，又素净又雅致，做件外罩的褙子再好不过了。再就这匹，石青色仙鹤衔灵芝缂丝，冬天来了，正好做件斗篷。我还带了些貂毛过来，品种虽好，可到底不比老安人府上气派，能拿得出来做斗篷，我这个，最多也就做个额帕了，好在是白色的，大小也能用上……"

她絮絮叨叨地说着，料子款式新不新郁棠不知道，料子颜色却不是黑白就是墨绿，全是些孝期能穿戴的，足见是用了心的。

老安人却挑剔道："我不是叮嘱了你我这边还有个侄女吗？怎么全是些素净的料子？"

王大娘和郁棠俱是一愣。

老安人已拉着那匹石青色仙鹤衔灵芝缂丝的料子嫌弃地道："这花色也太老成了些。就没有什么织四君子或是樱桃、杏李纹样的？"

王大娘反应很快，忙道："有，有，有！我这不是一时摸不清楚郁小姐的喜好，没敢带太多的样式过来吗？我这就让人去拿。明天一早就能到。"

老安人撇了撇嘴，道："等你，黄花菜都凉了。陈氏，你拿了我的钥匙去开了库房，选几匹适合小姑娘穿的料子给郁小姐挑一挑。"

陈大娘笑盈盈地应声而去。郁棠却倒吸了一口冷气。这可不是一般的赏赐。

她刚想要推，老安人已发话了："我就喜欢打扮小姑娘们。计氏，你去把大小姐和几位堂小姐也请过来，一人做几身衣裳好了。"

郁棠不好再推辞，笑着向老安人道了谢，还逗着老安人开心："托您的福，能穿上由杭州城的师傅做的衣裳，今年过年，我也可以出出风头了。"

老安人呵呵笑，挥了挥手，把郁棠叫了过去，讨论起衣裳的样式来："我记得去年时兴十二幅的马面裙，今年还是十二幅吗？"

王大娘笑道："今年时兴月华裙了，像挑线裙似的做成百褶，却又像撒裙那样散开。今年夏天，杭州城里的妇人几乎人手一条。老安人您身材纤细，穿了肯定好看。"

她说着，拿了条裙子给老安人看，眼角的余光却打量着郁棠：不知道这位郁小姐是老安人的什么亲戚，她给老安人做了七八年的衣裳，还是头回见到这位小姐。不过，长得是真好！就是老安人娘家那边的亲戚个子都高，这位郁小姐不高不矮的，不怎么像老安人那边的亲戚。但能让老安人帮着做衣裳，可见颇得老安人的喜欢。

想到这里，她朝着徒弟周娘子递了个眼色，示意她注意郁棠的喜好，下次再来，好根据郁棠的喜好推荐面料和款式。周娘子点了点头，把目光放在了郁棠身上。

郁棠没有在意，想着既然是老安人的赏赐，也不必扭捏。等到陈大娘开了老安人的库房，拿了一堆花花绿绿的料子过来，她挑了匹淡得几乎像洗白了似的水绿色的素面杭绸，笑道："这匹料子好看。"

陈大娘不动声色地看了郁棠一眼，心里想着，难怪三老爷要高看这位郁小姐一眼。虽然老安人让她找了些鲜艳的料子过来给几位小姐做衣裳，可毕竟还在老太爷的孝期，就算是选也不应该选太过鲜艳的布料，因而她还是拿了几匹水绿、水蓝的素面料子。没想到这位郁小姐也是有心人，没有挑那些蜀锦、缂丝，而是挑了这匹名叫碧水青的杭绸。

老安人显然也看出来了，笑道："这匹料子太素了，不适合过年的时候穿，我看那匹靓蓝色就很好。"

郁棠笑道："这匹料子虽然素，可这颜色太少见了。说实话，我长这么大，还是第一次看见淡成这样的绿色料子。说实话，我刚才心里还在犯嘀咕，这颜色这么罕见，肯定很贵。我要是挑了这匹料子，受之有愧；可要是挑了别的料子，我回去以后肯定会后悔得睡不着觉的。我想了又想，最后还是决定厚着脸皮选了这匹料子，大不了以后我给您多做几朵绢花好了。"

老安人听了哈哈大笑。屋里服侍的人也都跟着笑了起来。一时间屋里欢声笑语，少有地热闹起来。

陈大娘却背过身去悄悄地抹着眼泪。

这都多长时间了。自老太爷走了之后，老安人郁郁寡欢，他们这些身边服侍的也都跟着小心翼翼的，生怕一个不小心，就说出什么令老安人伤心落泪的话来，整个和鸣堂的气氛都变得压抑而紧绷。今天，终于又看见老安人的笑脸了，老安人身边又有了笑声。还是三老爷厉害！能让老安人打起精神来往前看。

她去茶房重新洗了个脸，照了照镜子，看不出哭过的样子，这才笑着出了茶房。谁知道她刚踏出茶房就遇到了来给老安人问安的几位小姐。她忙上前问好。

打头的是裴府三房大老爷的长女，今年春天刚刚及笄，穿了件茶色的素面杭绸褙子也压不住眉宇间的明丽。她低声问陈大娘："来的据说是青竹巷的郁小姐？"

陈大娘笑着点了点头，却无意和裴家这位排序第二的小姐多说，而是一面笑着去打了帘，一面道："外面天冷，几位小姐小心着了凉，快点进屋里去说话。老安人等着了！"

几位小姐就让了其中一个披着白色织仙草纹缂丝披风，还在总角之龄的小姑娘先进。

那小姑娘却谦让地站到了一旁，让其他几位小姐先行。

几位小姐没有客气，按着长幼鱼贯进了屋。

屋里依旧是暖风扑面，可几位小姐因着都常来，脱了披风露出里面穿的夹衣，倒也没有谁觉得热，只有二小姐说了句"还是老安人会享受"，众人就进了东边的敞厅。

"老安人！"几个小姐大的不过十四五岁，小的八九岁，虽然俱是一身素净，却个个生得如花似玉，让人看着眼前一亮，备觉赏心悦目。

郁棠惊艳。王娘子更是直接夸道："每次来府上，总觉得自己掉到了花堆里似的，再看别人家的小娘子，都没法入眼。钟灵毓秀，全都在贵府了。"

老安人微微地笑，并不答话，而是叫了几个小姑娘来和郁棠见礼："这是郁小姐，比你们都大，你们称'姐姐'好了。"又介绍家里的几个小姑娘，"这是二丫头，这是三丫头，这是四丫头，这是五丫头。"

几位小姐都客气地和郁棠打招呼。

郁棠一一还礼，脑子却飞快地转着，把打听到的消息和眼前的人物对上号。

裴家现如今有七个房头，分家没有分宗，都住小梅溪，男丁比姑娘多。其中大小姐是二房大老爷的长女，已经出阁；二小姐是三房大老爷的长女；三小姐是三房二老爷的长女；四小姐是五房大老爷的长女；宗房的长女，也就是二老爷裴宣的女儿裴丹反而年纪最小，行五，人称五小姐。

裴宴的亲侄女……郁棠不由多打量了几眼。这姑娘估计长得像她母亲，和老安人、裴宴都不怎么像，细眉杏眼，小小年纪却也看得出是个美人坯子。

她感觉到了郁棠的目光，冲着郁棠腼腆地笑了笑。郁棠松了口气。她就怕五

· 011 ·

小姐不好相处。毕竟是老安人的亲孙女，若是她得了老安人青睐却让人家的亲生孙女心生不悦，岂不是让裴府平添事端？

如今看来，五小姐的性子颇为温顺，不是那种爱挑事或是好强的人，她们应该能相处得不错。倒是那位二小姐，相貌明艳不说，骄纵之气就挂在眼角眉梢，一看就不是个好相与的，与她打交道恐怕要小心一点。

三小姐和二小姐是一个房头的，长得却没有半点相似。她柳眉凤眼，和二小姐差不多年纪，板着个小脸，行事做派一副循规蹈矩的模样，颇有大家小姐的气势。

四小姐应该比三小姐小两三岁，明眸皓齿，看人的时候眼睛滴溜溜直转，显得十分机灵俏皮，应该是几位小姐里最活泼、顽皮的。

老安人让她们挑自己喜欢的料子，并道："同你们郁姐姐一起做几件冬衣。"

五小姐和三小姐都恭敬地应"是"，二小姐则神色间带着几分不屑瞥了郁棠一眼，只有四小姐，趁着几位裴小姐挑料子、老安人和王娘子说话的时候悄声问郁棠："姐姐选了什么颜色的料子？"

活泼可爱的小姑娘就没有谁不爱的。郁棠也不能免俗。她低声道："旁边那匹水绿色的就是我选的料子。"

四小姐飞快地睃了一眼，道："姐姐好眼光，那碧水青是前几年的贡品。老安人得了几匹，赠了我祖母一匹，后来大姐姐出阁，又被二房的老安人讨了一匹去给大姐姐做了衣裳。"

郁棠想到那料子不便宜，却没有想到这么名贵。

四小姐像看出了郁棠的心思般，语速飞快地和她低语："不过姐姐别放在心上，老安人待人可好了。我们来的时候，会做了鸡蛋糕给我们吃，还让厨房给我们用高汤做豆腐汤。"

郁棠抿了嘴笑。守孝的时候只能茹素。大人好说，可孩子们还小，正是长身体的时候。有些人家固执，若是几个孝期连着下来，孩子都得跟着熬坏了身体。没想到老安人为人这样宽厚。要知道，驾鹤西去的可是老太爷。她想到了裴宴。或者，这也是老安人受人敬重的地方吧？

从裴府出来，郁棠不仅多了一件碧水青杭绸夹蚕丝镶墨绿色蒲草纹襕边通袄，还多了一条墨绿色十幅绣梅兰竹马面裙，一件靓蓝紫二色金灰鼠比甲，一件白色貂毛手笼……

陈氏愁道："这么好的衣裳，能不能留着你出阁的时候压箱底？"

这当然是玩笑话。若是知礼数的，就应该大年初一的时候穿着这一身去给裴老安人拜年。可裴府的大门不是那么好进的，郁棠就是想初一的时候去给老安人拜年，那也得看人家老安人有没有空闲见她啊！

陈氏想来想去不知道怎么报答裴老安人，咬着牙道："不行！阿棠，你得好好地练练女红才行，裁衣缝衫你拿不起，给老安人做双袜子总可以吧？"

"您饶了我吧！"郁棠抱头，"老安人的袜子也是王娘子家的金缕楼做的，还绣了很复杂的图样，比您的手艺还好！您让我给老安人做袜子，那是为难老安人——穿吧，委屈了自己；不穿吧，委屈了三老爷。"

她毕竟是三老爷给弄进府里去的，她可算是看出来了，老安人身边不是没有打趣捧眼的小姑娘，她能待在老安人身边，十之八九是老安人不愿意泼了儿子的孝心，睁只眼闭只眼就让她跟在身边了。

陈氏"扑哧"笑出声来，道："那你说怎么办吧？"

郁棠摸了摸鼻子，道："我看能不能帮着老安人抄抄佛经。"

梦中，她被林氏逼着抄了很多佛经。既然老安人要去昭明寺给老太爷做法事，她帮着给老太爷抄几卷佛经，老安人应该会收吧。

陈氏听着有道理，恨不得郁棠立刻就能抄出几大卷出来，立刻叫了双桃："去，把老爷屋里最好的纸给小姐拿来，你这几天什么事也不用做，给我在家里好好抄佛经就行了。"

郁棠哭笑不得。她阿爹书房里最好的纸可是上次裴府送的澄心纸，她阿爹自己都舍不得用。不过，她这几天忙着去裴府的事，都没怎么见着她阿爹。

"姆妈，"她道，"阿爹呢？"

陈氏道："和吴老爷出去了，说是去买什么地去了。"

郁棠心中一跳。难道是李家的那五十亩能种出碧粳米的永业田？

她有意等父亲回来，陈氏却关心起裴家的几位小姐来："虽说年纪都比你小，但毕竟是长在富贵之家，她们和你相处得怎样？要是实在合不来，就跟计大娘说一声，以后瞅着她们不在的时候去拜访老安人好了。"

"恐怕有点难。"郁棠回忆着今天去见老安人时的情景，道，"怕老安人一个人孤单寂寞，几位裴小姐应该都得了长辈们的叮嘱，要常去老安人那里走动。不过，您也不用担心，几位裴小姐的性子虽然各不一样，但家族修养在那里，应该都不是喜欢为难人的人，倒没有不好相处。"

她说的是实话。就算是裴府的二小姐，她能明显地感觉到她不怎么瞧得上自己，可能还怀疑自己是用了什么手段才巴结上了裴老安人，也只是对她态度冷淡，倒还没有出言不逊或有意刁难。四小姐就更不用说，一直很好奇。要不是家教修养在那里，她都要事无巨细地打听起自己的事来。

陈氏听她这么说依旧不放心，道："俗话说得好，吃人的嘴软，拿人的手短。你下次去裴府，我做几样好吃的点心给裴府的几位小姐尝一尝。"

郁棠笑着应了。一起品尝好吃的食物的确能让人的关系变得更亲近。

第三十八章　求助

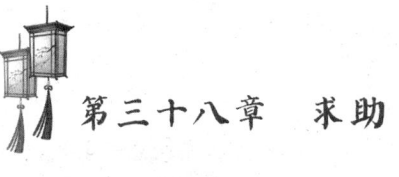

郁文很晚才回来，喝得醉醺醺的。

一直留意父亲行踪的郁棠听到动静出来，一面帮阿苕扶着站都站不稳的郁文，一面道："阿爹，您是不是去买李家的地了？"

她当初不愿意父亲去买李家的地，是觉得那块地的用水绕不过李家和李家宗房的水渠，万一被李家断了水，那田就废了。今后和李家的牵扯太深，太麻烦了。

郁文嘿嘿地笑，很是得意的样子，朝着郁棠伸出三根手指，口齿不清地道："是三十亩，我买了三十亩。"然后使劲地揉了揉郁棠的脑，"都是你的了，都是留给你的。"

郁棠心里淌过一股暖流，可这暖流很快被困惑给代替了。

她艰难地扶着父亲往院子里去，道："阿爹，不是说吴老爷买大头您买小头的吗？您怎么突然买了三十亩？还有，那五十亩地的灌溉怎么办？您和李家过契之前讲好没有？"

"你放心好了！"郁文推开阿苕和郁棠，趔趔趄趄要自己往屋里去，"三老爷都帮我安排好了，李家宗房也都答应了，吴老爷就只要了二十亩地……"

怎么这件事还与裴宴有关了？郁棠目瞪口呆，半晌才回过神来，想仔细问问父亲到底是怎么一回事。郁文已高一脚低一脚地进了内室，高声喊着陈氏的闺名，嚷着"我喝醉了，你怎么还不来扶我进去"，把陈氏弄得面红耳赤，躲在内室不愿意出来。

她只好抚额回了自己的房间，想着第二天一早再去正房门口堵郁文。不承想郁文早早地就已经出了门。

郁棠望着天边刚刚泛起来的鱼肚白，惊讶地道："这么早？！"

陈氏满脸倦色，无奈地笑道："说是和吴老爷约好了，要去看李家的地。"这么说来，母亲已经知道父亲买了李端家的三十亩水田了。

郁棠道："阿爹还说了什么没有？"

"没有。"陈氏道，"他昨天晚上就趁着酒发疯罢了，能说出什么话来。"说完，耳朵一红。郁棠没有注意到，陪着母亲用了早膳。

郁文满脸兴奋地回来了。他进门就对郁棠和陈氏道："这下好了！那三十亩能种碧粳米的水田是我们家的了。裴三老爷没有出面，让裴大管事帮的忙，由裴

· 014 ·

家那边的水渠引了水过来，平日里裴家也能帮着照看着点。我瞧着李端家的那管事，脸色不怎么好。"说完，他还特意揉了揉女儿的头，道："没想到我这么早就能享我们家阿棠的福啦！"

这都是什么跟什么啊！郁棠瞪父亲。

郁文笑嘻嘻地挨着陈氏坐下，趁着陈婆子去给他端粥的工夫解释道："我原不知道李端隔壁的水田居然是裴家的，还专程去请了裴三老爷帮着从中说合。裴三老爷只说让我放心买地，有什么事找他好了。我开始还以为他准备劝告李家宗房的人以后不要为难我们，谁知道居然是在裴家渠头挖个口子。这可比和李家签什么契约好多了——以后李家万一要是反悔了，难道每次我都拿着契约去找李家不成？不过，我也有点后悔。临安最好的两百亩水田就在李家手里，裴家有田挨着李家，李家要卖地，说不定裴家也想买。可事已至此，再说什么也不太好了。"

说完，郁文叹了口气，感慨道："裴家真是为人宽厚和善。"

郁棠却道："是不是因为这样，吴老爷才只买了二十亩地，而且那二十亩地在我们家和裴家的中间。"

"你怎么知道？"郁文奇道。

郁棠心里的小人对郁文翻了几个白眼。可正如父亲所说的那样，事已至此，多说已无用。

郁文还带来了一个与梦中大相径庭的消息："我听吴老爷说，李家过了十月可能会搬到杭州城去。"

郁棠和陈氏都吓了一大跳。人离乡贱。等闲人轻易不会离开老家。

陈氏急急地道："这话是谁说的？李家为什么要搬去杭州城？"

郁文道："吴老爷听李家的管事说的。那管事还说，李家之前已经在杭州城里买了宅子，悄悄地把一些家什运去了杭州城。只等十月初一祭了祖，就要搬了。李端呢，也要随着李大人去京城读书了。他不是举人吗？明年就要大比了，他提前进京也对，应该不会有假。"

进士三年一考，算算日子，也到了大比之年了。

陈氏点头，和郁文说起了那新买的三十亩地怎么种的事。

郁棠的思绪却不知道飘到哪里去了：梦中，李端连着两次都没有下场，一下场就金榜题名中了进士。裴家的大少爷裴彤和旁支一位叫裴禅的和李端一起中了进士。临安一届出了三位进士，轰动了苏浙。现在情况变了，李端如果提前下场，不知道还能不能一场就考中进士。他若是去了京城读书，她以后肯定很难再遇到他，更谈不上打击报复了，难道她就这样眼睁睁地放任李端离开临安？卫小山的死就这样算了不成？郁棠不甘心。

她觉得，像李端那样的人，根本不配做官，根本不配在举业上有所建树。之前她觉得自己还有时间，现在想来，什么事情都应该尽早安排才行。郁棠眉头紧锁。

· 015 ·

举业上，不要说是她了，就是她爹出面，也不可能把李端怎么样。生活上，李家和顾家的婚事已经完了。李家现在虽然在卖地，但与她无关，而且李家不过是暂时缺钱，只要李意还在做官，李家很快就能渡过难关。除非李家不做官了。

念头闪过，郁棠想起一件事来：

梦中，李意在五年之后，也就是李端考上进士，又选了庶吉士的第二年出了事。

他在日照知府的时候，经手过一桩寡嫂和小叔子通奸的案子。李意判那位寡嫂死刑，小叔子流放三千里。那小叔子体弱，死在了半路上。结果事情过去了五年之后，那寡嫂的儿子长大了，在大理寺门口击鼓鸣冤，宁愿先挨五十大板，也要状告李意。说当初寡嫂根本就没有和小叔子通奸，而是日照一户姓李的大户人家的老爷逼奸寡嫂不成被小叔子打了，怀恨在心，反倒诬告寡嫂和小叔子通奸，是件冤案。

消息传出来，李意声誉受损。顾家出面，力挽狂澜，最终李意轻飘飘地被罚了三个月的俸禄完事。外面的人都说是那姓李的大户人家心意歹毒，骂李大户不得好死。李家却不准谈这件事。

郁棠无意间听到过顾曦的陪嫁婆子和乳娘私底下抱怨林氏待顾曦苛刻，学着顾曦的口吻讥讽李意"眼皮子浅，听别人奉承几句就以为自己真是别人的长辈了，看见银子就不知道轻重了"。当时她还以为那婆子只是为了替顾曦抱不平，可现在回过头再仔细想想，这些话却大有由头。

汤太太还是个秀才娘子呢，为了巴结汤知府都上赶着要和汤知府攀上亲戚。日照的李大户和李意同姓，说不定也像汤太太那样，和李意认了个干亲。李大户想陷害寡嫂和小叔子，没有李意帮忙是不行的。"看见银子就不知道轻重"，说不定就是指李意当初收了李大户家的银子。可惜她那会儿太看重林氏的喜恶，林氏不准别人议论这件事，她就真的什么也没有打听。算算时间，寡嫂和小叔子的案件应该是在李意快离开日照的时候判的。那临安城里的人都传李意让李竣带回来的车辙入土三分的事……说不定真的和这事有关系？

想到这里，郁棠拍了拍自己的脑袋。这可就是胡思乱想了。李意手里如果有这么大的一笔银子，他为什么要卖那块能产碧粳米的五十亩永业田？不对！郁棠心里咯噔一声。如果李意想洗白这笔银子，也可以通过卖这五十亩永业田。她的心怦怦乱跳。梦中，李家没有卖这五十亩永业田。可是，顾曦嫁进来的时候，林氏到处跟别人说顾曦的陪嫁有多丰厚，李家得了多少好处。顾曦当初真的带了那么多的嫁妆进来吗？郁棠使劲地回忆着顾曦的那些生活细节。

顾曦眼界颇高，穿衣打扮都以素雅、庄重、合宜为主。每年虽然都添衣服和首饰，那些衣饰却只在需要她出面应酬的时候才会穿戴，平时在家里都穿着半新不旧的衣裳和几件据她说她非常喜欢的首饰。在外人看来，她的衣饰从不重样，每次露面都光鲜靓丽，不仅让人称赞，还有很多人跟着模仿。在李家上下的仆从看来，顾曦朴素大方，勤俭持家，该用的钱从来不吝啬，可不该用的钱却一分也不愿意多出。用顾曦的话来说，这是原则，是底线。

郁棠冷笑。从前她是不知道，以为富贵人家就是这样过日子的。而今再看裴老安人。人家自己在孝期里不好穿鲜艳的衣裳，就出钱打扮家里的晚辈，甚至是像她这样在旁边捧哏的都跟着受益了……顾曦算什么富贵人家！分明是钱财有限却又要做出一副富贵的样子，自己给自己脸上贴金罢了。

这样一想，郁棠又有了新的发现：

梦中，林氏对顾曦没有好言语，钱财上却很大方。特别是李家和林家做海上生意赚了钱，又知道顾曦发现了李端对她的那点龌龊心思之后，常叫了金楼的师傅来家里给顾曦打首饰不说，还在杭州和京城买了好几个铺子记在了顾曦的名下。她以为林氏是为了儿子在补偿顾曦，此刻想来，却未必如此。郁棠越想越觉得是那么回事。

只可惜日照离这里太远了，她就算是有所怀疑，也很难查证，而且算算日子，那件事已经成了冤案，她也不知道自己还能做些什么。不过，李家那五十亩地的永业田十之八九是为了洗白在日照做知府时贪墨的银子。

她有点坐不住了。李意在日照当了七八年的知府，若真是心术不正，肯定不止这一桩冤假错案，可见他也不是个什么好东西。现如今做了京官，权力更大，接触的人和事更多了，谁知道他还会不会再做了什么昧良心的事出来。说起来，他们家也是受害者！若不是有李意在外为官，李家敢动杀人的心思吗？郁棠顿生同仇敌忾之感，觉得自己不知道也就罢了，若是知道了还无动于衷，不善加利用，把李家拉下马，怎么对得起枉死的卫小山？

她一骨碌地从床上爬了起来，叫了阿茗进来，道："你去帮我问胡总管一声，看三老爷什么时候有空，我有点事想见见三老爷。"

郁棠认识的人里，只有裴宴有能力查实李意是否做过那些事。她需要裴宴帮忙。

阿茗应声而去，半个时辰后回来告诉她："裴家在吉安的庄子橘子熟了，三老爷去吉安卖橘子去了。明天晚上回来，问您事急不急？要是急，就请您写封信给三老爷；若是不急，就等三老爷回来了再定时间。"

急，可也不急在这一天半天的。不过，裴宴卖橘子……是怎么一回事？橘子这个时候就上市了吗？相比李意的事，郁棠更好奇裴宴卖橘子的事。她道："那你就去回胡总管一声，等三老爷回来了再定时间。"

阿茗又噔噔地跑走了。

马秀娘让喜鹊带了信要见她，还让她去家里用午膳。

郁棠跟陈氏说了一声，带了两朵自己做的绢花由双桃陪着，去了章家。

马秀娘正指使着灶房的婆子烧猪头，见她到了，拍着围裙就从厨房里走了出来。

郁棠进了二门就闻到了一股卤香味，立刻上前去行了个礼，道："做了什么好吃的？还要把我从家里叫来。晴儿呢？怎么不见她？姐夫在家吗？我就这么来了，会不会太打扰？"

"你怎么这么多话！"马秀娘见她笑盈盈的，一张小脸灿若夏花，漂亮得让人炫目，忍不住就捏了捏她的小脸，这才道，"既然叫了你来，肯定是没有什么不适合的地方。你姐夫坐馆去了，中午不回来吃饭。晴儿那小丫头一天到晚就知道睡，像只小猪似的，你不用管她。"

两人说着话，携手进了屋。喜鹊端了茶点进来。

两人分主次坐下来，寒暄了几句，马秀娘就说起这次请她过来的缘由："原本应该是我去见你的，可晴儿太小，她自出生之后就没有离开过我，我把她一个人放在家里不放心，就把你叫了过来。我就想问问你，你上次说让你姐夫帮着你们家铺子画图案的事，你们家还要人帮忙吗？"说到这里，她脸都红了。

郁棠大喜，忙道："要，要，要。就是差图样。若是姐夫能帮忙那就太好了。就看姐姐是想卖一件结一件的钱呢，还是一次性全卖给我们家？"

马秀娘不太知道这其中的区别，又不太好细问。

郁棠梦中因为郁远，比较关注家里的生意，也和那些掌柜的打过交道，知道只有懂得在商言商这个道理才能把生意做得长远。马秀娘不问，她就先开口："卖一件结一件的钱呢，就是大家讲好卖一件漆器分多少钱。比如说，若是这图样用在镜奁上，镜奁卖一两银子，那每卖一件，就给你们家十文钱；一次性全卖给我们家，那就是按一幅画多少钱，任由我们家用了。现在我们家请外面的师傅画一幅画大约是一两银子一幅。但姐夫不一样，姐夫的画画得好，若是愿意卖给我们家，我们家肯定是出双倍的银子了。姐姐，就看你们家怎么方便了，我们家都可以的。"

马秀娘要不是等着银子用也不会怂恿着章慧给郁家画图样了，而且章慧只答应马秀娘画二十幅就不再画了，何况还不知道章慧画的图样能不能让郁家赚到钱呢。

她脸红得更厉害了，低声道："我家的事你也是知道的……"

郁棠闻言知意，立刻道："那行，就全卖给我们家好了。我这么说，是有些画师喜欢卖一件结一件，姐姐从来没有接触过这些，我这不是要把话给你说明白了吗？你就安心让姐夫画画好了，其余的，有我呢！"

她这么一说，马秀娘就更不好意思了，道："你姐夫，只准备画二十幅。"

郁棠也想到章秀才不会总做这件事，并不失望，反而为能拿到章慧的画而高兴。她道："二十幅就二十幅，总比我们家一幅也求不到的强。姐姐，您看我什么时候来拿画好？"

马秀娘失笑，道："你姐夫这才刚被我说动呢，哪有那么快？不过，你们家要些什么图样你得好好跟我说说，我也好催着你姐夫早点把画画好了。"

郁棠道："书房里的那些雅物就行。"他们家不缺什么麻姑拜寿、彭祖升座之类的图样，缺的是能让文人喜欢的雅件。

马秀娘笑道："行了！我知道了。你就回去安心等消息好了。"

郁棠连声道谢。

马秀娘却拉了郁棠的手，感慨道："是我应该谢谢你才对。"明明是件互利互惠的事，郁棠做得却像郁家讨了他们家多少好处似的。马秀娘突然很庆幸结交了郁棠这个朋友，她却不知道，郁棠也很庆幸自己这一生没有错过和马秀娘成好友。

从章家出来，郁棠直接去了长兴街郁家的铺子。远远地，她就看见夏平贵和相氏的陪嫁丫鬟夏莲站在铺子门口说着话，夏莲手里还提着个食盒。她猜着夏莲是奉了嫂嫂之命来给大堂兄送午饭的。郁棠抿了嘴笑。铺子里是学徒做饭，当然比不上家里，嫂嫂这是心疼大堂兄吃不好吧。待她走近了才发现，夏平贵和夏莲的笑容都显得太灿烂了一些。郁棠心底闪过一丝疑惑。

看到了她的夏平贵和夏莲却都像被踩了尾巴的猫似的各自朝旁边跳了开来，夏平贵更是用一种比平时殷勤百倍的热情和她打招呼："小，小姐，您过来了。您是来找东家的还是来找少东家的？东家去找项师傅还没有回来，少东家在铺子里守着呢。我带您进去吧！"说着垂下了眼帘，像个无头苍蝇似的朝里就闯。

夏莲则慌慌张张地说了声"小姐，我先回去了，我是来给少东家送饭的，我们家少奶奶还等着我回话呢"，就一溜烟地跑了。

她有这么可怕吗？郁棠在心里嘀咕着，突然灵光一闪。夏平贵该不是对夏莲……

她面上不显，心中的小人却嘿嘿嘿地直笑。梦中，她在李家的时候也发生过这样的事，有她身边的丫鬟和小厮看上眼了的。不过，林氏不允许家里出现这样的事，所以把丫鬟和小厮都发卖了，说是这种事不可开了先例，不然容易内外勾结，监守自盗。不过，夏平贵和夏莲，倒挺合适的。到时候得提醒她嫂嫂一声，如果两个人真的都有这个意思，不如早早成全了他们，免得闹出事来大家脸上都不好看。

郁棠不动声色地去了郁远休息的账房，和郁远说了章慧的事。

郁远喜出望外，道："你可知道阿爹去找项师傅做什么？前几天阿爹接了个活计，有人要订五十个箱笼，但人家要四季如意这样的图样，阿爹去找项师傅画图样去了。你也知道项师傅的，一幅图样最少也要五两银子。"

郁棠听着急了起来："那你赶紧找人去跟大伯父知会一声，大伯父要是和项师傅谈好了就不好再改弦易辙了。还有，项师傅我知道，是临安城里最有名的画样师傅。要是项师傅五两银子一张，那章公子最少也得四两银子一张吧？"

之前她知道的画样师傅一张画只收一两银子的，谁知道项师傅会这么高。

郁远忙吩咐了夏平贵一声，只说家里来了重要的客人，让郁博快点回来。等夏平贵走了，继续和郁棠说着这件事："我们之前跟阿爹说，家里的图样有点老，阿爹也是知道的，但更心疼银子，总想着能将就些日子就将就些日子。如果这次不是别人点着名要四季如意这样的图案，没有的话这笔生意就做不成了。阿爹算了算，这笔生意赚的钱刚好够付项师傅的画样钱，一咬牙才找了去，不然为何要拖到现在！"

郁棠无奈地笑。

兄妹俩喝了半天的茶，郁博气喘吁吁地赶了回来。

"听说你找到了更好的图样师傅？"他进门就问，茶都没来得及喝一口。

"不是图样师傅。"郁棠把章慧的事告诉了郁博。

郁博果然有些犹豫，道："章公子的画那肯定是好，可到底能不能卖得好不好说。"

四两银子的价钱就更不行了。

郁棠笑道："既然这次的生意能支付项师傅的画样钱，我们铺子里的画样大家又总说没什么新意，我看不如先让章公子按着那客商的意思画几幅画样，要是客人满意了，那就请章公子画。您还可以赚几两银子呢！"

郁博想想自家也不吃亏，就答应了。

郁棠回到家就写了封信让阿苕跑了趟章家。

马秀娘收到郁棠的信就开始督促章慧画画暂且不提，郁棠这边却在头痛第二天和裴宴的见面。

日照的那个案子肯定是不能提的，不然她没有办法交代自己是怎么知道的，那就只能在那五十亩的永业田上花功夫。好在李家留下的破绽足够多。

郁棠第二天换了身新做的墨绿织银粉色四季如意团花的杭绸褙子，戴了前几天刚做的鹅黄色玉兰绢花去了裴府。

裴宴一副疲惫的模样，神色有些蔫蔫的，却无损人的英俊，反而因没了平时的矜贵而让人觉得平易近人，感觉亲切而温暖。

"你急巴巴地找我做什么？"他很随意地靠坐在暖阁的罗汉榻上，指了指小丫鬟端上来的果盘，道，"尝尝，福建的福饼，大家都说挺好吃的。"

福饼是福建那边做的一种柿饼，因颜色鲜艳，红彤彤的，吃在嘴里又甜而不腻，还有清热、润肺、平咳喘的效果，用来做点心甚至是泡水喝都很好，因此得了个福饼的名称。不过，福饼通常都是腊月上市，这个时候……也太早了些。不知道是从哪里得来的？郁棠忍不住道："听说您去卖橘子了？卖得如何？好吃吗？"

裴宴闻言挑了挑眉，目光颇为不善地盯着郁棠："卖橘子？你听谁说我去卖橘子了？"

郁棠一听就知道要糟，可她也不知道怎么话传到了她这里就成了"卖橘子"了。不管谁传错了话，以裴宴这个性子，一不高兴说不定就真的去查这件事了。到时候岂不是闹得大家都不得安生？

她本着息事宁人的态度，忙道："是我说错了话！我的意思是，听说府上吉安那边田庄种的橘子上市了，您不是过去查看去了嘛。也是我想当然了——既然这么早就开始收橘子，肯定是已经想好了销路。这话赶话的，不就成了'卖橘子'了吗？"

郁棠觉得自己这话够给裴宴台阶了，谁知道裴宴却像要故意怼她似的，又挑了挑眉，道："谁告诉你我不是去卖橘子了？一共五千斤橘子，全都卖给了上林苑，还卖了五千株树苗。"要不是有他，上林苑的人能这么老实，一手交钱一手交货？他们的橘子能卖到京城去？

郁棠惊掉了下巴，道："上林苑还买橘子？"她羡慕得不得了。他们家怎么就没有这样的本事呢？可就算是供宫里人食用，那也是二十四衙门里太监的事，什么时候轮到给皇家种树种花的上林苑？

"这你就不懂了吧？"裴宴淡然地道，"皇家园林要是有了收入，皇上也会高兴嘛，何况是这么早就结果的橘子。"

也就是说，上林苑在弄虚作假！郁棠磕磕巴巴地道："他们，他们就不怕被发现吗？万一皇上要去看看橘树呢？"

"皇上忙着炼丹呢，哪有空关心上林苑种了多少棵橘树！"裴宴不以为然地道，"万一他真的要去，就想办法从我在通州那边的果园里移几株橘子树过去好了。要不然他们上林苑怎么会向我们家买橘子呢？不就是因为我们家通州那边的田庄也种橘子。不过没这边的橘子好吃罢了。"

郁棠已经被这一波操作给弄蒙了，在她看来，这完全就是个劳民伤财的法子。但官衙做的这样劳民伤财的事也不是一桩两桩了，她无意攻讦也无意多说。她没想到裴家在通州还有田庄？！裴家还在哪里没有田庄？郁棠在心里腹诽着，转移了话题，道："这福饼不会也是贵府田庄晒的吧？"

裴宴在郁棠进门的时候就注意到了她红润的脸庞，想着裴满跟他说的，她不仅得了他母亲的欢心，和他的几个侄女相处得也都挺不错。第一次见面就和她叽叽喳喳地讨论了半天做什么款式的衣裳，还得了他母亲的赏赐。

要知道，他母亲可不是一般的妇人，并不是什么人都能得了她的青睐的。他原只是想让她进府来逗他母亲开开心的，不承想这事对她来说却是如鱼得水。瞧这样子，他在吉安忙得脚不沾地的时候，她在他家还过得挺悠闲的。莫名地，裴宴就有些唏嘘，想逗逗郁棠，不想让她在他面前一副万事如意的模样儿。

他闻言不由撇了撇嘴，道："我们家的手还没有你想的那么长，福建是彭家、印家、利家的地方，我可没有准备同时与这几家为敌。这福饼，是利家送过来的。据说是做给自家人吃的，和市面上卖的很不相同，你可以尝尝有什么不同。"

郁棠听他那口气，好像不怎么喜欢吃这些甜食，那她做的花生酥去了哪里呢？难道从前都是做做样子的？她不禁道："那您喜欢吃什么？我姆妈要是会做，下次做了送给您。"

裴宴一副可有可无的样子，道："我也没有什么特别喜欢吃，或是特别不喜欢吃的，有新鲜的东西就尝一尝好了。不喜欢吃福饼，主要是老安人不知道从什么地方听说了，多吃福饼可以治咳嗽，从小就每天不间断地给我煮柿饼水喝，我闻着那味就不舒服。"

郁棠顿时如遇知己，忙道："那我和您一样。我姆妈总觉得小孩子肠胃不好，就得喝粥。从我小时候开始，我姆妈就喜欢让我喝粥，后来长大了，我看着粥就不想端碗。"

还长大呢？这才几岁，再怎么长，也不过十几年光景。裴宴听她说得有趣，挺开心的，有一句没一句地和郁棠搭着话，直到陈其送账本过来让裴宴过目，裴宴这才想起来，正色地问郁棠："你来找我有什么事？"

一旁的陈其就多看了郁棠几眼。三老爷最不耐烦说闲话了，怎么今天和个小姑娘说得这样开心。不过，这小姑娘年纪轻轻，说话办事却有模有样的，难道三老爷看中了这位小姐？

他出了书房就去打听郁棠的来历。郁棠陪伴在老安人身边也不是什么秘密，虽然没有大事宣扬却也没有刻意回避，很快，陈其就把她进府的前因后果都打听清楚了。什么都好，就是门第有点低。陈其在心里琢磨着。

郁棠和裴宴都没有想那么多，郁棠向裴宴说起这次的来意："您之前跟我说李家急缺在京中活动的银子，我当时就觉得李家未免太心急了，既然是一时之需，以李家的声誉，就是抬个空箱子贴了封条到当铺里去当个活当，肯定也有当铺愿意卖李家这个人情的，何必非要卖了这五十亩的永业田呢？不过，我前几天听到一个消息，说李竣奉父命从日照押送回来的东西的确压得车辙入土三分。我这几天在家里没事就在想这件事。您说，这会不会是障眼法？李家有多少家底别人不知道，临安城里的人可都是眼睁睁地看着他们家发迹。要是李意真的在日照贪了银子，总得想法子把这银子给洗白了吧？"

裴宴听着，脸上的轻快慢慢地就开始收敛起来，等到郁棠把话说完，裴宴已坐直了身子，神色肃穆地望着郁棠："你说这话是什么意思？想把李端按到泥地里再折磨一顿吗？"

郁棠听着脸色一红。她的确有这个意思。可裴宴说得也太直白了。别人听了，还以为他们两个人在商量怎么谋财害命的事呢！

她眨了眨眼睛，道："我听说李家马上就要搬去杭州城住了，李端还准备去京城随着父亲读书。他们要是真的离开了临安城，卫家二公子的大仇就报不成了。"

裴宴不太能理解，道："李端已经给卫家二公子披麻戴孝了，李端和顾家的婚事也告吹了，你觉得这样还不够吗？"

他觉得郁棠太执着了一些。她和那卫家二公子也只不过是相了个亲，连婚事都没有订。难道郁小姐看中了卫家二公子？

裴宴摸了摸下巴。

郁棠却道："以德报怨，何以报德呢？我就是再恨一个人，最多也就是在私底下咒他不得好死罢了。李家能为了自己的利益毫不犹豫地就害了卫家二公子，可见他们家也不是什么好东西！而我们家，这次要不是有您庇护，说不定也会落得个和卫家二公子一样的下场，甚至有可能家破人亡！这样的人家，我为何要放过他们？"

裴宴看着她气呼呼的小脸，突然想到自己小时候因被同窗忌妒受了欺负，他不仅反击了回去，还痛打落水狗，不仅让欺负他的人从此再也不敢惹他，就连旁边看热闹的人也都不敢再轻易地惹他。偏偏他父亲觉得他心胸不够宽广，还为此狠狠地斥责了他一番……这样一想，他觉得郁棠这么做好像也无可厚非。郁文毕竟只是个小秀才，如果能把李家这样的官宦世家拉下马，以后别人肯定不敢再随便欺负他们家了。

"说吧！你要我怎么帮你？"裴宴痛快地道，"我等会儿还要和账房的对账。"言下之意，让郁棠别浪费他的时间。

郁棠不好意思地笑了笑，道："您能不能帮我查查李端父亲在日照为官时的所作所为，普通的人不可能做个知府就能送那么多东西回来吧？"

她实际上还想问，同样是一块地，为何只有李家的那二百亩永业田能种出碧粳米来？他要是有意，她可以把自家得的那三十亩地拿出来给裴家人研究，说不定裴家的地里也能种出碧粳米来。

只是裴宴前脚刚说了这样的话，她后脚就提这件事，很容易让人误会她这样是想和裴家交换条件，反而辜负了裴宴的一片好心。

裴宴倒没有想那么多，很爽快地就答应了下来。

郁棠松了口气，起身告辞，准备去给老安人问个安就回去。

裴宴很忙的样子，吩咐阿茗带郁棠去了内院。

老安人正和二儿媳喝着茶，听说郁棠过来了，还是阿茗带过来的，扭头对裴二太太笑道："正好你也见见。这孩子性子活泼却不闹腾，正好可以和阿丹做个伴。"

二太太素来敬重婆婆，闻言立刻笑着应"是"，并柔声道："我也听阿丹说了。说上次来您这里做衣裳的时候遇到郁小姐，郁小姐给她挑了件鹅青色的料子做夹袄，一听就是个稳重的姑娘。"

老安人心疼晚辈，悄悄地给晚辈们炖鸡蛋羹吃，那是老安人的慈爱，他们这些做小辈的却不能得意忘形，真的不守规矩，吃肉喝汤穿鲜艳的衣裳。

他们家的裴丹年纪最小，从小跟着他们在任上长大，心思单纯。每次她和几个姐姐出门她的心都悬着，生怕她做出什么不合时宜的事来，每次都要反复叮嘱那些在裴丹身边服侍的丫鬟婆子，多盯着点裴丹。若是裴丹身边的人都像郁小姐这样，那裴丹闯祸的机会也会少一些。

· 023 ·

两人说着话，郁棠由陈大娘领着走了进来。

屋里有个陌生人。郁棠不由好奇地打量了裴二太太一眼。二十七八岁的年纪，桃子脸，柳叶眉，穿了件白色鎏银如意云纹团花杭绸褙子，端庄秀丽地坐在那里，未语先笑，矜持中透着温柔，像个邻家姐姐似的让人觉得可亲。

"这是二太太，五小姐的母亲。"老安人向郁棠介绍裴二太太。

郁棠忙上前行了礼。

二太太伸手虚扶了扶郁棠，笑道："不知道郁小姐今天过来，也没带什么见面礼……"说着，她想了想，拔下了发间戴的一朵珐琅白贝紫荆花簪子递给了郁棠："就算是见面礼了。还请郁小姐不要嫌弃。"

那紫荆花做工精细，就连花蕊都镶了一颗颗芝麻大小的白色晶石，一看就不是凡品。郁棠暗暗叫苦。裴家的几位太太小姐人都挺不错的，就是这人情来往太重了。

"多谢二太太！"郁棠笑着收了下来，在老安人指的绣墩上坐了下来，笑着主动说起裴府的事来，"我听说李家当初真的运了几车银子回来，就寻思着这件事传开了只会对临安城的声誉不好，就去见了见三老爷。"

李意不管怎么说也是从临安出去的官员，若是他名声坏了，也会连累临安人的声誉。不过，这不应该是郁棠操心的事，跑去告诉裴宴，就更不应该了。

老安人心中不喜，但也没有因为这一件事就否定郁棠，她和郁棠毕竟接触得不多，也许这只是小姑娘一时的失误呢？

"三老爷怎么说？"她淡淡地道。

郁棠倒是想把她的怀疑告诉老安人，但老安人明显不是普通的妇孺，直接说出来，老安人肯定会觉得她多管闲事或是喜欢找借口往三老爷面前凑，还不如问什么说什么。时间长了，让老安人自己来判断她是怎样一个人，反而更能让老安人安心。

"三老爷说他知道了。"郁棠笑道，"我想着有几天没见着您了，就过来给您请个安。"

老安人笑了笑，想着，果然还是个小姑娘家，行事再稳重也有考虑不周到的地方。她看着郁棠一副花容月貌却没心没肺的模样，突然间觉得有点可惜，忍不住告诉郁棠做人的道理："你以后再遇到这样的事，就让你阿爹来找三老爷，由他跟三老爷说。"

郁棠觉得她的机会来了，忙道："我之前也想让我阿爹来跟三老爷说的。只是我阿爹这几天很忙——李端李举人家前些日子不是要把他们家能种碧粳米的永业田卖掉一部分吗？我阿爹和我们家隔壁的吴老爷一起买了一部分，田契刚到手，这几天我阿爹和吴老爷整天不着家，整天在忙这件事呢！也不好打扰他老人家，我这才来见的三老爷。"说完，她立刻乖乖认错："老安人说了之后我也觉得是

· 024 ·

我行事太鲁莽了一些，我以后再也不会这样了。"

说完她还做了个发誓的动作。

二太太抿了嘴笑。

老安人却是一愣，道："你说什么？李家卖了五十亩永业田？你可知道一亩地卖多少钱？"

郁棠笑道："说是一亩地四十两银子。前两天我阿爹和吴老爷去签的契书，还怕李家刁难，请了三老爷出面帮着解决了灌溉的事。我阿爹和吴老爷都非常感激三老爷，还说过几天要去庙里替三老爷上几炷香，求菩萨保佑三老爷福泰安康，长命百岁呢！"

这下子，老安人和二太太都大笑了起来，老安人更是笑得眼泪都出来了，一面接过小丫鬟手中的手帕擦着眼角，一面道："他年纪轻轻的，上什么香啊？小心折了他的福气。"

郁棠汗颜。裴宴这个人，第一眼会被他的相貌迷惑，多接触几次，就会被他的气势压住，不管是前者还是后者，都容易让人忽视他的年纪。

"那，那我一回去就跟我阿爹说。"她道，"让他换点别的东西来拜谢三老爷。"

"什么也不用！"老安人脸上还留着刚才欢快大笑后的笑意，"他什么也不缺的。再说了，他既然做了家主，就得庇护乡邻，有什么好谢的。"说着，她老人家就说起当年裴老太爷是怎么造福一方的。这恐怕是老安人记忆中对亡夫最难以忘怀的念想了。

郁棠恭恭敬敬听着，眼角却看到一个小丫鬟在外面探头探脑的。她一来是不想打断老安人的美好回忆，二来她只是个做客的，不必大惊小怪。郁棠稳如泰山地坐在那里。

那小丫鬟却急得直探头，终于被二太太发现了。

二太太朝着身边的丫鬟使了个眼色，她身边的丫鬟就不动声色地走了出去。不一会儿，又轻手轻脚地折了回来，在二太太耳边低语了几句。二太太就看向老安人，等老安人的话告一段落，端起茶盅喝了几口茶之后，这才笑盈盈地道："母亲，沈太太过来拜访您。"

"沈太太？"老安人不解地问，"哪个沈太太？"

二太太笑道："就是在我们这儿的县学做教谕的沈善言沈先生家的太太。"

老安人听着却皱了皱眉，道："她来干什么？怎么也没有事先递个帖子。"一副不怎么待见沈太太的模样。

郁棠不由支了耳朵听。沈先生常年一个人住在临安，不知道他太太是怎样的一个人，也不知道那沈太太和老安人有什么渊源。

二太太却好脾气地笑道："上次姨母不是说有东西带给您吗？就是托的沈太太。我想，沈太太多半是来送东西的，以为您知道，也就没有再送个拜帖过来。"又道：

· 025 ·

"说起来沈太太也不是别人，就没有和您见外。"

老安人有些不屑地轻哼了一声，道："让她进来吧！"

二太太亲自起身去迎。

郁棠忙起身告辞。老安人却留她："她说几句话就走。我还有事要问你。"

郁棠不好再提走的事，起身帮老安人续了杯茶。二太太就带着两人走了进来。

郁棠抬头一看，差点把手中的茶壶给甩了出去。那飞扬的眼眉，炯然的明眸，不是顾曦还是谁？她的心顿时怦怦乱跳起来。梦中，她可从来没有听说过顾曦和裴家有什么关系，也没有看见顾曦到裴家来拜访过老安人，怎么如今事情全都变了样？

先不说江灵的变化，就是顾昶、顾曦两兄妹怎么也来凑热闹了！

好在是屋里人的注意力都放在顾曦和与顾曦一起进来的沈太太身上，没有谁发现郁棠的不对劲。就是顾曦，也只是飞快地睃了郁棠一眼，脸上闪过一丝惊艳的神色，就又很快地低眉顺眼，跟着一起来的沈太太屈膝给老安人行礼问安。

老安人微微地笑，半点也看不出刚才的抱怨，等到两人起身坐下，趁着丫鬟们敬茶点的时候还问顾曦："你是顾家二房的长女，顾朝阳的胞妹？"可见是曾经听说过顾曦这个人的。

顾曦忙起身答话，却被老安人阻止了："坐下来说话。我和你母亲娘家是姻亲，你在我这里不必拘礼。"

顾曦笑着，大方地坐了下来。可是以郁棠对她的了解，却觉得她是暗暗地松了一口气。来拜访一个长辈而已，她有什么好紧张的。郁棠不动声色地观察着顾曦。

老安人问了顾曦半天的话，顾曦答得很得体，却也很谨慎，这让郁棠更加觉得顾曦是带着目的有所图而来。

老安人问完了话，把郁棠引荐给了沈太太和顾曦，并很带着几分庇护意味地说郁棠是她的一个晚辈，却没有具体提郁棠是谁家的姑娘。

顾曦和沈太太都和郁棠见礼。

沈太太看上去四十来岁的样子，人很瘦削。穿了件普通的靓蓝色妆花褙子，发间插了两支金簪，手上戴了一对金镯子，以她的身份地位而言，打扮得非常朴素。或者因为她表情很严肃，或者是受了刚才老安人的影响，虽然她待郁棠客客气气的，可郁棠还是觉得她的面相有些苛刻，不是个好相处的人。

顾曦则让她感觉有些意外。

梦中，顾曦是出了名的端庄有礼，可如今她们初见，顾曦就俏皮地笑着问她："你今年多大？我是要叫你妹妹还是姐姐？"热情得一点不像梦中的她。

第三十九章　难受

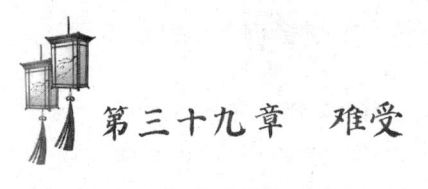

不用序齿，郁棠就知道顾曦比她大一岁，但她还是微微一笑，报了自己出生的年份。

顾曦抿了嘴笑，转头对裴老安人和沈太太道："是我妹妹呢！"

郁棠想着梦中两人的恩怨，想着顾曦对她露出的那些嘴脸，她可不想自己为难自己，和顾曦称什么姐妹。

"顾小姐！"她笑眯眯地喊了顾曦一声，态度间的疏离肉眼可见。

顾曦面上不显，眼眸却缩了缩，笑容依旧活泼地道："妹妹别恼，我平日也不是这样的性子，只是看见妹妹长得这么漂亮，实在是喜欢，不免有些失了分寸。姐姐给你赔个不是。"说完，伸手拉了郁棠的胳膊。

郁棠听了在心里冷笑。这是在指责她脾气不好吗？梦中的顾曦可没有这么小气，是因为自己没有像梦中她们第一次见面时那样的落魄吗？可见梦中的顾曦那些善良、宽厚是多么虚伪！不过，上眼药谁不会？！她朝老安人望去。

老安人暗暗点了点头，心里想着郁家的这位小姐虽然有这样那样的小毛病，根子却不坏。她虽然向沈太太等人介绍说郁小姐是她的亲戚，可小姐毕竟不是。顾曦对郁棠这样热情，明显就是冲着她的面子去的，姐姐妹妹的，看似简单，若真的来往起来，却牵扯颇深。郁棠能在这关键时刻来征求她的意见，可见心里还是有杆秤，是个能分得清轻重的。

"她是个胆子小的。"老安人笑着，开口就护着郁棠，"你既然是做姐姐，就别和她一般见识了。"说完，扭了头开始问起沈太太的来意："我记得你说家里的小孙孙要照顾，沈先生来了临安五六年也没见你过来，这次怎么？是来探望沈先生，还是家里有什么事吗？要是我能帮得上忙的，你尽管说。先不说沈先生和我们家老二的关系，就是我们家老太爷活着的时候，最最欣赏的就是沈先生了，两个人常常一起喝酒出游。你既然来了临安，也别把我们当外人。"对郁棠和顾曦序齿的事，一字不提。言下之意，就是反对顾曦和郁棠结什么姐姐妹妹的。

顾曦咬了咬唇，飞快地睃了郁棠一眼。相貌出众，举手投足间也是一派落落大方，一看就不是小门小户出身。那她到底和老安人是什么亲戚关系呢？老安人为何不让她和这位郁小姐序齿？难道是她称郁小姐为"妹妹"不妥当？

念头一起，顾曦就被自己吓了一大跳，随后心也咚咚乱跳起来。沈太太小了

· 027 ·

老安人一辈，她又是和沈太太一起来，看着像沈太太的晚辈，也就是成了老安人的孙女辈……难不成这位郁小姐是老安人为裴三老爷准备的……未婚妻！顾曦忍不住又瞥了郁棠一眼。

郁棠正安静地听着老安人说话，并没有注意到顾曦的打量。就算她注意到了顾曦的打量，也不会放在心上。梦中，她们是妯娌，生活在一个屋檐下，她也没有什么地方可去，那是没有办法了。现在，她父母俱全，还有哥哥嫂嫂帮衬，顾曦就算是再看她不顺眼，又凭什么动她！

倒是沈太太这边，郁棠发现了一些有趣的事。据沈太太的说法，她来临安城，是受了顾昶所托陪顾曦过来的。裴宴的姨母知道了，这才托她带了些东西过来，而且这些东西除了吃食、药材，还有些江南这几年流行的话本。顾曦可是和李端定过亲的人，她这样来临安城合适吗？顾昶有什么事不能派贴身的随从或是幕僚帮着跑一趟，要请沈太太陪着顾曦来临安城。沈太太来裴家拜访，怎么还要带上顾曦？郁棠怎么想都觉得这件事透着几分蹊跷。可只要顾曦的到来不涉及郁家的安危，那就与她没有关系。

郁棠无意多问，继续安静地陪坐在旁边听老安人和沈太太说话。

顾曦却心绪大乱。她来临安拜见沈善言，根本就是个借口。实际上，她是来见老安人的，且最好能让老安人对她心生好感。想到这些，她脸有点热。

李家是没什么用处，照她哥哥的说法，如果能和裴家联姻成功就是最好的选择了。特别是她之前觉得既然和李家退了亲，最好别再和临安城的人扯上什么关系。结果顾昶把江浙一带的世家子弟都给她说了个遍，还真没有比裴宴更合适的人选了。

顾昶也打听到了，裴家之前对裴宴寄予厚望，非三品大员以上人家的闺女不娶，甚至之前他们家和礼部尚书、文渊阁大学士黎训家的婚约也是真的。可两家的婚事还没有订下来，裴老太爷就去了，裴宴和黎家的婚事也就搁了下来。

原本他们也不敢和黎家去争，毕竟黎家和裴家有婚约在前。可就在上个月，听说黎家唯一待嫁的那位三小姐和翰林院大学士杨守道家的儿子定了亲，可见黎家和裴家的婚约出了变故。

偏偏好婿难求。像裴宴这样的，从前大家都觉得他和黎家有了口头之约，不会打他的主意，现在他是自由身了，消息一旦传出去，还不知道有多少人家会盯着，到时候别说他们顾家了，就是他的恩师张英家的那些三姑六舅恐怕也会急着把裴宴这个金龟婿钓到他们家去的。

顾曦思忖着，暗暗叹了口气。

两相比较，他们顾家比钱家还强一点。可坏就坏在他们顾家和裴家没有什么交情，特别是女眷之间，压根就没有能和裴家女眷说得上体己话的人。要是托了他们的继母行事，他们的继母不把裴宴弄成她娘家的侄女婿也会把这件事给搅黄

· 028 ·

了。至于其他的人，就更不靠谱了。

顾昶思来想去，就把主意打到了沈太太身上。

当然，以沈太太的性格，也不是做这件事的最好人选，但可以让沈太太带着顾曦去裴家走一趟。如果能让顾曦在老安人心里留下个好印象，相比其他道听途说的姑娘，顾曦的赢面就大了。

顾曦想的比顾昶简单。如果裴宴没有她哥哥说的那样好，就算是她哥哥力主，她也是不会答应这门亲事的。与其嫁个没用的东西，嫁过去应付完后宅还要应付前厅，她宁愿永远待在家里，做个趾高气扬的姑奶奶，在家里逍遥自在地过日子。只不过她是个好强的。虽然不知道她和裴宴有没有缘分，但她既然出现在了老安人面前，出现在了裴家人面前，她就会做最好的自己，把自己最好的一面展现出来，让别人说起她来就会竖了大拇指交口赞好。因此在裴老安人和裴家二太太面前留个好印象就尤其重要了。顾曦姿态端庄优雅地喝着茶，暗中琢磨着怎样才能打听出郁棠的出身来历。

郁棠听着沈太太的话，越听越觉得奇怪。沈太太想和顾曦在裴家借住几天，理由是沈善言在临安没有自己租房子，而是住在县学，县学里又有太多的士子，沈善言又没有设个内宅外院的，男女有别，她和顾曦住在那里不方便。

郁棠没能忍住，颇为惊讶地看了沈太太一眼。这么长时间没见自己的丈夫，不是应该欢欢喜喜，没有机会也要找个机会和丈夫待在一起吗？怎么到了沈太太这里，反而是敬而远之了呢？郁棠就是再迟钝，也看出沈先生和沈太太不和了。难道这就是沈先生来了临安却没带家眷的原因之一？答案她不得而知，可老安人不喜欢沈太太她却是看得明白清楚。

"你是师母，这有什么不方便的？"老安人说这话的时候甚至有些严厉，"我看你就是有时候太过讲规矩了。到了这把年纪，还是能放松就放松些的好。"

沈太太显然也不喜欢听老安人这样说，她道："若是老安人这里不方便，我就先去客栈住两天，只是顾小姐跟着我我不放心，还请老安人收留她几天。"

这倒是。客栈再好也怕遇到那混不吝的人。

老安人皱了皱眉，最终还是退了一步，道："我是怕你们来往县学不方便。你既然觉得这样没什么，我这里倒也好说。我看你们这就住进来好了。我这里别的没什么，就是客房多。你想住哪间住哪间。"

沈太太和顾曦就这样住了进来。

出门的时候郁棠问送她出来的计大娘："和鸣堂有很多间房吗？"她瞧着和鸣堂也就是个五间三进的院落。

计大娘这些日子和她越发熟悉了，说话也就更随意了。

"旁边那个五进的院子也是和鸣堂的地方。"她低声对郁棠道，"和鸣堂是从前裴家孀居的老安人、老夫人们住的地方，自然房间多。不过这些年来裴家福

· 029 ·

寿双全的多，像老太爷这样这么早就去了的少，又没个妾室姨娘的，房间也就空下来了。"

郁棠打了个寒战，莫名觉得和鸣堂有些阴森。

计大娘看到了直笑，道："你上次也来祭拜老太爷了。裴家可是大户人家，很讲究的。家里的人要是不行了，是有专门院子的。和鸣堂哪里就阴森了？"

郁棠不好意思地笑。

计大娘道："何况平生不做亏心事，半夜不怕鬼敲门。有什么好怕的！"

郁棠回来的时候坐的是裴家的轿子。不知道是不是因为她是和鸣堂的客人，轿子走得又平又稳，几乎没有什么颠簸就到了青竹巷。

进了门，她看到王四正在朝着家里搬柴火。她不由奇道："你怎么来了？"

王四朝着她憨憨地笑，还没有来得及答话，从厨房出来的双桃就抢着答道："他闲着无事，拾了很多柴火，想着我们家还要买柴烧，就赶车进了城。小姐，你快过来看，家里的柴房都堆满了。"

郁棠笑着去看了一眼，然后回房更衣，去给陈氏问安。

陈氏正和陈婆子商量着十月初一祭祖的事，见郁棠进来，就打住了话题，让陈婆子去给郁棠冲碗桂花糖水进来。

陈婆子笑着应声去了。

陈氏则拉着郁棠的手让她坐在了自己身边，温声问她："不是说去去就回吗？怎么这么晚才回来？老安人留饭了？"

郁棠笑着点头，说起遇到顾曦和沈太太的事来。

陈氏颇为意外，道："沈太太来了啊，你阿爹被吴老爷叫出去了，等他回来我问问他，看看我要不要去和沈太太打个招呼。"她对顾曦也很好奇，问："那姑娘长得漂亮吗？"

"挺漂亮的。"郁棠实事求是地道。

"那你们是在一起用了午膳？"

郁棠摇头："没有。沈太太说要回去收拾东西，老安人就没有留她们。"

不像她，事后说要回去，老安人却再三地挽留不说，还留了二太太用午膳，让人把五小姐也接了过来。老安人对沈太太，更多的好像只是面子情。

陈氏当然不知道这其中的差别，以为是沈太太执意要走，也就没有多问，只是关心地问郁棠："你在裴府还自在吗？要是不自在，以后就找个借口少去好了。"她虽然有意报答裴家，可若是女儿受了委屈，她宁愿用其他的方式报答裴家。

郁棠感受到了母亲的温暖，不由抱了母亲的胳膊，道："您别担心，老安人是个很好的人。我在她老人家那里没有什么不自在的。"

在沈太太和顾曦走后，老安人又仔细地问了李家卖地的事。从老安人的神态猜测，裴宴没有怀疑的事老安人却起了疑心。她走的时候，老安人叫了胡兴过去，

· 030 ·

估计是要问李家的事。照这样看来，以后她有什么事，与其找裴宴还不如找老安人。

郁棠赖在母亲的身边，一面喝着桂花糖水，一面听她和陈婆子继续说着祭祖的事。

那边王四卸了柴火，进来给陈氏问安，准备回村子了。陈氏赏了他二十个铜板，还问他过年的时候要不要回老家去看看。王四觉得路上花费太大，他不准备回去了。陈氏就让他到家里来过年。王四喜出望外，谢了又谢，这才赶着车走了。

陈氏就对陈婆子道："倒是个老实人，眼睛里有事。上次老爷回老宅，就是他帮着对的账。"

中秋节过后，郁家就开始收租子了。

从前都是请了郁家的族人帮忙，可大家家里的事都多，说是帮忙也就只能帮帮忙，顶不上什么事，过秤、算账、记账不是郁文动手就是郁博动手。这次郁文回乡收租，王四忙前忙后的，从头到尾都没有让郁文亲自上阵，郁文只负责记账就行了。回来的时候还和家里人感慨："你说王四连大字都不识一个的，算起账来居然比我还快，一笔都没错。"

郁棠也听说这件事了。她笑道："陈婆子不也大字不识一个，可您看她买菜，只有她占别人便宜的，有别人占她便宜的吗？"

大家哈哈大笑。陈婆子则非常地自豪。

陈氏说到这里，陈婆子就朝着陈氏使了个眼色。

陈氏见了，轻轻咳了两声，打发郁棠："你回屋里去歇歇，等会儿我带了你去你大伯母家串门，顺便说说祭祖的事。"

自相氏怀了身孕，王氏就整天笑着服侍相氏吃吃喝喝的，连铺子都不去了，来他们家的次数也少了。

郁棠就知道陈婆子又要和母亲说体己话了。上次她偷听的时候年纪还小，母亲常年卧病在床，陈婆子怕郁文有想法，劝母亲给父亲买个丫鬟回来做通房。这次她佯装出了门，却躲在母亲的窗棂下偷听。

陈婆子这次是劝母亲把双桃许配给王四，并道："反正我们家是要招女婿的，双桃也到了要出阁的年纪了，原本配阿苕最好，可阿苕年纪也太小了点，双桃平日里也和他说不到一块儿去。我看不如把王四留下。"

陈氏若有所思。

郁棠一溜烟地跑了回去，找了机会问双桃："你觉得那王四如何？"

双桃可能误会郁棠在打听王四的为人，考虑是否把王四留下来，帮王四说了一大通好话。不过，就算是这样，也可以看出双桃对王四的印象非常好，只是不知道王四能不能安心地留下来。

郁棠抿了嘴直笑，随后和陈氏去了大伯父家里。

相氏已经显了怀，正在那里苦着脸喝鸡汤，见郁棠进来顿时像抓了根救命稻草似的，忙吩咐夏莲："快，去把那鸡汤给小姐盛一大碗过来。"

夏莲满脸的纠结。

郁棠忙道："我不喝鸡汤。你给我沏杯茶过来就行了。"

相氏怂恿她："天气凉了，喝碗鸡汤正好。"

郁棠道："我才不喝呢！阿嫂要是喝不下了，就让我阿兄帮忙。我可不想被大伯母骂。"

"不会的，不会的。"相氏讪讪然。

郁棠呵呵地笑，和相氏悄悄说起夏莲和夏平贵的事来。

相氏非常地意外，夏莲给她们续茶水端点心的时候就不时地盯着她看，直至让夏莲觉得自己是不是脸上有什么脏东西。相氏这才放过了夏莲。然后又和郁棠窃窃私语："我瞧着挺不错的。正巧你阿兄想扩大铺子，有夏平贵在铺子里坐镇，你阿兄和你大伯父都最放心的。"

郁棠也觉得他们合适，在心里思忖着，要是能成，他们家明年是不是要办两场喜事了！

等她和母亲回到家，在门口碰到了郁文。

天气太冷，他冻得直跺脚。

陈氏心疼地道："你这是去了哪里？没有雇顶轿子回来吗？"

郁文直叹气，道："这不要祭祖了吗？吴老爷拉着我去定了头猪。结果半路上遇到了沈先生。他在路边的小酒肆里喝酒。我瞧着他那样子不对劲，可吴老爷非要上前去和沈先生打个招呼。结果我们俩都被他留在小酒肆里喝酒。我那酒量你也是知道的，哪里敢多喝？吴老爷是千杯不醉，两个人喝了个旗鼓相当，我净在旁边给两人倒酒了。等到两人喝得差不多了，吴老爷由随从背回了家，我却还得把沈先生给送回县学。不过，我在县学遇到了小川，听县学里的先生说，小川读书十分刻苦，考个秀才肯定没问题。要真能这样，卫家也算是能翻身了。"

卫家有那么多儿子还有那么多地，日子过得依旧紧紧巴巴，最重要的原因就是交的赋税太多。如果卫小川能考中秀才，就可以免去卫家的一部分赋税，这对卫家来说可是不小的一笔银子。

陈氏直点头，道："沈先生一个人在小酒肆喝酒吗？"说着，还看了郁棠一眼，好似在问郁棠"沈太太不是来了吗"。

郁棠也竖起耳朵听。

郁文显然不知道这件事，道："说是心情不好，今天的课都没有上，请了其他先生代讲。说起来，沈先生也挺可怜的。我送他回去的时候，屋里冷冷清清的，就一个懵懵懂懂的小童子在那里打着盹，让他帮着沏碗醒酒茶都不知从何下手。沈先生这么好的学问真是可惜了！"

这与学问多少好像没有什么关系吧？郁棠在心里琢磨着。

· 032 ·

陈氏显然也想到了，她皱着眉道："我听阿棠说沈太太来了，沈太太就没留个服侍沈先生的人？"

郁文讶然，道："沈太太来了？什么时候的事？怎么沈先生一句也没有提？"

陈氏迟疑道："我之前还想和你商量要不要去拜见沈太太，听你这么一说，我反而不知道如何是好了。"

郁文沉吟道："我先去打听打听了再说。"

陈氏应诺。

过了两天，郁文来和陈氏商量沈太太的事，郁棠在旁边听着。

"照理说呢，沈太太难得来一趟，我们又曾受过沈先生的恩惠，就算请不到沈太太来家里做客，也应该去拜访沈太太才是。"他为难地道，"可听沈方说，沈先生和沈太太自成亲起就不和，两人因此只有一个独子。沈太太来临安，也是住在裴府老安人那里，沈先生呢，也完全没有对身边的人透露一句。"

到底去不去拜见沈太太，就变得很为难了。

梦中郁棠没有听说过沈先生的事，也不好拿主意。但她想了半晌，给父母出主意道："要不，我们就当做不知道好了。当时老安人没有介绍我到底是谁家的姑娘，沈先生又没有和您透露半句，还是不要节外生枝的好。"

郁文想了想，觉得郁棠的办法可行，并道："反正我们家和沈家内眷也没有什么来往，不知道沈太太来了也说得过去。"

这件事在郁文那里就算是结束了，但却引起了陈氏极大的兴趣。她悄悄地跑去吴老爷家，问吴太太知不知道沈太太来了临安。

吴太太憋在心里正难受着，听陈氏这么问，又想着陈氏是个口风极紧的，也就没有了什么顾忌，打发了身边服侍的，就开始说沈家的八卦："……据说沈先生来临安就是因为不想和沈太太在一个屋檐下待着。你说，女人做成这个样子，还有什么意思。可我看沈太太那样，反而怡然自得的，一点也没有觉得自己做错了。平时别说关心沈先生的起居了，就是说话都没有一个好言语的。"

陈氏愕然，道："那这次沈太太来临安做什么？这眼看着要过十月初一了！"

吴太太当然也不知道，可这并不妨碍她对这件事的好奇。

又过了几天，吴太太来郁家串门，她拉了陈氏说悄悄话："我可打听清楚了，那沈太太和沈先生，关系真的很不好。"

陈氏虽然不是个喜欢主动打听别人家私事的人，但能听到她感兴趣的小道消息，她还是很喜欢听的。

"连这样的事您都能打听到！"她佩服地望着吴太太，亲自给吴太太剥了个橘子。

"我这不也是凑巧吗？"吴太太顾不上吃橘子，将橘子拿在手里低声对陈氏道，"那天你回家后，我越想越觉得你说得对。你说这马上要祭祖了，谁家的当家太太不都是忙得脚不沾地，沈太太居然还有闲工夫到处逛？我就跟我们家老爷说了一声，装作什么也不知道的，派心腹婆子带了些家里做的点心送去了县学，说是听说沈太太来了，特意送给沈太太的。可事情就有这么巧，我们家婆子送点心去的时候正好遇到了沈太太和沈先生吵架。"

"啊！"陈氏非常惊讶。

吴太太叹道："我们家婆子也没有想到，当时都不知道该怎么办才好。好在是县学里的先生都去上课了，服侍的小厮、婆子也不知道为什么都不在，没有旁人在场。我家婆子当时进退两难的，却听了个一清二楚。听到说是那沈太太受了别人所托，特意陪了别人家的一位小姐才来的临安。"

这件事陈氏知道。她听郁棠说的。她还知道沈太太因为这个才住进裴家的。

"沈太太是做得有些过分了。"陈氏是不赞成沈太太的选择的，道，"但两人也不至于为这件事吵得让下人看笑话吧？"

吴太太就朝着陈氏若有所指地笑了笑。

陈氏道："难道其中还有什么我不知道的？"

吴太太笑道："你听我说完就知道了。"

陈氏洗耳恭听。

吴太太继续小声道："这原本也没什么，谁家还没有个三朋四友的。可怪就怪在这里。沈先生一听，勃然大怒，指着沈太太的鼻子骂她伪善。还说沈太太对着他一副目下无尘的模样，现在还不是为了权贵低头折腰，像个媒婆似的。说什么沈太太若是还要点脸，就赶紧从裴家搬出来。"

作为女子，被丈夫这样指责就有点诛心了。

陈氏"啊"了一声，有些不赞同沈先生做派般地皱了皱眉。

吴太太叹道："我听我们家婆子这么说的时候，心里也是一急，还想着，这要是沈太太一气之下做出个什么三长两短的事来了，只希望我们家婆子够机敏，能拉得住沈太太。

"可谁知道人家沈太太根本不是个省油的灯。听沈先生这么说，不仅没有伤心欲绝地走开或者是反驳，还冷言冷语地开始数落沈先生。说沈先生什么自己没有本事，自己不上进，就以为别人都应该和他一样，看见权贵之家就躲着走，别人看着觉得他是愤世嫉俗，忌恨那些比他有本事的人，偏偏他还自以为是，觉得自己是清高傲气，不惹世俗……总之，句句带刺，我们家婆子学都学不过来了。

"沈先生当时可能是被沈太太说得气不过了，抓起手边的茶盅就朝沈太太砸了过去。还吼着说，若是沈太太两天之内不搬到县学去住或是回杭州城，他就亲自上裴家去请沈太太。把沈太太气得，又把沈先生说了一通，讽刺沈先生，说沈先生只许自己放火，不许别人点灯。他自己巴结顾家也就罢了，她帮顾家做点事，沈先生就喊打喊杀的，不过是为了掩饰自己的无能，掩饰自己想巴结顾家却巴结

034

不上的窘况罢了。她可不是沈先生。她要为自家的儿子挣个前程。沈先生若是去裴家也行，她就直接去跟顾朝阳说，这件事是沈先生从中捣的乱。看沈先生怎么向顾家交代，还怎么在顾朝阳面前摆出师尊的样子！"

"顾朝阳？"陈氏猜道，"难道是顾小姐的兄弟？"

吴太太听着立刻叫了起来，不满地指责陈氏："原来你什么都知道！你竟然在我面前装作什么都不知道的样子！枉我把你当体己的姐妹，有什么事都先跟你说……"

"不是，不是。"陈氏慌了起来。她从前卧病在床，和王氏走得最近，像吴太太这样的朋友，她从来没有过。她是很珍惜和吴太太的情谊的。

"我之前听我们家阿棠说过一次，不过并没有放在心上。"她忙辩解道，"听你这么一说，也就是这么一猜的。"

吴太太想了想，觉得陈氏没有必要瞒着她，要怪，也怪自己事前没有好好问问陈氏。

她立刻就原谅了陈氏，把心里的那一点点不快抛到了脑后，道："这么说，你也知道了！"

"知道什么？"陈氏摸不着头脑地问。

"哎哟，你就别在我面前守什么君子非礼勿听之类的规矩了，"吴太太又有些不满地道，"我也不是那多嘴的人，你说给我听了，我最多也就是跟你说说，外面的人肯定是一句都不会多提的，我会把这件事烂到肚子里的。"

陈氏真没有反应过来。

吴太太就不高兴地道："那沈太太不就是得了顾家的好处，专门来给顾小姐做媒的吗？"

陈氏目瞪口呆。

吴太太得意扬扬，道："给我猜中了吧？我就说了，我也不是那多嘴多舌的人，要不是你，我肯定是不会说的。"

陈氏忙道："不是，您是从哪里听说沈太太专程来给顾小姐做媒的？顾小姐可也住进了裴府。我们都是生儿育女的人，就算是要给自家的姑娘做媒，也不可能允许自家的姑娘就这样住到别人家去啊！"

吴太太就仔细地打量了陈氏一番，见陈氏不是在推诿，迟疑道："你是真没有瞧出来？"

陈氏的脑袋摇得像拨浪鼓。

吴太太就叹了口气，半是自嘲半是好笑地道："瞧你这样，我觉得我看人还是挺准的。之前觉得你是个可靠的，你根本就是个不可靠的。"

陈氏哭笑不得。

吴太太也就不绕圈子了，道："你仔细想想沈先生是什么样的人，再仔细想想沈先生说过的话。虽说我们女人家不应该向着男人说话,可这件事的确是沈太太做得不地道。就算是想给自己的儿子挣个前程,也不能这样低三下四的,让沈先生的面子往哪儿搁啊!也不知道沈先生的儿子知不知道这件事,若是他知道却没有阻止他母亲,我看,沈先生这儿子也不用要了……"

陈氏左耳朵听着吴太太的叨叨,从右耳朵就跑了出来,心里乱了一阵子再琢磨这件事,把当事人顾小姐给抛开了,这件事还真如吴太太所说的,越想越是那么一回事。

她不由道:"就算是这样,难道就没有人教教顾小姐?还有沈太太,既然是受人所托,难道也不提点一下顾家的人?"

吴太太看着陈氏直摇头,道:"说你是个实诚人,你还真是个实诚人。"

陈氏不解。

吴太太细声慢语地道:"你想想,顾小姐是什么人?她可是和李家有过婚约的!沈太太固然是受人所托,可骤然这么一提,你说,裴老安人会同意吗?"

陈氏摇了摇头。要她是裴老安人,肯定不愿意娶这样一个媳妇进门。并不是说顾小姐不好,而是顾李两家退亲,明显就是顾家强势主导的,裴家和李家是乡亲,抬头不见低头见的,裴三老爷又不是说不到媳妇,何必为了这件事让李家不愉快,和李家生出罅隙来!

吴太太道:"所以沈太太才会带顾小姐住进裴家啊!不过是要打日久生情的牌罢了!"

陈氏睁大了眼睛。

虽然吴太太的话没有说明白说透彻了,但陈氏已经懂了。她道:"那,那裴家三老爷岂不是要和顾家大小姐定亲了?"

"听说那位顾小姐不仅贤良淑德,而且长得也很漂亮。"吴太太幽幽地道,"那沈太太也不是傻子,她既然敢出面,肯定是觉得有几分把握才来的临安。"说完,她顿时有些不服气地道:"虽说我们家没有适龄的姑娘,且我们家就算是有适龄的姑娘,也轮不到我们家和裴家联姻,可我怎么想怎么不舒服,那顾小姐怎么能配得上裴三老爷!沈太太这么做,的确有点不厚道。"

陈氏听了却犹豫道:"话也不能这么说,李家是什么人,我们都是心知肚明的。顾小姐也是受害人!"

吴太太反驳道:"顾家和李家定亲之前难道就没有打听清楚的,又不是娃娃亲。可顾家还是在李家遇到事的时候就退了亲,可见顾家是很讲究利益得失的,我是觉得,像顾家这样门风的人家,怎么配得上裴三老爷!"

自从裴宴拿了一大笔银子给江潮重振家业之后,吴老爷私底下就把裴宴夸上了天,连带着吴太太对裴宴也另眼相看。她这么一说,对裴宴怀着感激之情的陈氏也觉得顾小姐配不上裴宴了。

吴太太甚至对陈氏道："你们家阿棠不是常常去给裴府的老安人问安吗？沈太太到底是不是来给顾小姐做媒的，你让你们家阿棠去裴府的时候多留个心眼呗！沈太太和顾小姐还在裴府住着呢！"

陈氏可不想让郁棠搅和到这件事里去了，她忙委婉地拒绝道："她一个没有出阁的小姑娘家，懂什么！若是惹了老安人不快反而不美。"

吴太太虽然只是这么一说，可听到陈氏的回答她还是不平道："裴家三老爷要是娶了顾小姐，我以后遇到了顾小姐肯定会绕道走的。"

谁说不是！陈氏在心里长长地叹了口气。原本对裴宴娶谁她都没有想法的，可听了吴太太的一席话，她想到裴宴有可能会成为顾家的女婿也有点难受起来。等送走了吴太太，郁棠帮她拿了为过几天祭祖准备的新衣裳过来，她忍不住和郁棠说起这件事来，还向郁棠打听："你遇到沈太太那天，沈太太都和老安人说了些什么？顾小姐有没有在老安人面前表现得很特别？"

郁棠闻言像被雷劈了似的，半晌都没有回过神来。裴宴和顾曦……这是谁传出来的谣言？！她们也太能扯了！裴宴和顾曦隔着辈分好不好？！不对，是她想左了。裴宴和顾昶差不多大，还曾同朝为过官。要不是梦中固有的印象，总觉得她和顾曦是一样的，她也不会认为顾曦和裴宴差着辈分了。这么说来，顾曦还真有可能会嫁给裴宴！可顾曦嫁给裴宴……郁棠想不出那是怎样的画面。但万一顾曦真的嫁给了裴宴呢？郁棠顿时觉得自己像吞了只苍蝇似的。不仅仅是恶心难受，还有不能接受。裴宴和顾曦……怎么能行！顾曦配得上裴宴吗？她凭什么嫁给裴宴？！

郁棠腾地站了起来，如困兽般在屋里转着圈。不行，她不能让顾曦嫁给裴宴！顾曦是个伪君子，是个假大方，是个人品低劣之人！裴宴娶谁也不应该娶顾曦！她得去跟裴宴说。郁棠心里这么想，脚居然就随心所动，朝门外走去。

"你这是要干什么？"她人都要走到门口了，却被陈氏一把拽住。陈氏满脸的无措，道，"我和你说裴三老爷的事，你怎么转身就走，嘴里还嘟嘟嚷嚷的不知道在说些什么……"这孩子，不会是魔障了吧？陈氏紧张地上下打量着女儿。

郁棠因手臂被紧箍的痛感而回过神来。她……她是怎么了？怎么会贸贸然地就要去告诫裴宴？先不说裴宴和顾曦的事只是她母亲道听途说而来的，就算是裴家真的要和顾家议亲，又与她有什么关系呢？再说了，她和顾曦的恩怨是她们之间的事，裴宴足智多谋，老安人精明强干，哪一个不比她强？她又凭什么觉得顾曦和裴宴就不合适呢？顾曦和裴宴合不合适，也应该由裴家人来判断，而不是因为她和顾曦不和就自以为是地代裴家人做决定，认为顾曦和裴宴不合适吧？

郁棠深深地吸了一口气，把那些纷乱的情绪压在了心底，对母亲道："我听说顾家有意和裴家联姻，太惊讶了，一时有些失态……"

陈氏并没有多想，唏嘘道："别说是你了，就是我乍一听到也吓了一大跳。

不过仔细再一想，顾家想跟裴家结亲也说得过去——放眼整个苏浙，还没有定亲的男子有几个能比得上裴家三老爷的，要是我是顾小姐的母亲，也会打这主意的。我只是想着从前听人说过，裴老太爷在世的时候曾经说过，裴三老爷的婚事，非三品以上大员人家的姑娘不成的。如今裴老太爷去了，裴三老爷的婚事就给耽搁下来了……"

照顾家这样的，压根就达不到裴老太爷的标准。难怪她会觉得心里不好受。陈氏和郁棠不约而同地想着，都找到了一条解释自己心里不舒服的理由，心情也都平静下来。

郁棠还仔细地回忆起那天她见到沈太太和顾曦时的情景来："您不说，我还真没往这上面想。老安人分明就是不待见沈太太，顾小姐呢，在老安人面前也太活泼了一点，感觉她是特意如此，想讨老安人欢喜似的。现在看来，她们执意要住在裴家，还真像是有目的而来的。"

实际上，顾曦在老安人面前表现得挺正常的，只不过是梦中郁棠和顾曦一起生活过，顾曦嫁去李家又是下嫁，从始至终都端着几分架子。如今和梦中有所不同了，郁棠立刻就能感觉得到而已。

陈氏咂舌："这事若是成了，可见那句老话'撑死胆大的，饿死胆小的'真有道理。那我也大着胆子，请沈先生帮你在沈家的子弟里挑个人品端方的做女婿好了。反正有些事不去试试，永远不知道能不能成。"

顾曦这是打开了陈氏的眼界吗？郁棠抿了嘴笑，心底却不知怎的，始终弥漫着淡淡的悲伤，让她不得其解。

十月初一祭了祖，家家户户就要开始准备过年了。

胡兴突然陪着计大娘来郁家拜访陈氏，说是裴老安人要去北天目山上的别院住几天，想请郁棠陪老安人一起去，问陈氏同不同意。

陈氏不太想让郁棠去别院住，可见是计大娘亲自来请，又说了很多"老安人特别喜欢郁小姐，二太太和五小姐也一道陪着在别院小住，最多十天半个月就回来了，您就当是让郁小姐去串门"之类的话，让陈氏有些不好拒绝，就私底下问郁棠的意思。

家里虽然烧着火盆，可离了火盆还是很冷。郁棠想着老安人屋里的地龙，就有点想去。

陈氏哭笑不得，点了点郁棠的额头："贪小便宜吃大亏。你到时候上了火可别回来哭着让我给你煮菊花茶喝。"

郁棠呵呵地笑，心里却想着不知道顾曦和沈太太有没有回杭州城，自己这次去裴府别院小住难道真的是老安人想她了吗？要是顾曦和沈太太没有走，她遇到了这两个人又该怎样对待？

她一边胡思乱想一边指使着双桃收拾衣饰，在和裴家约好的日子，她带着双桃，由计大娘陪着出了门。

裴府的别院建在北天目山的半山腰，离临安城不过半天的路程。

一路上，入目都是郁郁葱葱的参天大树，幽静盘山的青石板甬道，如果不是撩开轿帘朝外望时会有刺骨的寒风吹进来，都会让人误会此时正值盛夏。而裴府的别院更是坐落在一片葳蕤树木的掩饰间，白色的墙院，灰色的瓦当，黑色的如意门，只露出一个门脸，仅能供个轿子进出。进去了，绕过一道灰砖砌成的倒"福"字影壁，里面却是别有洞天。

绿翠叠嶂的假山，巍峨敞厅，幽深的曲径，玲珑的凉亭……竟然是座不输裴府的大宅院。

计大娘一面在前面领路，一面不时地回过头来和郁棠说着话："最早裴家人都是住在这里的，后来上山下山的不方便，就在小梅巷那里建了现在的裴府。那边的裴府在城里，老爷们做生意，少爷们读书在那边都更方便。渐渐地，这边就只在有人清修的时候来住了。又因是祖产，这个宅院归宗房所有，过来住的人就更少了。老太爷还在的时候，很喜欢来这边居住，连带着老安人也喜欢过来住。老太爷刚去那会儿，老安人是想搬到这边来住的，可三老爷还没有成亲，宗族里各房的家务事一时半会儿还得老安人帮着调节，老安人住了进来也不太方便，就这样一直拖到了现在。"

郁棠看着这边的房舍漆柱粉墙的，没有半点败落的模样，估计每年要花不少银子修整，不由道："那要是老安人真的搬了过来，你们岂不是也要跟着过来？"

计大娘点头，笑道："所以老太爷去了之后，那些年轻的或是不安心的就都放了出去，老安人现在留在身边服侍的，多是像我这样的世仆。再就是像珍珠、琥珀她们这样从小在老安人身边长大的。"

两人说着话，很快就到了老安人歇息的东跨院正房。

郁棠先去了她住的后院东厢房安置了自己带过来的东西。进门一阵热气扑面。就连她的客房都烧好了地龙。郁棠很是意外，可全身的关节都像活了过来似的又让她备感惬意，舒服得想直接扑到床上。她重新梳洗更衣了一番，这才跟着计大娘去给老安人问安。

老安人看着神色间有些疲倦，七八个丫鬟婆子在旁边服侍着，她正拿着个秸秆逗着只黄鹂鸟。郁棠忙上前去行礼。

老安人放下手中的秸秆，自有小丫鬟上前把鸟笼提到别处，拿了帕子给老安人擦手。

"你过来了。"老安人神色和蔼，擦着手请郁棠在旁边的绣墩上坐下，道，"你母亲身体还好吧？我把你叫过来，她肯定舍不得，我在这里先跟她赔个不是。"

"您言重了。"郁棠又重新站了起来，恭敬地道，"母亲是有点舍不得我，倒不是不想我来陪您，是觉得天气冷了，处处都要用炭，怕麻烦您。"

第四十章　机敏

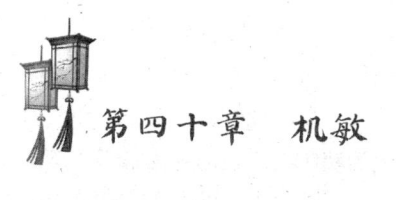

老安人听着这话就笑了起来。普通人家多半会有这样的考虑。郁家倒都是实诚人。

"是我考虑不周。"老安人道，"这山上冷，等过几天，我也要回家里去了。"

果然，老安人不是无缘无故上的山。只是这不关她的事，她也不好打听。

老安人就和郁棠说起李家卖地的事来："你是怎么想到李家是有意为之的呢？"

郁棠不好说她是因为有了梦中的经历，所以知道李家的家底，只好道："我知道李夫人娘家是福建的大商贾，也没有听说林家落魄了啊！"言下之意，以李家和林家的关系，李家真的缺钱，林家岂会坐视不理！

老安人点了点头，正要说什么，有小丫鬟进来，说二太太带着五小姐过来了。

"快让她们进来。"老安人听着，眼底都是笑意，显然非常喜欢二太太和五小姐。

不知道大太太和老安人的关系怎样，郁棠还从来没有在老安人这里见到过大太太。

二太太和五小姐见郁棠也在，二太太还好，矜持地笑着朝郁棠点了点头，五小姐却一溜烟地跑了过来，大声喊着"郁姐姐"，高兴地问她："你也要到我们家过年吗？那你等会儿要不要和我一起做花灯？琥珀等人要教我做花灯。"

也？！还有谁？郁棠讶然。

裴家人显然没有准备瞒着她，二太太笑道："顾小姐家里出了点事，今年会在我们家过年。"

她家能有什么事？郁棠在心里冷笑。顾曦因她继母，和父亲、同父异母的弟妹关系都非常不好，甚至可以用根本不管他们的死活来形容。梦中也没有听说她家出了什么事……难道顾、裴两家真的有联姻的打算，所以顾曦找了个借口，老安人也就顺势而为地留下了顾曦？！

她很想知道顾家出了什么事。如果是以前，她可能会私下里去打听。可如今她清楚自己有几斤几两，与其和像老安人这样的人玩心眼，还不如直接去问。人家愿意告诉她，她就听着；不愿意告诉她，她就歇了那份好奇。因而她也没有犹豫，而是直言道："顾小姐家出了什么事，居然不能回去过年？"

老安人和二太太都露出惊讶之色，随后两人还交换了一个眼神。

· 040 ·

非礼勿视，非礼勿言。涉及别人家的隐私，一般人都不会问。郁小姐也算是读过书的，按理也应该装不知道才是，没想到她却这样直白地问了出来。这位郁小姐到底是懂事还是不懂事呢？

老安人按捺住心底的困惑，直接拒绝了郁棠："顾家的事，我们也不好说太多。只是收到顾小姐兄长的来信，想请我们留她在这里过个年。等会儿你也会见到顾小姐，你们年纪相仿，要好好地相处才是。"

郁棠笑着恭敬地应是，心里却猜测着自己的到来会不会和顾曦留下来过年有关。

她陪着老安人和二太太说了一会话，她就被老安人打发下去歇息了："你今天刚来，坐了半天的轿子，下午就在屋里好好休息一会儿，晚上过来一起用晚膳。"

郁棠笑着应了。五小姐却拉着郁棠的手求老安人："我去帮郁姐姐收拾东西。"

二太太笑着呵斥五小姐："你不准顽皮，让郁小姐先去休息。"

郁棠很喜欢五小姐，而且她新到一个地方，觉得有个熟悉的人在身边闹腾会更有安全感。她就笑着对二太太道："您就让她和我一道回客房吧！有她在，我也能有个伴。"

五小姐忙抱了郁棠的胳膊，冲着二太太道："娘，您看，郁姐姐也想跟我做伴。"

二太太还要阻止，老安人发话了："那你就和郁姐姐做个伴去。不过，不准顽皮。若是顽皮，以后就休想我们再答应你随便乱跑了。"

五小姐喜上眉梢，连连点头。郁棠也很高兴，笑着牵了五小姐的手，向老安人和二太太告了退。

二太太不免有些抱怨，对老安人道："母亲，您可不能再这样娇惯她了。您看三房的三丫头，小小年纪就进退有度，一派大家闺秀的模样……"

老安人打断了二太太的话，道："可你再看看四丫头！"二太太不再说话了。

老安人却继续道："五丫头从前可有这样活泼好动？原本守孝就辛苦，她好不容易遇到个能说得上话的人，你是做母亲的，难道就不盼着她能高高兴兴的？女孩子家，还能在家里待几年啊！等嫁了人，还不知道是怎样的光景。别人我是不管的，我们家的掌上明珠，我可舍不得她受苦。"

二太太一听忙道："哪能呢！有您老人家看着，就算是我们有所疏忽，她也不可能受苦啊！"

老安人轻"哼"了一声，没有再说话。

郁棠住的东厢房，她和五小姐坐在内室的罗汉床上，一面喝着茶一面看着双桃指使着裴府的几个丫鬟婆子收拾内室。原本这些人被指派到郁棠这里时就打起了十分的精神，如今当着五小姐的面，做起事来就更麻利、小心了。

五小姐对郁棠带来的绣筐里做了一半的绢花很感兴趣。她问郁棠："我也能学吗？"

郁棠笑道："只要你愿意。"

五小姐高兴起来，嘀嘀咕咕地和她说着悄悄话："我外婆马上要过生辰了，我想给她送点不一样的东西。郁姐姐教我给我外婆做朵绢花吧……我去跟陈大娘要一点枣红色的漳绒，不知道够不够，等郁姐姐休息好，我让丫鬟们拿过来你看看……等会儿三位姐姐也会过来……沈太太和顾小姐也和我们一起上山了……她们住你隔壁的院子，那边大一点。陈大娘说，沈太太毕竟是沈先生的太太，不看僧面看佛面，还是安排她们住那边要好一点……但三位姐姐和我们一道住在这边……"

郁棠笑着听了，没有再打听顾家的事。在她看来，老安人既然不愿意告诉她，那她在任何场合都不应该再去打听这件事了，虽然她好奇得要死。可裴家的另外几位小姐也会过来，还是让她很意外的。

她问："二小姐她们怎么也过来了？"

五小姐心思全在绣筐里的绢花上，一面细心地翻着绣筐里各式各样的用具，一面心不在焉地道："二姐姐马上要议亲了，三叔祖母的意思，得先看看人才行。那家人就想趁着来给老安人问安的机会让二姐姐看看人。快过年了，裴家大宅人来人往的，三叔祖母特意来和祖母商量，祖母就答应了。"

倒还说得通。可为什么要把她也请来呢？她又不是裴家的人！郁棠还是没有想清楚。

只是还没有等她细想，顾曦突然过来了。她身边跟着的是梦中她的陪嫁丫鬟荷香，荷香手里还提着个篮子，不知道装了什么。

"没想到在这里又遇到了郁小姐。"顾曦微笑着，下颌微扬，语气温柔却神色倨傲，和梦中她们第一次见面的时候一模一样，让郁棠有片刻的恍惚，差点没有分清楚是在梦里还是在现实。

她想，难道是顾曦知道了她的身份，因此才会对她摆出这样的一副面孔？

但顾曦对五小姐显然就真诚亲切多了，她对五小姐道："我前几天做的佛香做好了，准备拿一匣子你试试，谁知去了你屋里才知道你来了郁小姐这儿，沈太太又染了风寒，我要侍疾，不好在你屋里久等，就跑了过来。"

她说着，荷香拿出了一个黑漆镶钿的匣子。五小姐的贴身丫鬟阿珊忙接过了匣子。

"谢谢顾小姐。"五小姐道，笑容腼腆，还显得有几分稚气，并不多话，哪里还有刚才的活泼好动。

郁棠心中微动，若有所思。

顾曦却好像习惯了这样的五小姐，她歉意地对郁棠笑道："不好意思，之前不知道郁小姐也来了，我就拿了盒百花香过来，平时看书写字的时候用最好不过了。"

梦中顾曦就喜欢制香，而且制的香在临安非常有名，临安很多乡绅秀才家的娘子都以能得到顾曦制的香为荣。这百花香梦中郁棠也得到过，闻起来的确芳香扑鼻，沁人心脾，特别好闻。可惜她只得到过一匣子，没等她用完，林氏就以她是孀居之人，不应该玩物奢侈为由，把剩下的香拿走了。后来，她渐渐适应了新鲜的空气，反而不太喜欢点香了。

但她还是笑着收下了——以后当成礼品送给喜欢用香的人也不错。

顾曦就参观起郁棠住的地方来。

家具、幔帐等都是裴家的，可挂屏、花瓶、茶盅却应该是各自在家里惯用的。

那挂屏是四幅黑漆描金的梅兰菊竹，不管是制作还是用材、图样都非常普通，花瓶则是尊随处可见的景泰蓝，茶盅就更不用说了，是套没有任何花纹和颜色的白瓷。她刚住进来的时候，圆桌上也摆的是这样一套茶具，当时被分到她屋里服侍的裴家小丫鬟告诉她，这是摆来好看的，等住进来的人换上自己带来的茶具，她们自然会把这些收起来。

郁棠住的地方分明都布置好了，这茶具却还摆在桌子上，若不是不知道裴家的规矩就是她没有带自己惯用的东西上山。一个千金小姐，到别人家小住，却没有带自己惯用的东西，那还是千金小姐吗？

顾曦想到自己找人对郁棠做的调查：临安人，秀才家的女儿，家里只有个铺子和一百亩水田，三四个仆人。

她之前还以为郁家是低调内敛不想惹事，现在看来，恐怕是真的很穷。

顾曦白皙修长的手指轻轻抚过光亮无尘的黑漆桌面，无声地笑了笑，这才转过身去，温声对郁棠道："郁小姐，那我就先走了。等沈太太好些了，我再来拜访。"

郁棠笑着点头，甚至没有问一声沈太太怎样了，就看着双桃把顾曦主仆送了出去。

然后郁棠就听到身边的五小姐几不可闻地吁了口气。

五小姐在面对顾曦的时候很紧张吗？郁棠不解地望向五小姐。

五小姐的脸立刻涨得通红，喃喃地道："顾小姐，很厉害，什么都会，我胆子小……"

郁棠强忍着才没有笑出声来。

梦中的顾曦也是这样的，只要一出现就会成为众人瞩目的焦点。她就算是在裴家人面前有所收敛，刻在骨子里的东西却不是那么容易就能改变的。她若真是有所求而来，恐怕做梦也没有想到那些她引以为傲的东西会成为她融入裴家的阻碍吧？

郁棠只想仰头大笑。她心情灿烂地安抚五小姐："没事，没事。像顾小姐那样厉害的人毕竟是少数，我们都是普通人，远远地看着就好了。"

五小姐连连点头，看郁棠的目光又亲近了几分，道："顾小姐和二姐姐、四姐姐玩得好，三姐姐喜欢和我一起玩。"

郁棠想到那个趾高气昂的二小姐和目光灵活的四小姐。也就是说，目前顾曦笼络住了二小姐和四小姐。她有些意外。她以为自律守礼的三小姐会更喜欢顾曦，傲气的二小姐会和顾曦争艳。可见她也有看走眼的时候。

郁棠抿了嘴笑，回到内室，见丫鬟们已经铺好了床，她也有点累了，就问五小姐："你要不要和我一起歇歇？我们等会儿再一起去给老安人问安。"

五小姐想了想，欣然答应了。五小姐身边服侍的丫鬟就进来给五小姐卸妆、熏被子。一通忙碌之后，两人并头躺下。小丫鬟们放下了纱帐。

五小姐看那纱帐顶是原来就挂在这里的普通白色银条帐，她不由道："郁姐姐，你喜欢什么颜色？我让阿珊给你拿一顶来。我那里有好多纱帐、花帐的，我送你一顶。"

"不用了。"郁棠明白她是什么意思。

梦中，林家的小姐来李家串门的时候，不要说帐子被褥了，就是马桶都只会用自己带来的。她没有这么多的讲究。当然，也是因为她讲究不起来。不管何时，她都没有打肿脸充胖子的习惯。

"我也只是在这里小住几日，换来换去的，太麻烦了。"她笑着侧了身，望着五小姐，"再说了，我觉得就算是我从家里带来的东西，也和你们家用来装饰客房的东西差不多，就别折腾我们家的小厮了。"

五小姐见她说得真诚，小声地笑了起来，道："郁姐姐，那我送你一个暖炉吧，是我舅母从金陵送过来的，说是金陵那边最时新的样子，我也觉得很好看。"

郁棠记起来，二太太娘家的兄弟好像是在金陵做官的。她见五小姐说得诚挚，不好扫了小姑娘的兴致，忙笑着向她道谢："这可好！你们家烧着地龙还好说，我在家里的时候，连大字都不练了，手伸出来一会儿就冻僵了。"

五小姐显然没有住过没有地龙的屋子，听她这么说半点也没有怀疑，还暗暗高兴自己送对了东西。两人低声笑着说了半天的话，睡意渐袭，慢慢地就都睡着了。

等到两人被叫醒的时候，已近申正时分，五小姐慌忙坐了起来，焦急地道："完了，完了，晚了，晚了！"

阿珊是个十五六岁的小姑娘，据说自五小姐出生之时就在五小姐身边服侍了。到底比五小姐年长，她不慌不忙地笑道："五小姐别急，这个时候起身穿衣梳洗正好。"

五小姐看了旁边一眼，见郁棠一脸的镇定，她这才放松下来，抚着胸讪讪然地朝着郁棠笑了笑，解释道："我，我总是迷迷糊糊的，好几次都迟了……"

"你慢慢来。"她安慰五小姐，"若是迟了，这不还有我陪着你吗？"

五小姐羞涩地笑了笑，一面由着阿珊服侍她起身，一面问阿珊："几位姐姐过来了吗？"

阿珊笑道："刚刚上山。这个时候估计还没有安顿下来。等小姐收拾好了，正好一道去给老安人问安。"

五小姐的神色更放松了。郁棠暗暗奇怪。看二太太的样子，是个很好说话的人，怎么到了五小姐这里，却一副被管束得极严的样子？

她们打扮好了出门，还正如阿珊所说，在正厅的门口遇到了来给老安人问安的裴家另外三位小姐。

二小姐还依旧如之前那样骄傲，她穿了件蜜色却裹着银红色边的褙子，手里捧着个鎏金梅花纹的手炉，看人的时候头抬得高高的。

三小姐穿了件月白色镶着灰鼠毛的比甲，笼着白色兔毛手笼，毛茸茸的，看一眼能让人暖到心里去。她看见郁棠和五小姐，规规矩矩地喊了声"郁姐姐"和"五妹妹"。

四小姐则兴冲冲地跑了过来，拉着五小姐的手，和郁棠打了个招呼之后就开始叽叽喳喳地说起家里准备年货的事来。淡绿色斗篷在这冬日里显得特别有活力。

或者是屋里的人听到了动静，或者是之前已经有小丫鬟进去通禀，陈大娘笑盈盈地出来给她们撩了帘子，对她们道："老安人算着几位小姐应该到了，刚刚吩咐下去让我们煮了桂花蜜进来，几位小姐就过来了。"

大家嘻嘻笑着进了屋。

四小姐任由自己的丫鬟帮她脱了外面的斗篷，高声笑道："还是伯祖母最好，知道我们想喝桂花蜜了。还很厉害！捏指一算就知道我们要过来了。"

老安人被逗得笑了起来。

四小姐拉着五小姐第一个跑到了老安人面前给老安人行礼。老安人受了她的礼，随手赏了她一个把玩的玉器。四小姐高兴得眼睛都笑成了月牙儿。

郁棠以为二小姐会和四小姐争争宠的，谁知道二小姐什么也没有说，和她还有三小姐一起，上前给老安人行了礼。

老安人看着眼前一群漂亮的小姐妹，眉眼舒展，道："快过年了，让你们上山来轻快轻快，你们可不许乱跑，不然下次再也不带你们出门玩了！"

大家齐齐道谢，轻声笑着围着老安人坐了。

老安人就问问这个这些日子在做什么，问问那个字练得怎么样了，气氛十分融洽温馨。

郁棠眼角的余光忍不住几次打量安静地坐在旁边的二小姐。

四小姐却不知道什么时候凑到了她的耳朵边，悄声笑道："郁姐姐不必奇怪，二姐姐马上要出阁了，她不好意思和我们一起玩闹了。"

郁棠恍然大悟，却被听到四小姐说话的二小姐狠狠地瞪了一眼。她只好歉意地朝着二小姐笑了笑。二小姐别过脸去，不理她。郁棠哭笑不得。

计大娘进来请老安人示下，能不能用晚膳了。

老安人挥了挥手，道："摆饭！小姑娘们肯定都饿了。"又温声对她们道："厨房里今天做了八宝饭。"

小姑娘们有哪个是不喜欢吃甜食的？几个人一阵欢呼。

四小姐还极活泼地向老安人讨要："伯祖母，我们明天能吃龙须糖、芡实糕吗？"

老安人笑眯眯地道："行，等会儿就让厨房里给你们做。"

小姑娘们又欢呼起来。大家正高兴着，有小丫鬟来禀道："沈太太和顾小姐过来了。"

众人一愣。老安人脸上的笑意都淡了几分。

"请她们进来！"老安人道。

陈大娘轻手轻脚去领了两人进来。

沈太太一副大病初愈的模样，顾曦却容光焕发，穿着件青色素面杭绸褙子，衬着她如画的眉眼秀丽逼人。

郁棠心中一沉，飞快地睃了老安人一眼。

老安人的脸上看不出爱憎，神色平静地问着沈太太："不是说让你卧病休养吗？怎么起了床？你还好吧？"

"多谢老安人。"沈太太虚弱地笑道，"不过是肚子不舒服，又不是什么大病。吃几服药就好了。"

老安人道："还是要好好休息。年龄不饶人，你也是坐四望五的人了，比不得从前，不能由着性子胡来了。"

沈太太脸色微变。

顾曦忙道："沈伯母，我扶您坐下来说话吧！"

陈大娘一副打圆场的模样，立刻笑着去搬了个绣墩放在了沈太太的身后，道："您坐！"

沈太太面色苍白地坐了下来，看了裴家的几位小姐一眼，道："我这不是听说几位小姐都上了山，特意来打个招呼吗？"

老安人不软不硬地道："你是长辈，就算是要打招呼，也是她们去给你问安，哪里就要你亲自跑这一趟了。"

沈太太道："我们两家又不是旁的人家，不必这么讲究。"

老安人挑了挑眉，没有吭声。

几位裴小姐还小，郁棠又是外人，都还好说，二小姐却冷冷地哼了一声。

如果是平时还好说，偏偏此时沈太太一句话说完了，老安人没有接茬，二小姐那声冷哼就清楚明了地落在了众人的耳朵里。

沈太太脸色大变，看二小姐的目光都变得有些憎恨了。

既然敢做就要敢当。郁棠当没有看见。

046

旁边服侍的陈大娘却不能让气氛变得太糟糕，她忙笑道："沈太太大病初愈，也不知道大夫都交代了些什么？我也好吩咐小丫鬟和仆妇们避着点。"

肚子不舒服不是什么奇怪的病，富贵人家的仆妇多半都有这方面的常识，陈大娘这么问，分明就是要打圆场。

老安人不知道是护短还是不喜欢沈太太，并没有阻止，其他人都唯老安人马首是瞻，当然个个都低头当鹌鹑。沈太太的脸色更难看了，嘴角翕合地就要说什么。

顾曦飞快地瞥了郁棠一眼。她没有想到这位郁小姐是个缩头乌龟，出了事一副置身事外，安然在旁边看热闹的样子，那老安人让她来做什么？难道就因为她听话？可裴家的这几位小姐哪个不听话？老安人犯得着为了找个听话的小姑娘还把别人家的小姐带在身边吗？

顾曦在心中暗暗地鄙视着郁棠，心情有些烦躁，嘴角却微翘，笑道："让陈大娘费心了。大夫没有什么特别的交代，只让这两三天少吃辛辣的东西就行。"她得想办法弄清楚老安人为什么把郁棠叫来别院小住才行！

那边陈大娘见顾曦接话，松了口气。

她服侍了老安人这么多年，老安人的脾气她是知道的，特别是老太爷去了之后，老安人越发地随心所欲没了顾忌。不要像沈太太这样的，就是宋家的大太太，她老人家都是说怼就怼，一点情面也不留。

如今顾小姐给了这件事一个台阶，她自然是要抓在手里的，顿时笑道："避讳辛辣的东西我也曾经听说过。虽说平时家里的吃食也清淡，可什么事就怕万一。我这就叮嘱那些丫鬟婆子一声。"说完，立刻叫了个小丫鬟过来，道："你除了要跟厨房里说一声，沈太太身边服侍的也要说清楚了。要是有个纰漏，仔细你们的皮！"

那小丫鬟唯唯诺诺地应下，快步退了下去。

陈大娘就问沈太太："您用过晚膳了没有？要不要加一点？"这话就问得有些不客气了。通常要留人吃饭，都会直接挽留，而不是问别人要不要留下来。何况沈太太她们这个时候来不就是来吃饭的吗？

沈太太听着眉毛就竖了起来。

顾曦再次救场，在沈太太没有开口说话之前就笑着抢话道："就怕厨房里没有准备，我让荷香去跟我们院里服侍的婆子说一声，把我们那边的晚膳也端到这边来吧？"这就是一定要留下来用晚膳的意思了。

老安人看了沈太太一眼。沈太太额头冒出青筋，却没有反驳顾曦的话。

老安人就笑了笑，道："也行！沈太太吃不得辛辣的，我却是无辣不欢，沈太太这才刚好，若是又犯了可是我的罪过了。"

老安人嗜辣？郁棠还是第一次听说。

顾曦却笑着道："之前听舅母那边的姊姊们说老安人曾经随在长沙府做官的

047

钱太老爷住过些日子，没想到老安人的口味都变得和湖南人一样了。"

这样的事郁棠也是第一次听见，她有些惊讶地望向老安人。

老安人刚才还有些绷着的神色闻言就有了笑意，她以回忆的口吻叹息道："那都是五十多年前的事了！"

顾曦笑道："不管过去了多久大家都会记得的。前些日子还听我阿兄说，他的师兄去长沙府的时候还特意去了太老爷当年修的水渠旁走了走，还说尽管五十几年过去了，可宁乡那块的灌溉还依仗着太老爷在任时修的那几条水渠呢！大家都感念太老爷的恩典，还有人家依旧供着太老爷的牌位呢！"

"真的吗？"老安人又惊又喜，看顾曦的眼神再也没有之前的冷淡，变得热烈起来，"还有人记得我父亲？"

"真的！"顾曦点头，神色真诚，道，"是我阿兄写信回来说的，要不然我怎么会知道？而且我阿兄的信还不是给我的，是写给我大伯父的。说当官就应当如太老爷似的，让我大伯父教育家中的子弟向太老爷学。"

"哎呀，让你阿兄费心了。"老安人客气着，脸上却笑成了一朵花，还说起了小时候跟着父亲在任上的事。

顾曦不时地附和几句，气氛热烈。

郁棠很是佩服。她还是小瞧了她。她能那么受欢迎，还是很有道理的。两人的对话直到二太太到来才打住，就这样，老安人还兴致不减，拉着二太太说了半天这件事。

二太太显然不是第一次听说。她不仅笑眯眯地应着，还道："母亲，外祖父的忌日也快到了。您看要不要去和昭明寺的师父说一声，给外祖父做几场水陆道场？"

"那倒不用了。"老安人叹气道，"你外祖父你是没接触过，他性子拗着呢。当年去世前，还曾经留下遗嘱，要把自己的尸身烧了，骨灰洒在西湖里。你们舅父吓得都没有了主意，特意请了家里的宗主出面，这才把你们的外祖父葬在了祖坟。我有时候想，遐光这性子到底随了谁，我就觉得是随了你们的外祖父。可偏偏你们外祖母和外祖父不这么觉得，还特别喜欢他这性子。要不然，你们外祖母走的时候也不会把自己的陪嫁全都留给了遐光。那时候你们才刚成亲呢！"

裴宴的舅父是老安人的嗣兄。难道不是因为裴宴是自己的亲外孙吗？郁棠不以为然。不过，听老安人这么一说，裴宴还真和他外祖父挺像的。竟然要把自己的尸身烧了，连骨灰都洒了……她想想都不禁打了个寒战。

二太太或许是对裴宴继承了外祖家的财产没什么不满，但她非常会说话是真的。

"外祖父他老人家一辈子随心所欲，三叔像外祖父，外祖父也喜欢三叔，就想把自己体己的东西留给三叔，而且外祖父的东西到了三叔手里可比到了我们手里更好，这也算是宝剑赠英雄了。"她笑盈盈地道，"传了出去，也是一段佳话。"

老安人既高兴又欣慰的样子，握了二太太的手直点头。

珍珠进来轻声禀说饭菜摆好了。二太太就虚挽着老安人站了起来。一群人跟着老安人去了西边梢间用膳。沈太太和二太太分坐在了老安人左右。

顾曦坐在了沈太太的下首，郁棠坐在了二太太的下首，几位裴小姐则分年龄坐了。

一顿饭倒也吃得安安静静，没有出什么乱子。

饭后，老安人兴致很好，大家重新回到东边的梢间喝茶说话。

话题从饭前的钱太老爷转移到了凤凰山的雪景。

凤凰山在杭州城郊外，说起凤凰山的雪景，当然是顾曦更有发言权。她绘声绘色地说起小时候跟着顾朝阳去凤凰山捉麻雀的事。

几位裴小姐，包括老安人、二太太和沈太太都听得津津有味。只有郁棠，在心里冷笑。梦中，她也听顾曦说过捉麻雀的事。可不是在凤凰山，而是位于杭州城西郊的永福寺。据梦中的顾曦说，那是她母亲十周年忌，她第一次随着胞兄顾朝阳到庙里为母亲做道场。她更相信梦中顾曦的话。但顾曦能临场发挥到这个程度，郁棠还是很佩服她的。

屋里正热闹着，计大娘神色有些慎重地走了进来，在老安人耳边说了几句话。老安人脸上的笑容一下子就没了。五小姐吓得拽住了身后阿珊的衣襟。屋里的气氛也像被凝固住了似的。

顾曦面露犹豫。郁棠知道，她这是觉得应该告辞了却又不想失去接近老安人的机会。

有些机会是转瞬就逝。顾曦还没有来得及开口，老安人已淡淡地道："她既然有心，那就让她进来吧！"说完，还看了沈太太一眼。

沈太太莫名其妙，顾曦心中却生出不好的感觉来。郁棠和几位裴小姐静气屏声。

不一会儿，计大娘带着一位身穿缟衣的女子走了进来。郁棠吓得差点惊呼出声。来的人居然是裴大太太。

郁棠定睛一看，只不过年余没见，裴大太太和郁棠第一次见到她的时候相比，像突然老了十岁似的，不仅鬓生华发，而且皱纹明显，神色憔悴，像一下子被抽了筋骨，没有了精神。

"母亲！"大太太恭敬地给老安人问安，神色谦卑，哪里还有之前的尊贵傲气？

郁棠有片刻的茫然。大太太这年余到底遇到了什么事？她又怎么会在别院？是自老太爷发丧之后就住在这里，还是这次老安人进山把大太太也带上了？郁棠心里像海啸，又生怕别人看出她的惊讶，掩饰般地低了头喝茶。只是她放茶盅的时候眼角的余光无意间扫过顾曦，发现她也在低头喝茶。

郁棠苦笑。

老安人已对大太太道："你如今身体不好，每个月还要请了杨御医过来把平

· 049 ·

安脉，你就多歇歇，我这边有老二媳妇陪着，有几个丫头陪着，也没什么事要你忙的，你把自己照顾好就行了。"

大太太恭恭敬敬地应"是"，笑着对二太太道："都怪我身体不争气，有劳二弟妹了。"

二太太却一副不为所动的模样，笑得依旧温婉恬静，道："一家人不说两家话，大嫂也太客气了。"又亲自去端了个绣墩给大太太，道："大嫂快坐下来说话。"

大太太就朝着二太太笑了笑，笑容挺温和，还带着几分羸弱，让人的目光不由落在她消瘦的身上。

郁棠更奇怪了。大老爷是在老太爷之前去的，要说大太太这是怀念亡夫，那时候她看着虽然有点伤心的样子，却也不像现在这样……仿佛是在示弱般……她几不可见地皱了皱眉头。

沈太太也感觉有点奇怪。她不是奇怪大太太为何突然变成了这个样子，毕竟从正三品的官太太，未来的宗妇变成了孀居守贞的妇人，任谁也会有一段时间的不适应，她是奇怪老安人看她的那一眼。

大太太的出现和她有什么关系？她和沈家的关系不好，亲戚间的应酬也轮不到她出面，大太太和沈家是不是姻亲她不知道，但大太太肯定和她娘家不是姻亲，难道大太太如今这副模样还能与她有什么关系不成？这些念头在她脑海里也不过是一闪而过，她依礼客气地和大太太寒暄了几句。

大太太的回答既有礼又不会让人觉得疏离或是热情，分寸拿捏得正好。

沈太太心里暗暗称赞，不禁对大太太留意起来。这一留意，她发现大太太看着一身素，可仔细看看却有些寒酸。鞋子洗得已有些泛白，外面的褂子是白色杭绸，但里衣却是细布。

沈太太心中微沉。她知道自己性格耿直，常常会直言直语地说些让人不舒服的话，但她觉得，这才是做人应有的态度。难道大老爷死了之后，裴家苛刻大太太，老安人怕她看出来嚷了出去？这也不是没有可能的。特别是最后裴家的宗主之位越过长孙和二老爷传给了三老爷。要知道，裴家的这位三老爷可是老太爷和老安人的心头肉。想当初，他烧了宋家大爷的新房，老安人可是一句赔礼的话都没有舍得让这个幼子说的。这件事在亲戚和世家之间可都传遍了。沈太太低了头喝茶。

倒是顾曦，对大太太非常感兴趣，她不仅热情地和大太太打招呼，还关心地问起大太太的日常起居来。而且她的这番问话还不是普通的应酬，因为她的话题很快从抄佛经转移到了写字上，还说自己启蒙时虽然临摹的是颜真卿，可最后却练的是卫夫人，让大太太眼睛一亮，说起话来都精神了几分。郁棠猜测大太太肯定写得一手好字。她心里顿时有些沮丧起来。看样子顾曦真是为了嫁给裴宴而来，不然她不会对裴家的人都这么了解。

气氛因为顾曦渐渐开始回暖，就是二小姐，也慢慢地汇入了顾曦和大太太的谈话中。沈太太更是看大太太的目光都有所不同起来,她甚至话里话外都开始赞扬大太太是个真正的才女。

大太太谦逊道:"哪里,也不过是家祖喜欢写字,我们这些孙辈跟着受益罢了。"

沈太太想到大太太的父亲是国子监祭酒,又想起沈善言当年拒绝去国子监教书却窝在了临安城的事,心里很有些不舒服,且把这情绪毫不掩饰地流露了出来。

大太太就很快打住了这个话题,问起了几位裴小姐的功课,还有郁棠是谁。

几位裴小姐按序齿一个个回答着大太太的话,四小姐还热心地介绍郁棠是谁。

郁棠就专程起来重新给大太太见了礼。

大太太在衣袖里摸了摸,颇有些不好意思地道:"没想到家里还有这么多的客人,也没有带什么东西过来,下次再给你们补上好了。"

郁棠恭声道谢。

大太太这时候和顾曦倒攀起亲戚来:"你既是杭州顾家的姑娘,认不认识有个闺名叫'留神'的姑祖母,她嫁到了我们家,我要称她一声堂伯母。"

顾曦忙笑道:"是不是我们四房的那位姑祖母?我出生之前她就已经出了阁。不过,到了现在还有人说,她是我们顾家最漂亮的姑娘了,可惜我无缘见面。也不知道是不是真的?"

大太太就抿了嘴笑,眉眼间波光流动,风情万种。郁棠骤然间有点明白大老爷和大太太为何伉俪情深了。任谁有了这样一位太太,都会多几分怜爱吧?两人说起这位顾家的姑祖母来,越说越亲昵。

沈太太却眉头紧锁。她感觉到大太太是因为她而转移的话题,她原想解释几句的,可几位裴小姐叽叽喳喳的,让她不好插嘴,再想解释,又找不到合适的机会了。她总觉得自己得找个合适的机会跟大太太解释几句才行,免得大太太误会她甩脸色给大太太看,那自己岂不是成了欺负大太太孀居的那种人!

郁棠却不动声色地观察着老安人和二太太。可惜老安人和二太太都是有过无数历练的人,想让人看不出就不会有人看得出来,一个面无表情看不出喜憎地坐在那里喝着茶,一个笑盈盈地看着大太太和顾曦,一副洗耳恭听的模样。那大太太到底来干什么的?只是单纯地来给老安人问安吗?那她又为什么会在别院?郁棠觉得自己的脑子不够用,那就老老实实地做人,别和高手过招,不然连自己到底是怎么死的都不知道。她在心里暗暗叹气。

屋里的气氛就算看着挺温馨的,也没有了之前发自内心的欢喜,到底还是让人感觉有点累。

好在是大太太没有坐多长时间,只说自己为了安静,自入秋以来就一直住在山里,就住在西边跨院的秋爽斋,让她们主要是指沈太太和顾曦,没事的时候就去她那里坐坐,她一个人的时候也就抄经念佛的,比较悠闲自在,然后就起身告辞。

沈太太和顾曦都笑着应了。大太太这才仿佛想起还有个郁棠似的,又专程叮嘱了郁棠一声，还道："我那边下雪的时候雪景也不错，你到时候和几位妹妹一起过来玩。"

郁棠笑着应诺。

除去老安人，众人均起身送大太太出门。

大太太走到门口就不让众人相送了，道："外面天气冷，有陈大娘就行了。"

二太太也笑着跟着大太太一起阻止众人，但她亲自把大太太送出了老安人的院子，这才回来。

有了这么一出，气氛再也回不到从前，大家又略坐了一会儿，就纷纷起身告辞。老安人点头，没有留她们，大家各自回了屋。

双桃跟着郁棠进了内室就掩了隔扇。郁棠还以为她要服侍自己更衣，谁知道她却笑嘻嘻地从怀里掏出一个油纸包，打开后递到了郁棠的面前："小姐，你要不要吃点？"

烤红薯的香味立刻弥漫在内室，让郁棠咽了一下口水："你是从哪里弄来的？"

因为郁棠只带了双桃这一个丫鬟过来，老安人就拨了个叫柳絮的丫鬟服侍郁棠的饮食起居。郁棠怕双桃失礼，就让双桃跟着柳絮多看多学，用晚膳和喝茶的时候，她身边都是由柳絮服侍的，双桃则跟着几位裴小姐的二等丫鬟一起在茶房里候着，也趁机认认人。

双桃知道郁棠冬天喜欢吃烤红薯、炒板栗，笑道："是二小姐身边的丫鬟烤的，我们一人分了一个。"随后又笑着道："我觉得裴家的几位小姐都不愧是大家出身，不仅自己待人和气，就是身边服侍的丫鬟婆子也都很好。三小姐身边的丫鬟还告诉了我很多裴府的规矩，还说如果有什么不懂的，可以去问她。"

这就好！郁棠笑着点头，指了她手中的红薯道："不是说一人一个吗？你留着自己吃吧！在老安人面前，难道还会短了我的吃食不成？以后再遇到这样的事，你直管先紧着自己就是了。"

双桃笑着应好，还是把红薯留了一半给郁棠，说是等郁棠想吃的时候再吃。

郁棠没有说什么，心里却很感激她，知道她这是怕自己刚刚进府在老安人面前吃不好，特意留给自己的。

第二天一大早，她们起床的时候看见端了热水进来的小丫鬟头发上有水痕，这才知道原来昨天半夜下起了大雪。

这还是临安城今年的第一场雪。郁棠和双桃惊喜地推开了窗棂。

外面白茫茫一片，大片大片的雪花如棉絮似的还在下着，树叶上已经堆满了雪，不时地有树枝承受不住积雪的重量，使得堆在上面的积雪从树叶上滑落，发出"卟卟"的声响。郁棠和双桃都没有想到雪下得这么大。

双桃笑道："可以堆雪人了！"

话音刚落，一阵冷风灌了进来，让两人都打了个寒战，却因为昨天晚上一直待在烧了地龙的屋里，身上还是暖烘烘的，并没有感觉到寒冷，但两人还是立刻关上了窗户。

双桃问郁棠："您今天要堆雪人吗？"若是在郁家，遇到这样的大雪，肯定是要堆雪人的。

郁棠犹豫了片刻，道："看看情况再说吧！"如果裴家的人都没有这样的习惯，她也就不堆了。

第四十一章　赏梅

毕竟是在别人家做客，比不得在自己家里自在。

郁棠梳洗完了，裴府的婆子把早膳也送了过来，并请了郁棠示下："院子里的雪扫还是不扫？"

裴家别院的建筑并不是典型的江南建筑，而是像北方似的，以游廊连着，因而不扫雪也不耽搁大家四处走动。

"平时院子里的雪扫还是不扫？"郁棠反而请教裴家的婆子。

那婆子四十来岁，行事十分地麻利爽快，闻言朗笑道："平时没有人住的时候肯定是要扫雪的。"

"那就扫吧！"郁棠无意与众不同。

双桃不免可惜："这么好的雪！"

郁棠看了双桃一眼。双桃立刻闭嘴不语。

那婆子脸上闪过一丝惊讶，看郁棠的目光一正，恭敬地应声退了下去。

她和双桃用了早膳，正准备穿了斗篷去给老安人请安，四小姐和五小姐手牵着手跑了进来。

"郁姐姐！郁姐姐！"两个小姑娘欢笑着高声喊着郁棠，抬眼却看见了几个在院子里扫雪的仆妇，顿时面露沮丧之色，道，"郁姐姐，我们来喊您一起去给老安人问安，还准备从老安人那里回来了来你院子里堆雪人的，您怎么让人把雪扫了？"

郁棠忙笑着要把两个小姑娘迎进来。

两个小姑娘却站在门口不愿意进来。四小姐笑着催道："我们就不讲这些虚礼了。姐姐快点收拾，老安人那边寻思着也应该用过早膳了。"

· 053 ·

郁棠也没有和她们客气，披了斗篷，带着双桃就和她们出了门。

五小姐还在感慨那一院子的雪。

双桃不由小声地和五小姐的丫鬟阿珊道："你们院子里没有雪吗？"

阿珊看了一眼被郁棠带偏了话题不再提雪的五小姐，低声对双桃道："五小姐月里不足，不能玩雪，可偏偏又特别喜欢玩雪，二太太叮嘱好几次。还好你们院子里的雪也扫了。"

双桃心中一凛。看了眼语气欢快的四小姐，忍了又忍，最终还是没能忍住，小声问阿珊："那四小姐那边……"

"四小姐的管事婆子拦着没敢让五小姐在她们那里玩雪。"阿珊说着，看了眼走在他们前面的四小姐的贴身丫鬟白兰。

原本身上暖烘烘的双桃不禁打了个寒战。难怪小姐不让她近身服侍，就她这眼力，指不定什么时候就会给小姐惹了麻烦。不过，小姐什么时候这么精明了……

双桃晕头晕脑地跟着郁棠几个到了老安人的正房。

二小姐和三小姐已经到了，两人都穿着水蓝素面灰鼠毛的斗篷站在屋檐下看着几个小丫鬟堆雪人呢。五小姐和四小姐欢呼一声，丢下郁棠就跑了过去。

守在雪人身边的计大娘忙叫道："两位小姐仔细脚下。老安人可是发了话的，若是只看着，等会儿还要让婆子领着几位小姐去戏冰。若是自己动了手，沾了雪，这几天可是天天都得拘在屋里练大字。"

五小姐笑得像朵向阳花，连连点着头，保证道："我只看看！"然后拉着四小姐围着还没有堆好的雪人转来转去的。

二小姐和三小姐都掩了嘴笑。

计大娘等人见拦着了五小姐神色俱是一松。只有郁棠在心里感慨，老安人是真的很疼爱后辈啊！

大家陪着五小姐在院子里待了一会儿，就进屋去给老安人问安了。

不一会儿，顾曦和沈太太、二太太也过来了。大家就决定到院子里去看小丫鬟、婆子们堆雪人。

老安人和二太太在外面站了一会儿，觉得有些冷，就回了屋。沈太太就趁机告辞，回了自己住的院子。顾曦却留了下来，和裴家的几位小姐一起玩雪。院子里欢声笑语的，非常热闹。

老安人由二太太虚扶着，站在半支开的窗棂后看了一会儿。见顾曦十分活泼地领着裴家的几个小姐在那里给雪人用了红萝卜做鼻子，折了树枝做胳膊，而郁棠却只在那里或照顾一下跑来跑去的五小姐，或笑着和站在旁边不怎么说话的三小姐轻语几句。她嘴角微翘，问二太太："郁小姐回屋后，有没有打听顾家出了什么事？"

"没有！"二太太笑道，"这姑娘倒是很知进退，不该问的一句也没有问。"

老安人颔首，慢悠悠地道：“人这一生啊，最难得知道什么时候该干什么。”

二太太十分真诚地笑着附和道：“您说得对。”

老安人的目光再次落在了郁棠的身上，道：“这才是做姐姐的样子。”

二太太笑着应了声“是”，却犹豫半晌，悄声问：“母亲，顾家到底出了什么事？”

老安人“呵”了一声，颇为不屑地道：“内宅大院的，能出什么事？来来去去不过是那几件事。”

二太太讶然，目光落在顾曦的身上，道：“那顾小姐……”

“看破不说破！”老安人笑道，“不过是个借口罢了。她既然想来我们家做客，我们就好好招待就是了。没有叫人说我们为难个小辈的道理。”

二太太抿了嘴笑。

老安人不再关注院子里的情形，由二太太虚扶着转身一面朝屋里走去，一面道：“老大那边呢？沈太太昨天晚上没有什么动静？”

二太太面露为难之色。

老安人就不悦地冷哼了一声，道：“我看你还不如那位郁小姐！她能有什么就说什么，你反倒是扭捏，让你说你都不敢说。朝廷用人还讲究‘举贤不避亲’呢，难道我连这点是是非非都分不清楚？”

二太太面红耳赤，连声告罪，道：“沈太太昨天晚上让贴身婆子带了些吃食过去送给大嫂。大嫂接了，还让小厨房那边做了些素点心做回礼，今天一早送给了沈太太。”

老安人冷笑，道：“我就说，沈太太最喜欢作妖的，今天看见几个小丫头在那里玩得高兴怎么不教训几句，却急匆匆地回了屋。这件事必定还有后招，你让人盯着沈太太和老大媳妇。老大媳妇以为她有今天是我们家在作祟，想找了不相干的人送信给她娘家兄弟，那就让她送好了。我倒要看看，她娘家兄弟能为她做到什么份儿上。还有，两位少爷那里，也要派人盯着点。外面的事遐光都忙不过来，家里的这些事，我们能帮就帮一把，能让他少操点心就少操点心。”说完，她深深地叹了口气，道：“也不知道什么时候能给他找个能干的媳妇，我这肩上的担子也就能卸下来了。”

二太太睃了一眼窗外，想着眼前不是有个现成的顾小姐？但她更了解她婆婆，可不是个只知道主持中馈的当家太太，就是大老爷还在世的时候，在她这个婆婆面前也是不敢大声说话的。她就更猜不中她婆婆的心思了，只能是她老人家吩咐什么她就照着做什么，不求有功，但求无过。

她安慰老安人：“好饭不怕晚。三叔的姻缘说不定很快就到了。”

老安人无奈地又叹了口气，随后像想起什么似的问二太太：“那郁小姐闺名叫什么来着？”

"郁棠！"二太太道，"'蔽芾甘棠'的那个'棠'字。"

"是个好名字。"老安人称赞完，就说起过年的安排来，"几家经常走动的老亲戚好说，照着往年的旧例送年节礼就是了。外院的事有家里的管事操心，也不用我们管。就是宋家那边，又重新和我们走动起来，连九九重阳节都送了重礼过来，怕是又有什么事要求到我们家。你得提醒我问问遐光，看两家的礼该怎么送。还有郁家，既然结了通家之好，春宴的时候记得请了郁太太和郁小姐过来吃酒……"

零零散散，交代了不下十来桩，听得二太太头都大了。她小时候跟着父兄读四书五经，写策论都没有这么累。

院子里，顾曦帮着几位装小姐大大小小堆了五六个雪人就有些累了，她和二小姐倚在旁边的红漆栏杆上歇息，郁棠则和三小姐、四小姐、五小姐继续玩雪。

顾曦就问二小姐："别院什么时候来客人？"

二小姐听着面色腾地一下红得能滴下血来，赧然娇嗔道："我怎么知道？"

顾曦笑了笑，情绪突然低落下来，道："你别恼！我从前也和你想的一样。可你看我现在……"她说着，抬头望着一碧如洗的天空，苦涩地笑了笑："有些时候，羞涩是解决不了问题的。你能做主的时候还是尽量抓住机会好了，免得将来后悔。"

二小姐一愣，看着和姐姐们打打闹闹的五小姐，压低了声音道："我，我也不知道。谁还能不听家里的？"

顾曦笑了起来，骤然间仿佛又有了精神，指了指老安人住的正房："那不是有个能为你做主的吗？"

儿女的婚事，主要还是听父母的。何况老安人是隔着房头的伯祖母？二小姐从来没有想过。

顾曦感慨道："你看她老人家多疼爱你们这些做晚辈的，你若是求到老安人跟前，老安人一定会为你做主的。"

二小姐没有吭声。过了好一会儿，顾曦都以为她不会回答自己了，她却轻轻地点了点头。

顾曦畅快地笑了起来，邀请二小姐："我们也去玩雪吧？你看郁小姐她们，玩得多开心！"

二小姐看了顾曦一眼，神态间对她亲近了很多，微笑着应了一声"好"。

郁棠既然知道了五小姐不能玩雪，当然要看顾着点她。只是这样一来，她就没什么时间自己玩了。和几个小姑娘淘气了一个上午，等歇下来的时候她已是汗透衣襟。

这样的天气，这样的状态是很容易受凉的。郁棠决定先回自己的屋里去换件衣服。

二太太却叮嘱她："没事，不要着急。回去洗个澡，把头发烘干了再过来，

· 056 ·

我们等着你们用午膳。"

身上黏黏糊糊的，能去洗个澡就再好不过了。郁棠辞别了二太太，走到半路却遇到了计大娘。

"郁小姐！"计大娘笑眯眯地上前给她行了个礼，道，"门房禀说您家里送了封信过来。刚才我特意去门房拿了信，正准备给您送过去呢！"

郁棠吓了一大跳。不会是家里出什么事了吧？她向计大娘道了谢，心里却忍不住乱糟糟地七想八想。

姆妈的药没有断，身体越来越好，去年就没有发病，今年和往年一样精心照顾着，应该不会有什么变化才是。阿嫂那边，大伯母、大堂兄把她当掌中宝似的，全家都围着她转，阿嫂的身子骨又十分健康，也不应该有什么事才是……家里到底为什么给她写信？

她匆匆辞了计大娘，三步并作两步地回了住的地方，迫不及待地打开了信。

只看了一眼，她就松懈了下来。原来是章公子画了十幅画过来，她大堂兄拿不定主意，把画转到她这里，让她看着拿个主意。

郁棠仔细地看了看章公子的画。不愧是文人的审美，虽然寥寥数笔，却形神兼备，雅致生趣。

她立刻给大堂兄回了一封信，让他照着之前说好的价格付钱，并道："就算是之前订货的客商看不上眼，也可以留下来做别的用途。"

双桃奉她之命请了门房的小厮帮着送信，郁棠则由柳絮服侍着洗了个澡。

不一会儿，双桃回来了，木屐上沾了雪。看样子雪越下越大了。

郁棠道："信送出去了？"

双桃一面脱了木屐，一面笑道："送出去了。我还给了那小厮二十文钱。"

郁棠笑着点头，开了首饰盒子挑选适合的首饰戴。

双桃过来帮忙，一边和她闲聊："我回来的时候，碰到了沈太太身边的婆子。她也是去送信的，不过只赏了那小厮十文钱。我原想着等了她一起回来的，见她这样，倒不好和她多说什么了。"

郁棠挑首饰的手一顿，道："沈太太也让人去送信？知道是送给谁的吗？"

双桃一面帮她把挑好的绢花插到发髻里，一面道："好像是送往杭州城的。因为我听那小厮问沈太太身边的婆子，若是由裴家送信，就只能把信先送去佟大掌柜那里，然后由佟大掌柜去杭州城的时候带过去。若是由官府送信，他们就帮她把信送到驿站，拿张凭条给她。沈太太估计比较着急，让他们帮着送去驿站。"说完，她有些抱怨地道："下这么大的雪，驿站又远，可沈太太身边的婆子却只赏了那小厮十文钱……"

郁棠听了不悦道："各家的情况不一样，说不定我们给的二十文钱在那些小厮眼里也很少。再说了，我们现在是在裴家，你要慎言！"

· 057 ·

双桃红着脸应了，等她收拾完了去了老安人那里。

三小姐、四小姐和五小姐都到了，她们也都洗了澡换了衣裳，正围坐在老安人身边说着话。

见郁棠过来了，众人起身打着招呼。

顾曦和二小姐也一起过来了。两人也都重新梳洗过了。众人少不得又是一阵说笑。

老安人就笑呵呵地吩咐陈大娘："既然人都到齐了，就摆饭吧！"陈大娘应了。

顾曦就上前去搀了老安人。老安人笑着拍了拍顾曦的手，由她扶着，郁棠几个簇拥着去了厅堂。

或者是天气冷了，今天饭桌上多了一道清汤羊肉。那羊肉没有一丝异味不说，汤还出乎意料地醇厚。郁棠连喝了两碗，身上暖烘烘的，这才放下筷子。

四小姐就提出下午的时候大家去暖亭。

老安人呵呵地笑，吩咐计大娘："去跟二太太说一声，让她下午别忙了，陪着她们去去。"

计大娘笑着应是。

大家都很高兴，七嘴八舌地邀请老安人下午和大家一起去。

老安人慈爱地笑道："我老胳膊老腿的了，经不起你们这样的折腾，你们就放过我，让我好好在家里歇歇好了。"

几个小辈不免有些失望。

老安人看着心中不忍，道："那好。大家都回去睡个午觉，下午的时候我去看看。"

大家又重新高兴起来，生怕耽搁了老安人的午觉，纷纷站起来告辞。

老安人让陈大娘送了她们出门。

郁棠和顾曦都住在老安人正房的后面，要穿过一道夹巷，而裴家的几位小姐则住在老安人正房的东边。两拨人出了老安人的正房，郁棠和顾曦同路，裴家的几位小姐同路。但等出了老安人的正房，二小姐却邀请顾曦："姐姐要不要到我那里坐坐？"

顾曦露出遗憾之色，道："我还要回去看看沈太太。要不，二小姐到我屋里去坐坐。我之前听贵府的小丫鬟说，后山有一大片梅林，我还寻思着要不要等到下雪的时候采些梅花做香。没想到昨天晚上就下起了雪。我还准备请了几位妹妹和郁小姐一道去赏梅呢！"

裴家的几位小姐都听得小脸一亮，四小姐更是兴致勃勃地道："顾姐姐，我要去。你去采梅的时候别忘了叫上我。"

五小姐也跟着嚷道："我也要去，我也要去。"

顾曦抿了嘴笑，道："还不知道府上的梅花能不能采呢，如果能采，到时候

· 058 ·

一定带了你们一起去。"

难得三小姐也很感兴趣，道："应该可以采的。我们等会儿问问二婶婶好了。"

四小姐连连点头，五小姐就主动请缨去问她母亲。

大家笑着把这件事说定了，这才各自散去。

郁棠见二小姐和顾曦并肩而行地说着悄悄话，知道顾曦这是想逐个地击破裴家人，让裴家的人对她心生好感。她无意卷入其中，就放慢了脚步，渐渐地落在了她们的后面。

谁知道出了夹巷，迎面却碰到一个刚留头的小厮，见面就朝着郁棠行礼，还问她："您是郁小姐吗？"

郁棠诧异地应"是"。

那小厮就笑："三老爷上了山，知道郁小姐要送信，就让门房把信交给了胡总管，让胡总管亲自给您送家里去。胡总管怕您担心，特意让我来跟您说一声。"

郁棠莫名觉得又惊又喜，道："三老爷过来了？"

"嗯。"那小厮道，"刚刚上山，住在了西路溪园。等会儿应该会去给老安人问安。"

按着裴家的规矩，他是不应该泄露裴三老爷行踪的，可裴三老爷一上山就让胡总管帮着郁棠送信不说，胡总管还特意让他来跟郁小姐说一声，怎么看都让他觉得郁棠是裴府的贵客。他觉得自己也应该像胡总管那样，在郁小姐面前讨个好才是。

郁棠笑着赏了他一把铜钱，这才和双桃继续往前走。结果她一抬头，却看见顾曦和二小姐都定定地站在前面，目不转睛地看着她。

她不明所以地摸了摸脸，奇怪地道："怎么了？可是有什么事？"

二小姐皱着眉头正要说什么，却被顾曦拦住了。

"没什么！"顾曦笑道，"只是走着走着，突然发现你不见了，我们就在这里等等你。"

二小姐闻言诧异地喊了声"顾姐姐"。

顾曦却拉了二小姐一把，笑着对郁棠道："你等会儿准备什么时候出门？到时候我们喊你一声吧？我们一起去暖亭。"把话给岔开了。

郁棠太了解顾曦了。想得多，顾忌也多，说个话都要转几个弯，让听话的人想了又想才能明白她真正的意思。梦中是大家做妯娌，低头不见抬头见，没有办法，如今两人各走各的路，她才懒得去猜顾曦的用意。只要顾曦不问到她面前来，她就会当做不知道。让顾曦自己私下里去琢磨去。想到这些，郁棠脑海里不由浮现出顾曦满脸焦灼地在屋里团团打转的模样，她嘴角微翘，就笑了起来。

"好啊！"她望着顾曦，"到时候我等你们来喊我，我们一起去暖亭好了。"

"那就这么说定了！"顾曦说着，拽着二小姐就走了。

郁棠笑了笑，也带着双桃回了屋。

二小姐却没有顾曦这么镇定。郁棠的身影一离开她们的视线，二小姐就迫不及待地对顾曦道："顾姐姐怎么不让我问问她？她怎么会得了胡总管照顾？就算郁秀才和胡总管交好，她住在内宅大院的，有什么事需要胡总管帮她出头的？她到底要干什么？"

那小厮说了什么，她们听得并不十分清楚，这才更觉得不解。

顾曦眼眸低垂，想到郁棠的家世，轻声道："也不知道郁小姐是怎么得了老安人青睐的。照理说，郁家和贵府又没有什么渊源，她怎么可能这样轻易地就走到老安人面前？"

二小姐一愣，仔细地想了想，却越想越觉得顾曦言之有理。她迟疑地道："好像是听说她的绢花做得好……可她手艺再好，能好得过家里的绣娘吗？"说到这里，她愕然道："顾姐姐，你不说我还没有注意，郁，郁小姐好像是突然间就冒了出来！"

顾曦微微地笑，没再吭声——她该说的都已经说了，剩下的，轮到别人说了。比如这位二小姐，看着目下无尘傲气得很，实则不过是个被家里人宠坏了的小姑娘罢了。情绪全摆在脸上，让人一看就明白，还不如那位看上去古灵精怪的四小姐。不过，裴家小姐都这样天真，倒有点出乎她的意料。或许是因为在临安这个小城？

顾曦和二小姐慢慢往她住的地方走。二小姐却咬了咬唇，眉头紧锁。不行，她得想办法弄清楚郁小姐是怎么出入裴府的才行。临安城里想巴结奉承裴家的人太多了，她不喜欢有人借着裴家的名头做踏板，成全自己的私利。只是顾曦是客，又是初识，她当着顾曦的面不好多说什么，可一转身，等到顾曦回内室更衣的空隙，她就忍不住吩咐自幼照顾她的婆子去查郁棠。

那婆子不免皱眉，道："二小姐，那是宗房的事，您若是不喜欢这个人，只需面子上应酬几句就行了，何必去蹚这浑水呢？再说您马上就要出阁了，去了婆家，还得靠娘家撑腰，娘家要是有什么不好的话传了出去，您在婆家也没脸。我看，这件事您就算了吧！"

二小姐不依，道："我就是不服气有人拿我们裴家做伐子！我只是想知道事情的缘由。祖母也曾教导过我们，不做长舌妇可也不能做糊涂鬼。那郁小姐，可不简单，处处都能讨了伯祖母欢心。这可不是一般的人能做到的。"

那婆子没有办法，只得应了，但还是反复地叮嘱她："不管我查到什么，您可都要烂在肚子里才是。"

二小姐不耐烦地挥了挥手，那婆子这才退了下去。

而在内室的顾曦一面对着镜台整理衣襟，一面让荷香去盯着二小姐的人，并低声对她道："毕竟不是在自己家，你行事小心点。"

· 060 ·

荷香不是第一次做这种事了，她笑道："您放心，我知道该怎么办的。不要说二小姐那边了，就是四小姐那边，我也打发人盯着了，不会让裴家的人发现的。"

顾曦满意地颔首，问她："银子可还够使？"

她这次只带了两三个近身服侍的出门，要想知道周遭都发生了些什么，就只能借力使力，收买裴府的仆妇。但住进裴府的这几天她们也发现了，裴家看似因为裴老安人孀居，长房又丢了宗主的位置，没有人主持中馈了，可实际上裴家却丝毫没乱。她们根本不敢往裴府那些有头有脸的婆子、丫鬟面前凑，只能收买一些粗使的婆子和丫鬟，然后通过观察所得来推断这个人到底在干什么。

荷香笑道："够用。我们还剩一百五十多两银子呢！"

顾曦一阵肉疼。她阿兄离开杭州城的时候给她留了一千两银票，这次来临安，她寻思着要用银子，就让人兑了三百两带了过来，这才几天，就去了一百五十两，还没有用到正主子上。但这也是没有办法的事，谁让她们没有人呢！

顾曦又问："知道大太太为何要请沈太太帮她送信了吗？"

荷香出门左右看了看，见大家各忙各的，这才和顾曦耳语道："说是有事要求娘家的嫂嫂，怕老安人不高兴，才请了沈太太送信。"

顾曦挑了挑眉。难道是说了婆婆的坏话？不，若是说坏话，也应该是说了小叔子裴宴的坏话才是。可到底是裴宴夺了宗主之位还是死去的老太爷偏心呢？这件事得查清楚才行。她可不想嫁给一个被人议论纷纷的人！

顾曦对荷香道："你带些糕点，我先去给沈太太问个好，再陪二小姐说话。"

不知道她阿兄是怎么想到的沈太太。这位沈太太，也是位奇人。不爱黄白之物，也不爱交际应酬，单喜欢好名声。只要对她暗示这涉及她的声誉，她立刻就落入圈套，让人看着既可怜又可笑。只是不知道大太太是用什么方法打动的沈太太。

沈善言也挺可怜的，娶了位这样的太太。还好他没有在官场上打拼，不然这位沈太太会惹出什么样的祸来，谁也说不好！

荷香应声而去。

顾曦看着镜子里衣饰朴素却因为精致的小首饰又透着几分雅致的漂亮女孩笑了笑。镜中的人也跟着笑了笑。她这才满意地出了内室。

可能是为了方便赏梅，裴家别院的暖亭就建在后山的梅林中。

坐在烧着地龙的亭子里，喝着茶汤清爽的白茶，看着星星点点的红梅，闻着淡淡的梅香，神仙过的日子也不过如此。

三小姐第一个叫了出来："在这里烤肉，也太煞风景了。梅香都变成了油脂的味道。今天与其烤肉，不如赏梅吧？正好顾姐姐和郁姐姐都在这儿，我们还可以行令或者是作诗。阿爹说，今年过了元宵节就开课，我还有三篇六言诗没有完成呢！"

她抱怨着，郁棠暗暗惊讶，道："府里请了女学吗？"

· 061 ·

三小姐点头，道："我们几姐妹都在一块儿读书。"

顾曦则看了一眼笑眯眯端坐在上首的老安人，脆声道："我都可以！吃固然爱，读书也爱。"

四小姐咯咯地笑。

五小姐犹豫地看着自己的母亲和老安人，喃喃地道："不，不是还有月余才过年吗？不用这么急吧！"说完，又求助般地望了郁棠一眼。

郁棠当然知道，作诗、绘画、韵律都是顾曦的拿手长项，行令或是作诗，顾曦肯定会出风头。可她也的确不想辜负这一番美景。她笑道："要不我们举手吧！少数服从多数的。"

三小姐立刻举了手，道："我赞成赏梅！"

四小姐迟疑，半晌都没有举手。五小姐则望着四小姐。

顾曦遮了嘴在旁边笑，好像真的是随便怎样都行。

郁棠在心里叹气，举了手："我赞成作诗。"千古绝句肯定没有，但作个打油诗她还是没有问题的。

念头闪过，她甚至有些恶劣地想，要不就拿梦中顾曦得意的咏梅之作作弊，一定会让顾曦大吃一惊甚至是觉得憋屈，肯定很有意思。可她也只是想想。别的事可以这样恶心顾曦，作诗、绘画这样的才艺，她不至于为了给自己的脸上贴金却剽窃别人的。

只是她话音刚落，五小姐就气鼓鼓地看着她，好像她做了什么十恶不赦之事似的。郁棠恍然。五小姐恐怕是把她当成一伙的，她这样违背了五小姐的意思，五小姐肯定觉得气愤了。郁棠强忍着才没有笑出声来。小姑娘们就是这样有趣，遇事不是黑就是白，直白却可爱。但她还是觉得在这里烤肉如同焚琴煮鹤，不如换个地方。

四小姐却在这个时候跳了出来，举手道："我要烤肉！"说完，瞥了顾曦一眼。

顾曦心头一颤，大感失策。早知道这样，她就应该像郁小姐那样，早点站出来了。这个时候，她应该表示赞同还是反对呢？顾曦头疼。

五小姐却没有注意到这些，她大喜，也跟着道："我也要烤肉！"随后眼巴巴地望向了二小姐。

二比二，二小姐和顾小姐的态度都很重要，但她直觉顾小姐肯定会随大流，那二小姐就比顾小姐的态度更要紧了。

二小姐不屑地笑了笑，道："我赞成赏梅！烤肉，换个地方好了。"

顾曦叹气，只得道："我也赞成赏梅！"

五小姐嘟了嘴，拉了四小姐的手。四小姐嘻嘻地笑，一副不死心的样子，道："这里还有伯祖母、沈太太和二婶婶，我们还不算输！"

沈太太有些嫌弃地看了四小姐一眼，没有吭声，一副不愿意和她们一般见识的模样。

二太太看着就有些不太高兴，笑着走过去摸了摸女儿的头，温声道："我投你三姐姐一票。"

这下子可算是大势已去。五小姐跺着脚娇嗔地喊了声"姆妈"。二太太和老安人都呵呵地笑了起来。最后大家决定下午赏梅，晚膳吃烤肉。

五小姐还有些不高兴，四小姐就拉着她去扫梅花瓣上的积雪，还用大家都能听到的声音和她交头接耳："我娘说，可以盛在瓯里埋在地下，夏天拿出来煮茶。"

"可那得早上采吧？！"五小姐有些茫然地道。

"哎哟！"四小姐道，"早上和下午应该没有太大的区别吧？反正我不想作诗。"

五小姐嘻嘻地笑，道："我们可以采梅啊！拿回去给祖母供在梅瓶里，满屋子都是梅花香。"

四小姐道："供瓶也应该是早上插吧？"

五小姐愣住。

众人哈哈大笑。

老安人就招了两人："两个皮猴，好好地给我待在这里作两首诗，既应了景又交了功课，岂不是两全其美？"

两人沮丧地应诺，又惹得大家一阵笑。

计大娘等人已拿了准备好的笔墨纸砚过来，只是安放好文房四宝之后对老安人禀道："郁小姐家里有小厮送了信过来。"

众人俱是讶然。

老安人很慈祥地对郁棠道："快去看看是什么事，也好让我安心。"

郁棠也很好奇，屈膝行礼，随计大娘出了暖亭。

顾曦却不动声色地朝着荷香打了个手势。不一会儿，荷香就不见了踪影。

来给郁棠送信的是阿苕。

看见郁棠，他匆匆忙忙地迎上前去，拱手行礼道："小姐，是少东家让我来的。他说，您的信他已经收到了，就按您的意思办。还说，家里一切都好，让您不要担心，那笔生意也谈成了。等您回去了，再庆祝一番。"说完，从兜里掏出了一封信。

郁棠笑着点头，打开了信，立刻就读了起来。

除了阿苕说的那几句话，郁远在信中还盛赞了章公子的那十幅画，说那客商十分满意，还想出每幅十两银子将画买下来。郁远给她写信来有两层意思。一是想做成这笔生意——那客商家里是做绣品生意的，来他们家买箱笼是为了让家里铺子的货品齐全一些，让绣品的生意更好做，因而两家的生意不仅没有冲突之处，还能相互促进。二是要和她商量，若是把画卖给那商家，要不要给章家银子？给章公子多少银子好？

063

又因那客商这几天就要离开临安回乡了，做好的箱笼是由他们家包送的，这件事得在那客商离开临安之前决定下来，他这才刚刚收到郁棠的信就立刻差了阿苕送回信的。

郁棠掩信思考了半晌，给郁远回了一封信。

卖画是可以的，卖画的银子可以和章家对半分，但要和那客商写个契约，这十幅画是他们郁家独有的，客商拿去了，只限在他们家的铺子里用，不得转卖。如果一定要转卖，得以文书的方式告之郁家，并得到郁家的同意，且需要重新支付银子。

因天色不早了，回临安城最少也得一个半时辰，阿苕接过书信就立刻起身告辞，回了郁家。

裴宴这边知道除了郁棠在别院小住，还有沈太太和顾曦也在别院，有外人在，他不好直接去给老安人问安，遂先回了自己住的院落，梳洗更衣过后，派了人去问老安人什么时候方便见他。

只是派出去的人还没有回话，他就听说郁家有人来给郁棠送信。他不由心生诧然。郁棠的信才送回去，家里的人立刻就给她回了信，连一天都等不了，不会是家里出了什么事吧？裴宴想到郁太太的病，又想到郁家买的李端家那三十亩良田……

他叫了在这边服侍老安人的胡兴进来："郁小姐那边出了什么事？"

胡兴这些天都在别院全心全意地帮着老安人办事，几位小姐和几位贵客每天哪道菜吃得多哪道菜吃得少他都知道，没有听说郁小姐那边发生了什么事啊！他一下子蒙了。

裴宴原本就对他的办事能力不满意，后来因为看他巴结上了老安人，加之老安人这边也需要个用得顺手的人，他这才睁只眼闭只眼，让他继续在总管的位置上尸位素餐。如今看他这个样子，裴宴就更加不满意了，甚至这种不满意直接就表现在了脸上。

他厉声道："怎么？你不知道吗？"

三老爷前几天才把原本服侍大老爷一家多年的一户世仆家五岁以上的男丁全都打死了，妇孺全部发卖了。阖府上下正战战兢兢的，全在私底下议论三老爷既不像老太爷那样仁厚也不像老安人那样宽容，完全不像裴家的人。还有人羡慕胡兴因祸得福，提前去了老安人那里服侍。

胡兴听了不免暗中庆幸，却又惶恐不已。此时被裴宴这么一问，一个寒战，双腿发软，差点就跪了下去，好半晌才能发出声音，结结巴巴地道："郁小姐和几位小姐都玩得很好，早起早睡，偶尔还会沿着明山湖走上一圈，刚刚还和几位小姐去梅林那边赏梅了……"他都快要哭出来了："真，真没发现她有什么不妥！"随后，他的直觉不由让他又大着胆子道："再说了，郁小姐一个闺中小姐，我就

· 064 ·

算是想知道些什么，人家郁小姐也不会和我说话啊！"

裴宴神色微霁。胡兴暗中擦了擦冷汗，有种死里逃生的感觉。可紧接着，他开始反省自己怎么会说出他没办法接近郁小姐的话来，反省为何裴宴会因为他的这番话而神色微霁起来……一时间，他觉得他好像知道了什么了不得的事。胡兴看裴宴的眼神都不一样了。

裴宴没有把胡兴看在眼里，自然也就不会去注意他那些变化微小的表情。

他想了想，道："郁小姐她们还在梅林赏梅吗？"

胡兴忙道："是的，还作诗了。"

总算还能答几句话，有点用处！裴宴面无表情地瞥了胡兴一眼，道："你悄悄地给郁小姐带个信，让她在梅林旁等我一会儿，我有话问她。"

非礼勿视吧！为何偏偏要他去带信？胡兴心里很苦，却不敢表现出来半分，不仅要恭敬地低头应"是"，还要做出一副以功抵过的欢天喜地，高声道："我这就去！"

裴宴冷冷地"哼"了一声。

郁棠得了信并没有多想，和老安人低语了几声，就找了个借口出了暖亭。

五小姐刚好一首六言绝句作好了，见状不由道："郁姐姐这是要去做什么？"

几个人一起作诗，顾曦是第一个作好的，三小姐排第二，第三的是郁棠，二小姐和五小姐紧随其后，四小姐还在那儿低头写诗。

大家准备写好了一起拿给老安人、沈太太、二太太点评的。

老安人也没有多想。郁棠既然知道了李家卖地的蹊跷，裴宴肯定也知道了。她就猜测着裴宴应该是找郁棠问这件事。只是这件事不好让这些小丫头们知道，她老人家也就打了个马虎眼，笑眯眯地道："谁还没有点事，你这孩子，该装糊涂的时候就得装不知道，该问的时候就直说，你还得练练才能放出门去。"说完，还看了二太太一眼。

二太太呵呵地笑，应着："您放心好了，我会好好教导她的。"

老安人"嗯"了一声，这件事就这样揭过去了。

顾曦心里却百转千回。郁家的小厮来找郁棠分明是有事，郁棠回来却只说是家里人来问她铺子里的事，连老安人想知道的都拦在了外面，如今又这样大摇大摆地从诗会上走了，她怎么想都觉得事情不简单。

而荷香想的比顾曦更复杂。她寻了个机会凑到顾曦的耳边低声道："小姐，三老爷上了山。"顾曦眉角一挑。荷香知道她这是想听更详细的，遂飞快地道："我刚才去打听郁小姐的事发现的，三老爷还没有来给老安人问安，听说会在用了晚膳之后过来。"

那郁棠这是去做什么呢？顾曦心中隐隐觉得不安。二小姐还没有查出郁棠是怎么突然冒出来的。她给荷香使了个眼色。荷香会意，悄悄地离开了暖亭。

· 065 ·

不一会儿，四小姐的诗也作完了。

二小姐打趣四小姐："我们可是全都在等你！"

四小姐不满地嘟着嘴："我不是说了要烤肉吗？是你们要作诗，我一点准备也没有。"

"你要怎么准备？"三小姐难得和四小姐开起玩笑来，"来前先熟读白、李？"

白是指白居易，李是指李白。

四小姐心虚地反驳道："难道不行吗？"

大家都笑了起来。

老安人道："那就先看四丫头的诗。"

四小姐扭扭捏捏地让身边服侍的小丫鬟把诗作递了过去。

顾曦却道："我们不等郁小姐吗？"

老安人笑道："天色不早了，你们等会儿不是还要吃烤肉吗？不等她了。"

顾曦抿着嘴笑了笑，上前去观看四小姐作的诗，心思却一半留意着荷香什么时候能回来。

也不过是一炷香的工夫，荷香又悄无声息地出现在了暖亭。

这次不用荷香找机会了，顾曦直接说她要去趟官房，带着荷香在无人的梅林中伫足。

荷香的脸色有些凝重。她道："小姐，那郁小姐哪里是有事，她是去见三老爷了！"

顾曦愕然，心里却莫名有种尘埃落定的踏实。

她沉声道："到底是怎么一回事？"

"具体是怎么一回事，我也不知道。"荷香低声道，"我从暖亭出来，就照着郁小姐去的方向慢慢找了过去，结果发现那条路是通往明山湖旁的凉亭。凉亭里除了郁小姐，还有个穿着白色斗篷的青年男子。我想走近去看看，结果发现凉亭周围有七八个护卫站在暗处。我吓了一大跳，说是您的贴身丫鬟，您让我回屋去拿点东西，结果我迷路了，这才脱身。之后我又遇到了胡总管，试探了几句，才知道那青年男子是裴家的三老爷。"

顾曦沉默了半晌，道："那三老爷长得什么模样？"

荷香面色一红，低声道："长得很英俊，气质儒雅……在我见过的人里面，只有大公子能和他一较高下。"

顾昶是杭州城里有名的美男子。顾曦的脸也有些热。可想到郁棠，她不禁眉头紧锁。裴宴要做什么？他私下和郁小姐会面，老安人是不知道，还是知道却给两人打马虎眼？那郁小姐又是以什么身份在裴宴面前出现的呢？说来说去，她和阿兄还是大意了，没有想到临安城还有像郁小姐这样的女子。她是随郁小姐去呢，还是想办法让郁小姐从裴府消失呢？顾曦一时有点拿不定主意。

066

她对荷香道："你看能不能想办法知道郁小姐和裴三老爷之间的关系，特别是老安人知不知道……"如果老安人是知道的，那裴家打的是什么主意？这才是她应该注意和关心的。顾曦长长地吁了口气。

第四十二章　不悦

明山湖旁的凉亭，寒风吹过，冷得刺骨。

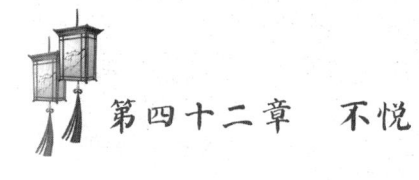

郁棠裹着斗篷，瑟瑟发抖地问裴宴："为什么要到这里来说话？就不能找个暖阁什么的吗？"

裴宴没回答，却瞥了郁棠的斗篷一眼。灰鼠皮的里子，素面杭绸的面儿，难怪会觉得冷。这个季节，应该用狐狸毛或是貂毛的里子，缂丝或是蜀绣的面儿。郁家如今也算是有钱人了，怎么也不舍得给郁小姐做件好点的斗篷。裴宴皱了皱眉。

郁棠愕然，随着他的目光就看到了自己的斗篷上，她顿时横眉怒目。这个裴宴，怎么每次都盯着她的衣饰看？

她又不是裴家的小姐，应酬多，还每次应酬都要穿不同的衣裳。这件斗篷是用她母亲的陪嫁改的，皮毛保存得很好，素净的斗篷只在一角绣了一丛兰花，针脚细密，配色淡雅，怎么着也是件能拿得出手的衣裳。

他凭什么就总是瞧着不顺眼？郁棠在心里冷笑，决定也不让裴宴安生。

正好又有一阵冷风吹过来，冷风直灌，她索性又裹了裹斗篷，挑着刺道："要不水榭也成啊！这样站在这里，人都要冻成冰棒了。"

他选的地方这么不好吗？裴宴解释道："这里是离梅林最近的地方了。"

好吧！考虑到老安人还在梅林赏梅，郁棠决定就算是有长话也要短说。

她道："您找我是有什么事吗？"

裴宴原本想直接问问她家里出了什么事的，但刚才郁棠的抱怨让裴宴觉得自己没有把事情安排好，心里有点不自在，遂先说起了李端家的事——在他心里，下意识地觉得郁棠若是知道李端倒霉了，应该会很高兴的。

"你跟我说了李家的事，我特意去查了查。"裴宴沉吟道，"还真像你说的，李意在日照做知府的时候，手脚的确有点不干净。"说到这里，他抿了抿嘴角。

千里做官为财。这是很多人当初踏入仕途的原因。裴宴能理解，却不赞同。

因而当他知道李意在日照到底做了些什么的时候，他是非常愤怒的。什么事都有一个底线，过了这条线，就令人唾弃了。

他把李意的事写信告诉了他一个在都察院做御史的同年，而这个同年向来野心勃勃，想做名留青史的能吏。他一定会好好告诉李意应该怎么做人的。

郁棠心中一喜。也就是说，那户人家能早点洗清冤屈了。她不由道："那，您准备怎么干？"

裴宴见她眼底又流露出他熟悉的如同夏日阳光般明亮的光芒，暗中满意地点了点头，面上却不动声色地道："他们家不是想搬到杭州城去住吗？那就索性搬过去好了。"

郁棠愕然。通常这种搬出去了就再不回来的人家，都是在本地没有了产业的。也就是说，裴宴想逼着李家卖了祖产，就算不是全部，那也是大部分。她想到梦中郁家卖的那些祖产，突然觉得，李家的报应现在在裴宴的无心关切中慢慢地到来了。

"谢谢三老爷！"她喃喃地道，眼角有水光闪烁。

裴宴目露狐疑。他也没有说什么，怎么郁小姐一下子这么激动和感激，难道郁小姐恨李家已经恨到了只要李家倒霉她就高兴的程度？裴宴不能理解。

郁棠无意和他解释，打着马虎眼糊弄着他："哎呀，我不是在想李家剩下来的那一百五十亩地吗？他们家那地，可是我们临安城最好的地了，有钱都买不到。好不容易等到李家要倒霉了，我怎么能忍得住这么大的诱惑呢？"

她开玩笑般地说着，眼里有一种不涉及恩怨情仇的纯粹欢喜，是真心的高兴。

裴宴愣了愣，声音不由也轻快了几分，道："若是我们家也想要那一百五十亩地呢？"

郁棠非常意外。在她的心里，裴宴可不是个随便开口说话的人。他此时却向她讨要李家的那一百五十亩地。明知道这句话可能是玩笑，郁棠却忍不住感觉到愉悦。

她道："那当然是让给你们家啊！大树底下好乘凉嘛！跟着你们家，至少以后浇田的水不用愁了。"这么一想，还真有几分道理！

裴宴难得地笑了起来，道："要不，我们去旁边的水榭说话？"隔着湖，凉亭对面是半边伫立水面的水榭。

郁棠以为裴宴就是来告诉她这件事的，连连摇头，道："算了，这里挺好的。老安人那边，还等着我回去呢！"

裴宴见她恢复了常态，心情也跟着慢慢地平静下来，说起了自己的来意："你早上刚送信回去你们家下午就又派了人过来给你回信，是不是家里出了什么事？"

郁棠觉得她最丢脸、最狼狈的时候裴宴都曾经见过，没有什么不能跟他说的了。她就把请章公子画图样的事告诉了裴宴。

裴宴非常意外，上下打量了郁棠几眼。

郁棠紧张道："怎么了？"心里却忐忑着自己是不是哪里做得不对，反复想着自己做过的事。

谁知道裴宴却正色道："没想到你还有这份生意经。你想过做镙钿了没有？"

现在最贵的家具就是镶镙钿的了。像他们家这样剔红漆的，通常都是小件，而且可能会用一辈子，有些人家就算成亲的时候还不一定非得买。

家具就不一样了，人人家里都需要，但还是黑漆的家具多一点。可见裴宴也不是什么时候都是对的。

郁棠拒绝得很委婉，笑道："我们家祖传的手艺就是剔红漆，若是做镙钿，等同于舍近求远了，就把从前的老手艺都丢了，想想还是不划算。"

裴家的生意多，可大多数还是掌柜在管，他最多也就提提要求，看看账目。这些事他还真是不懂。

"我也就说说。"他道，"最近有人让我收个做镙钿的作坊，我还在考虑，就想着先问问你们家用不用得着。"

郁棠讶然。若只是个做镙钿的作坊那能用的地方就太多了。只要管事的不乱来，是个颇为赚钱的买卖。

这可真是应了那句"钱赶财"的老话儿了。不过她也有点好奇什么人家会把这样的作坊给卖了。

裴宴也没有瞒她，道："是宋家的。"还解释道："他们家不是和彭家、武家合伙造船吗？彭家就不用说了，那武家原本就是暴发户洗白成乡绅的。可是造船的费用大，他们家哪有银子和那两家拼？我估算着是不是彭家和武家想联手把宋家给挤出局去，所以设了个什么圈套。宋家现在是骑虎难下，只好悄悄地变卖些产业救急。"说到这里，他想到了什么似的，"咦"了一声，又道："剔红漆是不是要上很多遍油漆，宋家好像还有个油漆作坊……"

可他们家也不需要一个油漆作坊来提供油漆啊！最最重要的是，他们家没有人来管这些产业。指望别人帮忙的产业，最终都赚不到什么钱的。这是郁棠梦中的经验。

她再次婉言拒绝了，觉得再这样和裴宴说下去，裴宴指不定还有什么惊人之语，忙转移了话题，道："您是不是想接手宋家的产业？他们最赚钱的是什么？"

"是织造。"裴宴道，没有回答他是不是想接手宋家的产业，"不过，织造太麻烦了，不织贡品不足以让人觉得织品好，做贡品又得有人跟二十四衙门里的人打交道……"话说到这里，他突然停了下来，发起呆来了。

郁棠不明所以。

裴宴问她："你认识江潮吗？"

江潮在他们家住过一段时间，她当然认识。可看裴宴这个样子，分明是指她是否了解江潮这个人。郁棠斟酌地道："还行吧！平时听我爹说过很多次。"

· 069 ·

裴宴点了点头，又天马行空般地问起了其他事："你们铺子是不是只要有好的画样子就成了？"

"现在看是这样的。"郁棠保守地道，"生意这种事，还得一点点地摸索。"

裴宴就道："章公子的画真的就画得那么好？"

郁棠笑道："我见识浅薄，在我所见之中，章公子的画是画得最好的了。"

裴宴颔首，道："行！你家里没出什么事就好。我请了你来陪我母亲，总不能让你一心挂两头。你家里有什么事，你直管叫了丫鬟小厮来告诉我，我会尽力帮你解决的。"

郁棠道了谢。两人各自散了。

郁棠不用说，直接回了梅林。只是这会儿梅林的诗会已经结束了，大家正准备去老安人那里。

顾曦一见到她就笑着说道："真是来得早不如来得巧。我们刚刚决定晚上吃羊肉锅子你就回来了，可见郁小姐是个有口福的。"

"不是说晚上吃烤肉吗？"郁棠意外道。怎么又改变了主意？

四小姐红着脸，支支吾吾地道："顾小姐的诗评了第一，三姐姐评了第二。顾小姐说自己最大，让三姐姐选。三姐姐说烤肉上火，晚上吃了不好，就改吃锅子了。"

顾曦的诗评了第一郁棠一点也不稀奇。可见她走后又有场赌约。

她吃什么都可以，笑道："那行。明天如果还下雪，我们再烤肉好了。"

郁棠的话说到四小姐和五小姐的心坎上了。

两人齐齐点头，一群人说说笑笑拥着老安人去了正院。

路上，顾曦几次想问问郁棠"你就不关心你的诗评了第几"，却都忍了下去。

裴宴那边回到了他在别院住的藕荷堂，却神色快快的。

裴府还有很多事要他决策，可他全推给了裴满，就这样上了山：一来是他担心母亲，想看看她老人家在这里过得怎么样；二来是想躲躲那些打着给他拜年的名义来找他的人。

又有官员上折子请皇上立储，朝野内外闻风而动，江南官宦世家私底下更是暗潮涌动。裴家当初选择定居临安，不就是看中了临安城的闭塞和安静，他又怎么会允许裴家再牵扯到其中去呢？

这样的事每隔几年就要来一次。从前他是这其中的弄潮儿，并且从中体会到了无可比拟的快乐。可自从他父亲去世之后，他突然之间就觉得这些翻云覆雨都没意思极了。裴宴望着院中扫雪的小厮，轻轻地叹了口气。他以后可就真的要隐居山林了。现在还好，再过个十年，估计也没有谁还能记得他了。不过，在他真正隐退之前，得把他二哥起复的事办好才行，京里的那些关系也就不能在这时候就淡下来了。

他叫了裴柒过来问话："家里还有多少可动用的银两？"

"天津那边的钱庄自老太爷去后就没动过。"裴柒低声道，"有十万两银子。"

裴宴想了想，转身回到书房拟了张单子递给裴柒："你把单子给舒青，然后听他的调遣。"舒青是跟着他回了临安的师爷，如今算是他的幕僚。

裴柒恭敬地应诺，退了下去。

裴宴躺在了摇椅上。阿茗机灵地拿了条毛毯搭在他的腿上。

裴宴没有理会阿茗，闭着眼睛，脑子却转得飞快。

天津那边的银子调到京里送礼，临安城这边的银子就不太够花销了。他今年在田庄里花的银子太多了，收益却不大，也看不出还需要几年才能收回投入。最好的办法是调了当铺里的死当来应应急，这件事还得和佟大掌柜商量商量。佟大掌柜是他阿爹留给他的人，他只在刚接手裴府的时候和他聊过一次，算算已经年余，是得找机会和佟大掌柜再好好说说话了。

裴宴想着，突然想到了郁棠的斗篷。他记得他小的时候，当铺里时常有非常好的皮子，可以问问佟大掌柜，拿件出来给郁小姐御御寒。想到这里，他脑海里浮现出郁棠细白如初雪的脸庞。旧皮子……好像不太好……还是想办法给她弄点新皮子好了。他的库房里应该有……

裴宴是个想到就做的人，他立刻让阿茗派人回城去开了自己的库房："看看有没有合适给郁小姐做斗篷的。之前是我疏忽了，只想着请了她过来陪老安人，却忘了……"

郁家毕竟家风朴素，就算是得了一笔意外之财，也不可能像那些暴发户似的，开始做衣裳打首饰，挥金如土地过日子。不过，郁小姐有句话说得不错。若是把李端家剩下的那一百五十亩能种出碧粳米的良田归属给郁家，郁家从此以后就可以生活富庶，郁小姐估计会更高兴。

裴宴又道："我要写信，安排人来磨墨。"

日照的事，仅仅托付给都察院的人还是太慢了，他们每天经手的大案要案太多。他还是给山东布政使写封信好了，他们那边出了这样大的案子，若是由他们自己报上去，还能落个督察有力的名声，被都察院弹劾的话，面上可就不好看了。

阿茗忙安排下去。

裴宴已想好了措辞，等墨磨好了，就开始写信。

郁棠当然关心自己的诗得了第几，只是她不想在顾曦有机会和她讨论诗作的时候去问。免得顾曦像梦中似的又在自己面前滔滔不绝，像个女夫子。不过，这也与如今的她明白了什么事才是最重要的有很大关系。

因而她是在回去的路上，见顾曦一直围绕在老安人左右，没有精力和时间注意她的时候，她悄悄地问五小姐："第三和第四是谁？"

五小姐抿了嘴笑，道："郁姐姐和我并列第三。"还告诉她："第五是二姐姐，四姐姐排在最后。"

郁棠有点意外。她以为二小姐会排在她之前。

五小姐笑道："顾小姐的诗作得最好，又快又有意境，大家都投了她第一，三姐姐输在意境没有顾小姐深远。郁姐姐的诗也作得好，不过在韵脚上没像顾小姐和三姐姐那样严谨，所以和我一起排了第三。二姐姐的诗我姆妈觉得太僵硬，没有灵气，四姐姐则是因为最后才写完。"

郁棠脸微红。顾曦三岁启蒙，从小和家中的兄弟一起上学，就算是她有着预知能力也追不上。而三小姐的诗比她作得还好，五小姐年纪最小却和她并列了第三，可见两个小姑娘都很聪慧。

她真诚地赞扬："你和三小姐两个人都好厉害！"

五小姐红了脸，谦逊道："没有，没有。只是正好出的题我比较擅长而已。"

郁棠也不和五小姐争辩，只是笑眯眯地摸了摸她的头，五小姐不好意思地低下了头，因而她们两人都没有注意到走在她们前面的三小姐耳朵红彤彤的。

晚上在老安人那里用了晚膳，郁棠以为老安人会留了她们说话。谁知道婆子们刚刚收了桌子，老安人就端茶送了客。

郁棠等人难掩惊讶。

老安人很直爽地道："等会儿你们三叔父要过来给我问安，我就不留你们了。"

几个小辈乖乖起身告辞，郁棠等人也不好多留，大家各自回了住处。

翌日一早，老安人让她们过了辰时再去问安。

郁棠问缘由。

来报信的柳絮笑道："三老爷一早要去给老安人问安。"

郁棠恍然大悟。

用过早膳，阿茗抱着个包袱过来了。郁棠非常惊讶，连声问他可是有什么要紧的事。

阿茗嘿嘿笑，把手里一个包袱塞给了双桃，道："这是我们三老爷让我送过来的，三老爷还等着我回话呢！"说完，也不待郁棠说话，就一溜烟地跑了。

"这是什么？"双桃嘀咕着，抱着包袱进了屋。打开包袱一看，居然是件水绿织凤尾团花的缂丝白色貂毛斗篷。

"这……"郁棠讶然地拿起斗篷。缂丝独特的织纹在室内不明的光线下闪烁着华丽的光芒。

"真漂亮！"双桃忍不住惊叹。

郁棠心里不安。裴宴为什么送她件斗篷？

她吩咐双桃："你去看看阿茗在做什么，三老爷为何要送件斗篷给我？"

而且还是件女式的。应该不是临时做的。

双桃也觉得不妥。三老爷若是有心，大可让老安人转送给小姐。如今却这样

072

私下里就送了过来……

她急急忙忙去寻阿茗。

郁棠收拾打扮停当，靠在床头看书，双桃才冒着风雪回来。

"小姐！"她顾不得回房更衣，带着一身寒气就进了内室，"阿茗随着三老爷在老安人那里，我找了个机会才和他说上话。他说，是三老爷见小姐斗篷单薄，特意差人连夜回裴府去拿的。还说若是您不喜欢，先将就着用这几天，他再找人帮着做一件，还让我问您喜欢什么颜色。"

特意差人连夜回裴府去拿的？郁棠有些出神。是看见她昨天穿着斗篷还有些冷吗？那这斗篷她是收还是不收呢？不收吧，辜负了三老爷的好意。收吧，太贵重了，她心中不安。不过，这斗篷真的很好看，她非常喜欢。郁棠拿不定主意。想着要是她姆妈在这里就好了。她就可以问问她姆妈了。

郁棠用指尖摩挲着缂丝上凸起的花纹，纠结地皱起了眉。

顾曦那边也收拾好了，闲来无事地坐在书案前看书。只不过荷香来给她回话的时候，她的手指死死地捏着书页，差点把书给弄破了。

"郁小姐的那个贴身丫鬟双桃跑去找三老爷贴身的书童了？"她的脸阴得仿佛要下雨似的，在摇晃不定的灯光中显得有些扭曲。

"嗯！"荷香小声应着，"两个人躲在花树后面拉拉扯扯了半天，那双桃才走。接着阿茗就跑去见三老爷。"

顾曦问道："那时候三老爷在哪里？"

"还在老安人的屋里。"荷香答道。

顾曦的眉头锁了起来，语气十分冷淡："然后呢？"

荷香磕巴道："然后阿茗进去之后大约一盏茶的工夫，阿茗就随着三老爷从老安人的屋里出来，回了他住的藕荷堂。"

顾曦一愣，道："回去藕荷堂之后就没有再去郁小姐那里吗？"

荷香顿了顿，道："我在那里站了一会儿就回来了，不知道……"之后还会不会有人去。而且她也不想再去盯梢了，这么冷的天，一个不小心，会把人给冻坏的。

好在是顾曦没有再说什么，挥了挥手，让她退了下去。

那天晚上，顾曦没有睡好，一直想着双桃为何要去找阿茗。可第二天早上，她去给老安人问安的时候，就知道了。

当时屋里只有郁棠一个人，屋里服侍的人都不知道去了哪里，她因这段时间和老安人屋里的人都熟了，进去的时候门口的婆子没有拦她，她如入无人之境，直接进了厅堂。正奇怪着屋里怎么没人，要不要发出点声响，就听见了老安人的声音："……他是自他阿爹去了之后才开始学着管理庶务的，之前从来不关心这些事，难免有失礼的地方，还请你不要放在心上。"

顾曦乍听这话的时候还没有反应过来和老安人说话的是谁，等她听到一个干

· 073 ·

净悦耳的声音时才惊觉和老安人说话的是郁棠。

虽然知道不应该，但她还是不由竖起了耳朵听。

"老安人您可别这么说，折杀我了。"郁棠不好意思地道，"无功不受禄。我只是一时奇怪罢了，却没有想到给三老爷惹了麻烦，我，我实在是羞愧不已。"

她说的是真心话。可能是因为她差了双桃去问阿茗斗篷的事，阿茗禀了裴宴，裴宴索性把这件事告诉了老安人，让老安人帮他解释。这才有了之前的对话。裴宴坦荡荡，却显得她长戚戚。她有些无颜再见裴宴。

老安人也觉得郁棠有些小题大做了。不过，郁棠一个小姑娘家，住在别人家里，慎重些也是应该的。

她道："你没有放在心上就好。我已经教训过他了，让他以后有什么事跟我说一声就行了。我现在也没什么事，他若是有事让我帮忙，我正好打发时间，求之不得呢！"

老安人之前是宗妇，家中之事大到婚丧嫁娶，小到姒娌间的口角都会找到她这里来，她每天忙得脚不沾地，三个儿子都是由乳母带大的，如今她突然闲了下来，还真有点不习惯。也只有裴宴，知道她寂寞，让家里的那些小姑娘常到她这里来玩。只可惜几个小姑娘年纪都小，不能陪着说话，这才又招了郁棠进府。

郁棠不知道这些缘由，只当老安人在安慰她，心中更是赧然，寻思着怎么也要说几句道歉的话，外面却突然传来计大娘的声音："顾小姐，您过来了！"

顾曦正听得专注，骤然间被人问话，心中一慌，面上不免带了几分无措，忙道："我刚刚才到。不知怎地，这一路走来不见半个仆妇，心里正奇怪着，想看看是怎么一回事，大娘就进来了。"说话间，她心渐定，笑容也浮现在她的嘴角，她反问道："大娘是什么时候过来的？我还以为院子里没人呢！"

裴宴刚走。在此之前，老安人把身边服侍的都打发下去了。

计大娘只当顾曦来得太巧了，没有多想，笑道："我也是远远看见顾小姐在这边。"又道："您这是来给老安人问安的吧？您等会儿，我这就去给您禀一声。"

老安人已经听到外面的对话了，也没有矫情，高声道："是顾小姐吧？！快请进来坐。"

顾曦松了口气，一面道："怎敢当您一声请，您直接叫我就是。"一面笑盈盈地走了进去。

郁棠起身和她见了礼，两人一左一右在老安人身边坐下。

顾曦就娇嗔着对郁棠道："你过来怎么也不叫了我？害得我在屋里眼巴巴地等了你好一会儿。"

郁棠应对顾曦的经验十分丰富。她笑眯眯地道："那我下次记得约了你一起来。"并不对这件事多说什么。

顾曦犹如一拳打在了棉花上，不禁心中凛然，开始正视郁棠。

郁棠对她的表情、小动作太熟悉了，见状不由在心中暗叹。她和顾曦真是没有缘分！梦中是妯娌，李端又心思不正，那是没有办法。如今都隔得这么远了，她也尽量避着顾曦的，怎么还被顾曦盯上了呢？郁棠心里就有些不高兴了。梦中顾曦是为了留住丈夫的心，她能理解，如今她和顾曦可没有什么夺夫之恨、杀父之仇，顾曦犯得着这样吗？

郁棠在心里冷笑，就不愿意再忍让和回避了。

她低头喝着茶，寻思着要是顾曦还敢惹她，她不介意给顾曦一点教训。

好在是没多久裴府的几位小姐和二太太都过来问安了，一时间厅堂内欢声笑语，十分热闹，把郁棠和顾曦的那点小心思都冲得不见了踪影。

可等郁棠回到屋里，双桃不免低声问她："我们等会儿真的要和顾小姐一道去见老安人吗？"

四小姐犹不死心，今天依旧嚷着要去烤肉。老安人答应了，大家约了下午去后花园那株百年老槐树下烤肉。因而大家在老安人那里用了午餐，就先回房午休了。

郁棠随意地笑道："不过是这么一说，你还当真了不成？"

双桃瞠目结舌。

郁棠笑着把薄被拉到了胸前，闭了眼睛，道："睡觉！"

双桃只得讪讪然地退了下去。

郁棠却在想二小姐的事。顾曦明显是在笼络二小姐，不知道二小姐身上有什么值得顾曦图谋的，她今天上午都是围着二小姐在打转。还有裴宴那里，自己居然会误会他……郁棠脸上火辣辣的。真是太丢人了！是装作什么也没有发生，就这么算了呢，还是去给裴宴道个歉？

郁棠迷迷瞪瞪地想着，不知道什么时候睡着了。等她醒来，却发现日头已经偏西。怎么会这样？！郁棠大惊，连声喊着"双桃"。

双桃小跑了进来，道："小姐，您这是怎么了？"

郁棠沉了脸，道："现在是什么时辰了？"

双桃咧了嘴笑，道："小姐您有所不知。您睡着的时候老安人屋里的计大娘特意过来了一趟，说下午老安人有事，让几位小姐都不用过去问安了。我看您睡得熟，就没有把您叫醒。想着等会儿要是裴府的几位小姐去烤肉再说。不承想裴府的几位小姐今天下午都没有过来，我还怕是几位小姐忘了喊您，特意请了柳絮过去问了一声，结果几位小姐下午都被二太太拘在家里练字，根本没有去烤肉。"

郁棠诧异道："怎么会这样？"

双桃左右看了看，见旁边没有别人，这才上前凑到郁棠的耳边道："听说是京里来人了。先去的老宅，三老爷不在，就由二老爷陪着上了山。怕冲撞了贵客，内院的女眷都被拘着没让出门。"

郁棠心中惶恐。是什么样的人上门，才能让裴府家中的女眷回避？

她想了想，问双桃："顾小姐下午在干什么？"顾曦向来比她的消息灵通，从她的行踪推断京中来人是好事还是坏事是她能想到的最简单的办法。

双桃道："和二小姐在屋里绣花呢！"

"一直都在绣花吗？"郁棠有些意外。

双桃点头，道："从前荷香还到处走走，今天下午都没有出门。"

也就是说，来客身份真的很尊贵。最少也能震慑住顾曦。是谁有这样的威严？郁棠猜了半天也没有头绪，干脆把这件事放下，想着找个机会直接问问老安人好了。

晚膳众人也都在各自的住处吃的。

到了第二天一大早，消息传了出来：来人是裴宴老师张英的嫡长子张绍。前些日子被任命为江西巡抚，此次是去江西上任途中特意转道来拜访裴宴。但也应该不至于让家中的女眷都回避啊？郁棠觉得张绍的来意不简单。

她问来给她送簪花的计大娘："是怕我们冲撞了张大人吗？"

"不是！"计大娘笑道，"张家和我们家是通家之好。张大人过来，和老安人说了半天的话，晚膳也是留在老安人屋里用的，所以不好邀了几位小姐过去。"

真的吗？！那张家和裴家的关系真的非常好。仅仅一个师生情谊是没有办法解释这种亲厚的！

郁棠把怀疑压在了心底，挑了朵含苞待放的黄色山茶花，笑道："别院是不是有暖房？"

计大娘笑道："是有暖房，就在梅林旁边，小姐若是想去，可提前跟我说一声。大太太的几株兰花养在那里，大太太常去暖房侍弄花草。"

郁棠笑着应了，赏了计大娘一个红包，亲自送了计大娘出门。

双桃困惑道："为何要赏计大娘？计大娘平时也对我们很照顾的。"

她这段时间除了跟着柳絮学规矩，还在观察计大娘和陈大娘待人接物。

郁棠觉得这是件好事，很鼓励她，她心中有不解也就会直白地问出来。

她轻声教她："你从计大娘嘴中听出了什么没有？"

双桃想了好一会儿，摇了摇头。

郁棠道："她这是在告诉我，不要随便去暖房。"

双桃"啊"了一声。她们在别院住了好几天了，除了那天就再也没有见过大太太。可见大太太和外面传的一样，和老安人之间的关系不怎么样。她既然是因老安人进的府，最好还是别和大太太打交道了。双桃醒悟过来了。

郁棠这边能得到消息，顾曦那边也得了消息。不像郁棠的镇定从容，顾曦心里七上八下的，犹豫不决。裴家居然和张家是通家之好。难怪她阿兄想把她嫁给裴宴。

张绍的父亲张英就不必说了，他的曾叔祖曾是帝师，祖父曾经任过武英殿大学士，内阁首辅，是名留青史的能吏。还有一位胞弟如今在大理寺任少卿，一位堂弟在吏部任主簿。可以说，张家是本朝最显赫的官宦世家之一。

这让她心情激动。可她来了这么长时间，老安人看着好说话，但她想做的事却一件也没有做成。最妥当的方法是不参与到裴家的内斗中去。只是她时间不多了。马上就要过年了。她总不能真的留在裴家过年吧？大太太常去暖房，而大太太又和老安人不和，她要不要利用利用这件事呢？顾曦在屋里来来回回地踱着步。

心中焦虑的，除了顾曦，还有顾曦的丫鬟荷香。她既然能跟着来，就是顾曦的心腹。顾曦想办法住进了裴家，使足了力气却一无所获，她比任何人都清楚。见顾曦来回踱着步，她也忧心忡忡的，不由轻声道："小姐，那天的事，我打听清楚了。"

顾曦精神一振。

无意间听到老安人和郁棠的对话，语气中透露出来的那股子亲昵让她很是忐忑不安，而只言片语间所说的事更让她万分地警觉，她派了荷香去打听，荷香却一直没有给她回音。

"那到底是怎么一回事？你快说说！"顾曦在荷香面前停下了脚步。

荷香犹豫了片刻，觉得这件事顾曦知道了固然会生气，可若是不告诉顾曦，让顾曦判断失误，会引发更严重的后果。她压低了声音道："是三老爷，见郁小姐的斗篷有些单薄，专程派人下山去取了件白貂毛的斗篷送给了郁小姐。"

她的话还没有说完，顾曦脸色已经大变。她惊呼道："你说什么？"

荷香不安地抿了抿嘴，继续低声道："三老爷是直接让人送给郁小姐的。不知怎的，老安人知道了，老安人就说是三老爷从前不懂庶务，把郁小姐当成自家人，才会不拘礼数的。"

顾曦觉得这话听着仿佛有把刀在扎自己似的。什么叫自家人？什么叫不拘礼数？两榜进士那么难考裴宴都考上了，若是有心，会不懂这些礼数？裴宴分明就是对郁小姐另眼相看罢了。还有老安人，到底是什么意思？掩耳盗铃似的粉饰太平？这是越看郁小姐越满意，把她当成了自己儿子的屋里人了吧？

顾曦心中涌现出层层的不甘来。郁小姐装聋作哑的，凭什么一声不吭地就压着她？顾曦原本还斟酌着要不要和大太太搞好关系，此刻却似心头有把火在烧，不仅点着了她的理智，还让她透不过气来。郁棠想嫁裴宴，那得看她同不同意！顾曦想到这里，不仅勇气倍增，且生出义无反顾的勇气。

她笑道："我们去暖房看看兰花去吧！我早就听家里的长辈说起过，说大太太是养兰高手，从小就喜欢养兰花。养的兰花不要说京城了，就是广州也有很多人喜欢，还曾有人花大力气、大价钱找来，想买大太太养的兰花。我们既然来了，怎么着也要去看一眼，免得别人问起来，我们一问三不知。"

平时是这个理，可现在不是情况特殊吗？

荷香劝道："您这又是何必呢？大公子说了，您过来，也就是让老安人认个

077

脸熟,其他的事,他自有主张。您啊,只要待在家里等消息就好了。"毕竟太过主动,给人轻浮之感不说,还太掉架子了。

顾曦是个有主意的,并不会因为心腹丫鬟的几句话就改变主意。她有些走神地"嗯嗯"应着,脑子里却想着得找个什么借口能经常去暖房,这样才能碰到大太太。

这个机会很快就来了。

送走了张绍,老安人在自己院子里歇了几天,郁棠、顾曦和裴家的几位小姐不用去老安人那边问安,自行安排自己的事。二小姐和顾曦常在一起说体己话,三小姐和四小姐常在一起练字。五小姐则天天来郁棠这里玩,跟着郁棠学习做绢花。五小姐在这方面好像很有天赋,一开始就做得有模有样的不说,还大胆地配色,不像郁棠那样尽量做仿真花,而是做各式各样撞色的绢花,有一次还做了朵半边桃红半边粉红的牡丹花。

郁棠张口结舌,却又不得不承认,这样的绢花看着有种别样的漂亮。

五小姐美滋滋地送给了老安人。老安人夸奖了五小姐一番,送了五小姐好些点心,却没有留她在自己院子里说话。

郁棠感觉出事了,却因为生活在内院,没办法知道出了什么事。人最怕未知,她不免有些着急,问起了裴宴的行踪。

五小姐不知道,也不知道她为什么问这些。倒是计大娘,悄声告诉她:"三老爷躲在山里,谁都不愿意见,老安人甚至免了他的晨昏定省。我听我亲家说,外面都传三老爷是在别院里养病。"

计大娘的亲家就是佟大掌柜了。郁棠长长地舒了口气。只要裴宴这边安稳,这日子想必就能安稳地过下去了。

就在这个时候,沈太太不知怎么的,咳嗽不止,请了大夫,说是常住在烧了地龙的屋子里,太干燥了。

顾曦暗喜,提出买几株金钱橘回来,并道:"金钱橘有止咳之效,如今天气越来越凉,大家经常出门活动虽然可以减少咳嗽,可这一冷一热之间,又容易受凉。不如常煮了金钱橘喝,即可以平咳又可以养肺。"

老安人是冬天在烧了地龙的屋子里待习惯了,几个小辈中只有五小姐从小跟着二太太在任上,冬天是以火盆为伴,今年春上就因此犯过咳嗽,不过那时候地龙很快就熄了,五小姐的咳嗽也很快就好了。这次众人虽然知道这个情况,也把这件事放在了心上,但又怕她冷着了,先仔细地观察着,好在五小姐到现在还没有咳嗽。

老安人心疼五小姐,立刻就点头答应了,并让陈大娘派人下山到裴府的后花园搬了很多金钱橘过来,养在了暖房旁。顾曦就经常去那边摘金钱橘。

陈大娘遇到了面色通红的顾曦,连声道:"您需要什么只管吩咐丫鬟来摘,怎好劳累您亲自过来。"

078

顾曦笑着擦着手道:"沈太太毕竟是我的长辈,我孝敬她也是应该的。何况我也不太习惯屋里的地龙,太热了。"

陈大娘很是佩服顾曦,能和沈太太都相处得好,闻言不由笑道:"您有心了。我让他们把您屋里的地龙少烧些炭好了。"

"别,别,别。"顾曦连声阻止道,"屋里太冷,沈太太会觉得冷得受不了的。"

陈大娘不好再说什么,到了晚上,给她送了些枇杷膏来。

顾曦笑着把它送给了沈太太。

沈太太一个人歪在屋里,望着头顶的承尘不知道在想什么。

顾曦也没有打扰她,送完东西就退了出去。

第二天,她又去摘金钱橘的时候,如愿遇到了大太太。

大太太看着比她上次见的时候又柔弱了几分,笑着客气地和她寒暄。

顾曦应酬了她几句,夸赞了她养的兰花才各自散了。

老安人这边立刻就得了消息,脸一下子就沉了下去。

与沈太太不一样,大太太要面子,遇到沈太太了未必会说什么,可顾曦有个做了都察院左都御史孙皋入室弟子的胞兄,大太太只会又生出许多心思来。

她问:"是谁把那些金钱橘放到暖房那边去的?"

陈大娘不安地道:"是我!我看着那边有块空地,就让人放那里了。要不我把它们再挪个地方……"

"不用了!"老安人恹恹地道,"只有千日做贼,没有千日防贼的。天要下雨,娘要嫁人,就随她去好了。"

陈大娘不敢再说什么,却私底下又提醒了顾曦一次。

顾曦达到了目的,抿着嘴笑了笑,去见老安人,向老安人赔不是。

老安人呵呵地笑,道:"这与你有何相干?只是从前大太太不怎么喜欢热闹,家里人这才少去那地方的,你们既然聊得来,你能陪着她说说话也是好的。"

顾曦应了,却从那以后再也没有踏足暖房。

老安人暗中点头,对二太太道:"也算是个懂事的。"

二太太顺着老安人的话笑道:"她们家里也很复杂,想必从小经历的这些事也多。"

老安人叹了口气,不再说什么。这话不知怎的就传到了顾曦的耳朵里,她眉眼间都带了几分笑意。

荷香不解,道:"这样就行了吗?"

"这样就行了。"顾曦道,"如今裴家缺的是宗妇,是听话又有管家能力的媳妇。能给老安人留下这个印象就行了。后面,就是我阿兄的事了。"

接连几天的大雪过后,天空放晴,让人的心情都变得明媚起来。

裴家的几位小姐都坐不住了,一起跑到梅林去赏雪赏梅。

· 079 ·

这次没有作诗，而是以茶代酒，盘坐在暖亭里行令。

郁棠想起上次的误会，这次穿了裴宴送的斗篷出来。老安人虽没说什么，可觉得郁棠这样穿着很漂亮，看郁棠的目光就很欢喜。

顾曦在心里冷笑。

别院里迎来了新客人——毅老太爷的妻子，二小姐和三小姐的祖母。二小姐躲在屋里不愿意见人。

四小姐和五小姐在郁棠身旁小声嘀咕："是不是相看的人就要上山了？"

"为什么不在庙里相看？戏里都是这么演的。"

"这么冷的天，去庙里，要是万一受了凉怎么办？"

"那就等到春天再相看呗！二姐姐这么漂亮，想嫁谁不行！"

"你又胡说八道。"四小姐道，"就算二姐姐想嫁，那也得别人看见她才行。我听我祖母说了，那户人家的公子明年要进京参加大比，不等过年就要出发往京里去，得现在订下婚约才行。"

五小姐撇了撇嘴，不以为然："要是他们家真想娶二姐姐，早干什么去了？"

"你怎么总是和我抬杠？"四小姐不悦地道，"人家从前跟着父兄在任上，刚刚回来老家。要不是为了和二姐姐相亲，就直接去京城了。"

回老家？那就是附近人家的公子了？不知道和二小姐相亲的是谁。郁棠非常好奇。

第四十三章　发火

梦中，因为李家，郁棠对临安周边几个县府的世家都有所耳闻。因而毅老安人和裴老安人说起二小姐的婚事时，她就竖了耳朵在旁边听。

"是我表姐的外孙，自幼失恃，在我表姐家里长大，也是跟着我那表侄开的蒙，后来年纪渐长，才跟着父亲去任上的。就到现在，身边服侍的也还是我表姐家的人，那孩子的人品、德行都信得过，年纪也相当。就只看他们俩有没有缘分了。"毅老安人道。

她和裴老安人差不多的年纪，却不像裴老安人那样保养得像二太太的姐姐。她头发已经花白，用额帕包着，眼角额头都已经有了皱纹，一双眼睛却含着笑，目光慈爱。

· 080 ·

看得出来，裴老安人和她的感情很好，闻言直白地道："那他家里现在是个怎样的情形？就算那孩子再好，有个继室的婆婆，也挺麻烦的。"

毅老安人轻声地笑，道："这孩子的继母也不是别人，是你们钱家的姑娘，虽是旁支，但教养品行都不错。我说出来你说不定还认得。"

钱家是大家大族，老安人从前是宗房的姑娘，旁支家的姑娘未必都认得全。

"是哪房的姑娘？闺名叫什么来着？"裴老安人感兴趣地道。

"是你们钱家外八房的旁支，闺名叫晓娥来着。"毅老安人料着她会这样，笑道，"她说认识你。这次那孩子过来，她也会陪着一道过来，想给你问个安，也有想和裴家搭上话的意思。"

裴老安人想了又想，实在想不起娘家有这么一个姑娘了。

她歉意地道："我这就派人回娘家问一问，免得见了面什么也不知道。"

这就是答应了的意思。

毅老安人点头，道："那孩子的父亲也不是糊涂人，找人来给那孩子保媒的时候就说了，除了他生母的陪嫁，他是家中的嫡长子，该是他的一分不会少。想找我们家二姑娘，就是想着以后二姑娘进了门能主持中馈，让那孩子身边有个照顾的人。我寻思着，是想让那孩子回乡读书。"

科举几次不成的人多得很，不可能都住在京城里备考。估计那家人是想让儿子娶了二姑娘之后留在老家读书管事，自己带了继室在任上生活。这样也是不错的。不用在继婆婆面前立规矩。

郁棠想着，和她一起在碧纱橱后面做绢花的五小姐悄悄地凑了过来，低声和她道："郁姐姐，我们不告诉四姐姐。"

四小姐一直想知道和二小姐相亲的是谁。

郁棠抿着嘴笑，点了点头。又听毅老安人说那男子叫"杨颜"，她寻思着不知道这个"杨颜"是不是就是她梦中知道的那个"杨颜"。

梦中她知道的那个杨颜，是桐庐人。他们家有片茶山，出产一种名叫"雪水云绿"的茶叶。那茶叶形似银剑，茸毫隐翠，汤色嫩绿，入口甘甜，是林氏的最爱，每年都会派人去杨家买茶。后来，杨家的茶成了贡茶。而办成这件事的，就是杨颜。郁棠印象非常深刻。可见这个杨颜是个有本事的。若是说的正是这个杨颜，郁棠觉得应该还不错。

等裴老安人送了毅老安人去休息，她问在屋里亲自服侍茶水的计大娘："杨公子家是不是种茶的？"

计大娘"哎哟"道："郁小姐也知道这户人家？"

郁棠忙道："我是听说他们家的茶好。"

计大娘没有多想，笑道："就是他们家。他们家产的茶清香甘甜，这次毅老安人过来，就带了不少他们家的茶过来。等会儿我让茶房拿些送到您屋里，您也

· 081 ·

尝尝。"

一旁的五小姐道："二姐姐的婚事还没成，我们家就喝他们家的茶，合适吗？"

老安人身边的人都很喜欢有些稚气、内向的五小姐，生怕吓着她似的，每次她问话都会轻声细语详尽地回答。这次也不例外。

计大娘道："是毅老安人拿过来的，那我们就只记得毅老安人的好就行了。若是杨家送的，我们自然不能要。"

五小姐点头，和郁棠说悄悄话："那家人姓'杨'，跟我大伯母娘家一个姓呢！"

郁棠一愣，不知道五小姐说这话是什么意思，五小姐已转移了话题，道："郁姐姐，除了茶叶，你还知道杨家一些别的事吗？"

"我不知道。"郁棠不好意思地道，"我也是偶尔喝到他们家的茶，才知道杨家的。具体的，恐怕得问毅老安人了。"

"我姆妈肯定也知道。"五小姐眼珠子滴溜溜地转，小声道，"郁姐姐，我们问我姆妈去。"

与其说她在关心二小姐的婚事，不如说是想多知道些男方的情形，好在四小姐面前显摆，让四小姐着急。

郁棠莞尔，不愿意陪着她胡闹，道："若是这门亲事成了，你想打听，我肯定陪着你去。可这八字还没有一撇呢，我们这样问来问去的，万一不成，二小姐脸上也无光啊！"

五小姐想想，不再坚持去打听杨家的事了。可她们没打听，顾曦却打听了个清楚明白。

晚膳，老安人给毅老安人接风洗尘。大家用过饭后，移去了东边的次间里喝茶，老安人和毅老安人由二太太服侍着，和沈太太低声说着话，几个小辈则窃窃私语地自成一隅。

老安人那边不知道说了什么，毅老安人把二小姐叫了过去，四小姐立刻就跳了出来，颇有些得意扬扬地问五小姐："你知道二姐姐要嫁给谁家吗？是桐庐杨家，他们家的嫡长子。"

五小姐失了先机，觉得脸上无光，小脸涨得通红，眼神很委屈地望着郁棠，好像在说"就是你不让我打听，现在可好了，四姐姐比我知道的还多了"。

郁棠抚额，正想着怎么安慰五小姐，长辈们那边的说话声音突然停了下来，几个小姐不明所以，也都跟着安静下来，朝老安人那边望了过去。

只见老安人神色淡淡的，抬手轻轻地喝了口茶，道："明年九月就要除服了，遐光的亲事呢，也是要仔细地想一想了。不过，你也是知道我们家的，从太老爷那一辈就不太主张婚事全由父母包办，怎么也要相看一眼，看看有没有眼缘，不然家里多了一对怨偶，容易生事不说，还容易闹得鸡犬不宁的。所以遐光的亲事，我想让他自己挑，他要是满意了，我这边没什么不成的。"

这是在说裴宴的婚事！几个小辈一听，不敢有半点响动，几双眼睛全都盯着几位长辈。

毅老安人还好，笑着道："说是这么说，可也不能太离谱。他想娶怎样的就娶怎样的，你也要过问过问才是。"

老安人叹了口气，要说什么，沈太太却突然声音有些尖锐地道："自古以来婚姻大事就应由父母做主，老安人怎么能让三老爷胡来！我可听说了，人家黎家当初可是非常看重三老爷的，甚至主动提出两家联姻。三老爷却不冷不热的，一直没有下聘，黎家眼看着家里的姑娘拖不得了，这才重新给姑娘定了门亲事。你们家三老爷，也太傲气了些。就算是看不上黎家的姑娘，可黎大人对他那可是像子侄似的，连大老爷的身后事，黎大人也帮了不少忙，否则你们家长房怎么可能有个恩荫名额？"

郁棠和顾曦均感到愕然。

老安人却柳眉倒竖，一巴掌就拍在了榻几上，几个瓷器都东倒西歪地发出一阵清脆的碰撞声："不会说话没人当你是哑巴！我好歹是你的长辈，有你这样在长辈面前出言不逊的吗？恕我们家招待不周，你这样的客人，我们家接待不了。陈大娘，你这就下山去跟沈先生说一声，让他明天一早来接人。"

突然出现了这样的变故，众人全都惊诧不已。

特别是被老安人直接出声驱赶的沈太太，她腾地一下站了起来，脸红得仿佛要滴血，嘴角翕合，"你，你，你"了半晌也没有说出话来。

毅老安人目瞪口呆，握着身边婆子的手，一副不知所措的样子。

老安人却没有熄火的意思，冷笑道："怎么？难道我说得不对！我告诉你，这里是裴家，可不是沈家。沈家自恃读书人，不好和你一般见识，处处让着你，你还真把自己当根葱了，以为你干什么都对。今天我就不容你这脾气，代替你父母教训教训你，告诉你应该怎么做人。"然后咄咄逼人地质问她："谁告诉你我们家遐光看不上黎姑娘了？你一个久居乡下的婆子，是亲眼看见了还是亲耳听到了？你平时不是自诩自己是读书人吗？怎么还以讹传讹的！我们家遐光多会做人，一进官场就得了张大人和黎大人的赏识，张大人是他恩师，我们家遐光受他照顾也是应该的。可黎大人不一样，我们家遐光受了他的恩惠怎么能不常去问候？

"这可真是应了那句'仁者见仁，智者见智'的话。在你们这种人心里，我们家遐光和黎大人就是别有用心，不扯上点利益，不担上点儿女情长你们这心里就不痛快。自己心里臆想还不说，还到处造谣生事。我就说，外面怎么总在传黎家看中了我们遐光，想我们家遐光给他们做女婿呢，原来就是你们这些长舌妇在那里嚼舌根。你是不是吃饱了没事干了？没事干就先管管自家的儿子、媳妇、当家的。

"十几年了，当家的不回去，你以为外面的人说起你都夸你是贤妇吗？

"先把自己的事弄清楚了再指点别人家的事！"

沈太太被老安人骂得脸上青一阵白一阵的，骤然用衣袖挡着脸，跑了出去。

老安人却不依不饶，高声对陈大娘道："你带人去看着她，她就是要死，也得死在沈家，死在王家，别脏了我们家的地。"沈太太娘家姓王。

发生了这样的事，任谁也坐不下去了。

几个小辈在二太太的示意下像鹌鹑般唯唯诺诺地起身告辞，只留了二太太和毅老安人在屋里安慰裴老安人。

出了正院的月亮门，五小姐惊惶地拍了拍胸口，小声对郁棠道："我还是第一次见到祖母发这么大的火，吓死我了！"

郁棠也吓了一大跳。没想到平时看上去慈爱和气的裴老安人骂起人来这样尖锐。难怪裴家上上下下都对她又敬且畏——老虎不发威，别以为是病猫。

她温声安抚五小姐："你刚才不也说，第一次看见老安人发这么大的火，可见老安人不是个轻易发脾气的。她老人家发脾气，也是因为沈太太的话太过分了。"

四小姐好像也被吓着了，她在旁边听见了郁棠和五小姐的对话，有些迫不及待地就凑了过来，悄声问着郁棠："那是不是我们不惹着伯祖母，伯祖母就不会发脾气了？"

"嗯，嗯，嗯。"郁棠连连点头，还轻轻地摸了摸四小姐的头，轻声笑道，"谁也不会无缘无故发脾气啊！"

三小姐虎着个脸，原本气冲冲地走在她们的前面，不知道什么时候慢下了脚步，转身就拉了四小姐的手，小声道："今天本来就是沈太太不对——宴叔父和黎家小姐怎么样了，关她什么事？要是别人听了她的话，肯定以为是宴叔父不对。她这是栽赃陷害！我要是伯祖母，也要发脾气！"说到这里，她小小地叹了口气，道："不过，伯祖母的脾气也真大，说骂就骂，只怕沈太太不会善罢甘休！"

郁棠之前被老安人的脾气给震住了，还没有仔细想过沈太太的话，此时听三小姐这么一说，也觉得沈太太话里有话，的确不太妥当。

她正想着怎么把这件事揭了过去，就听见二小姐冷冷地"哼"了一声，对顾曦道："顾及她的面子？谁又顾及我们家的面子呢！阿曦姐姐，我看沈太太不是什么好人，你以后也应该离她远一点才是。"

阿曦姐姐！什么时候二小姐已经和顾曦这样亲密了？郁棠抬头望去。就见顾曦满脸窘然地和二小姐面对面站着，显然刚才在说什么，结果二小姐一激动，声音太大了，让大家都听见了。

"二姐姐说得对！"三小姐神色肃然地上前支持二小姐，"顾姐姐，你人很好，可有时候好人也要分得清是非。沈太太……她这样乱说话不好，你还是少跟她来往的好。"

顾曦尴尬得不行。郁棠为她解围，伸手去拉了三小姐，道："非礼勿视，非礼勿听。

沈太太的事，老安人和二太太、毅老安人她们自有定夺，我们就不要背着她议论什么了。老安人今天心情肯定不太好，我们先各自回去歇了，等会儿看看老安人要不要我们陪伴。若是不需要，我们今天晚上就想想明天能干什么，让老安人也跟着高兴高兴。"

"好的！"三小姐觉得自己在背后议论沈太太了，有些不好意思地点头，转身牵了四小姐的手。

五小姐跑了过来，对三小姐道："还有我，还有我。"

三小姐忙用另一只手牵了五小姐。

二小姐这才正眼看了郁棠一眼，语气带着几分恭敬地道："郁姐姐，我们先回去了。你和顾姐姐路上也要小心。"又叮嘱顾曦："要是顾姐姐没有什么事，可以来找我们或是郁姐姐玩。我记得郁姐姐那边还有个后罩房没有住人，虽说那地方不怎么好，但好歹比跟那样的人一起住着强。"

顾曦连连点头，向二小姐道谢。

四位裴小姐一前一后地回了自己的住处。

顾曦红着脸向郁棠道谢："多谢你帮我说话，不然我真不知道该怎么办才好。"她说着，眼角都红了，一副难堪的样子。

郁棠那么做并不是为了顾曦，而是不想让几位裴小姐再议论这件事。传了出去，若是不说清楚，别人会以为是裴家仗势欺人；一五一十地说清楚了，又会成了裴家的一件轶事，不如小辈们都装不知道。因而她闻言道："你也是受了无妄之灾，不用放在心上。"

此时的顾曦毕竟还年少，还没有修成梦中的功夫，以为郁棠这是在同情她，她忍不住向郁棠抱怨起来："原来想着她是长辈，跟着她出来做客有什么失礼的地方她能指点我一二，谁知道会遇到这样的事。我也不知道她是怎么想的，就算是三老爷真的拒绝了黎家的婚事，她也不能这么说啊！她这么一说，让人黎家小姐还怎么做人？如果话传话的，别人若以为这话是老安人说的，岂不是让裴黎两家成仇人吗？"

郁棠神色古怪地看了顾曦一眼。顾曦愕然。

郁棠是想到了梦中，顾曦没有发现李端对她的那些龌龊心思之前，也常这样低声地和她抱怨林氏。她还记得有一次，也是站在游廊里，丫鬟婆子远远地跟在她们身后，游廊外是皑皑白雪，一枝红梅探过来，她伸手就能摘下来。郁棠有些恍神。时光如同回到梦中，什么是真，什么是假，竟然让她一时间有些分辨不出来。

顾曦却心中有些不安。就在一刻钟前，郁棠还让裴家的几位小姐"非礼勿视"，结果她转眼就朝她吐槽起沈太太的不好来。如果郁棠接了话也好，偏偏郁棠一副不愿意多说的样子，对比之下，显得她非常没有教养。

她匆匆别了郁棠，回到屋子里脸还火辣辣的。

· 085 ·

荷香一面服侍着她更衣，一面小声和她商量："我们怎么办？毕竟住在一个院子里，难道还能装作不知道不成？这个沈太太也是，成事不足，败事有余。若是大公子知道了她干的这些事，还不知道怎么后悔呢！"

顾曦脑海里却始终浮现着郁棠有些淡然的面孔。她又想到了裴家几位小姐对郁棠的态度，特别是二小姐，她花了很多心思才和二小姐渐渐熟悉起来，二小姐也开始愿意和她讲裴家的一些事，郁棠却只用了几句话就让从前对郁棠不太瞧得上眼的二小姐另眼相看。难道，这就是天意！不管她怎么做，郁棠都比她更投裴家人的眼缘！

顾曦不服气，心里乱糟糟的，答非所问地打断了荷香的话，道："那位郁小姐，可真会装模作样，和她说点体己话她还端着个架子，我见过矫情的人，却没有见过比她更矫情的人了，我看我们以后还是远着点她的好！"

荷香满脸困惑，不知道怎么接话。

顾曦这才惊觉自己失言。郁棠，什么时候对她有这么大的影响了？她心里更乱了。然后想起沈太太，脸上再也挂不住笑意，沉下脸来，吩咐荷香："我给大公子写封信，你想办法送去京城，不要惊动裴家人，至于我……就说我回来之后就伤心得吃不下饭，病倒了！"

"啊！"荷香惊呼。

顾曦厉声道："小点声！你还怕裴家的人不注意我们不成？沈太太做出了这样的事来，我不病还能怎样？难道你还让我去她床前侍疾不成？"

荷香不敢说话。

顾曦问："沈太太那边怎么样了？"

荷香忙道："是陈大娘亲自陪着回来的，之后陈大娘也一直在沈太太屋里没走。我怕把我们牵扯进去，没敢仔细过去打听，但那边也没有听到什么动静。"

那老安人的话是一时的气愤呢，还是真让沈善言把她带走呢？怕就怕这么一来沈太太觉得丢了这么大的脸，不想活了！

顾曦心情复杂地给顾昶写了一封信，又让荷香背着院里服侍的裴家仆妇烧了个手炉给她，再去二太太那边报了生病。

二太太急急地赶了过来，问了她几句病情。大夫过来后，二太太让了地方，由年过六旬的老大夫把了脉，开了服寻常的柴胡汤。等裴家派人去抓了药，顾曦歇下，二太太这才回了老安人屋里。

老安人气消了，恢复了从前的和颜悦色，道："顾小姐那边安顿好了？"

"好了！"二太太吁着长气道，"还好只是普通的发热，大夫也说了，是郁结于心。我寻思着，应该是沈太太的事引起的。"

老安人冷哼了一声，不置可否，问起了郁棠："郁小姐那边呢？"

"挺好的！"二太太道，"说是练了会儿字就歇了。"

· 086 ·

老安人面色微霁。

歇下的郁棠虽然闭着眼睛，脑子里却飞快地转着。顾曦的话提醒了她。

老安人发脾气，肯定不是简简单单地因为沈太太说错了话。

而照沈太太的话分析，黎裴两家的婚事没成，应该是黎家反悔了，不然黎家也不会帮着操办大老爷的身后事，还帮着留了个恩荫的名额。要知道人走茶凉，恩荫这种事，要皇上记得你，你才可能恩荫；要是不记得你，就算你是三品大员的儿子，也要好好操作一番才可能恩荫。

这对裴家来说，也是非常荣耀的事。但从老安人的话推算，事情好像又不是这么简单的。大丈夫何患无妻，就算这件事是黎家反悔了，裴家也得了补偿，老安人为何对沈太太的话反应这么大？这可不仅仅是怕坏了两家关系的模样！郁棠越想越没有头绪，越想越睡不着，她索性披衣起床，推开了窗，透了口气。

之前停了的雪不知道什么时候又飘飘洒洒地落下来，将地面薄薄地铺了一层，在灯光下闪烁着晶莹的光芒。刺骨的风扑面而来，让人感觉寒冷之余却又带着几分清新。

算一算她来裴家别院已经有小半个月了，再过几天就要回去了，不知道家里的父母和兄嫂可好，不知道老安人的怒火明天会不会消一些，她这几天都在和五小姐做绢花，数量不仅够五小姐当礼物，她还可以送一些给裴家服侍的仆妇。那从明天开始，她是不是应该给兄嫂明年开春就要出生的小宝宝做几件贴身的衣服呢？

郁棠胡乱想着，可思绪还是忍不住飘到了裴宴的身上。

裴宴那么骄傲的一个人，若黎家真的和他退了亲，他心里肯定非常不好受，也不知道他那个时候是怎么熬过来的。还有黎家，裴宴这个人要相貌有相貌，要才学有才学，除了脾气略有些不好，而且这种"不好"还不是暴躁、狠戾，而是因为太聪明而表现出来的急躁，黎家怎么会舍得放弃这样的金龟婿呢？

郁棠怎么也想不明白。难道真如沈太太所说，是裴宴不太满意黎家小姐，然后拖着不上门提亲，黎家没有办法了，总不好自己低头去请裴宴娶了自家的女儿，这才重新为自家的女儿觅了夫婿？或者，黎家的小姐有什么地方让裴宴不满意？不然老安人怎么会说裴宴的婚事得让他自己点头才行！郁棠突然觉得自己好像发现了什么了不起的事。肯定是这样。

因为裴宴不答应黎家的婚事，因而虽然黎家想招裴宴为东床快婿，可裴宴不答应，这件事就拖黄了。这么一想，既可以理解沈太太的话，也可以理解老安人的愤怒了。

郁棠心满意足，关上了窗，重新钻进了被窝里，想着明天要不要找个机会去问问裴宴。发生了这么大的事，裴宴肯定知道了。沈太太说话固然有些僭越，可是安抚老安人的愤怒更重要，如果能知道裴黎两家为何没能结成亲家，那就更好了！

她含笑闭上眼睛，睡着了都还在笑。

离郁棠不远的顾曦内室，顾曦猛地坐了起来。

荷香吓了一大跳，忙移了灯过来，拿了件夹袄裹在了顾曦的身上，低声道："小姐这是怎么了？梦魇着了？"

大夫开的汤药她们当然是悄悄地倒在了后面的花圃里，只是这半夜在睡梦中惊醒的事，还只在顾曦小的时候发生过，后来大公子中了举人，顾曦就再也没有做过噩梦了。

顾曦摇了摇头，声音有些嘶哑地吩咐荷香："我有点口渴。"

荷香去倒了一杯茶过来。

顾曦慢慢地喝了几口，这才道："黎家和裴家的婚事，肯定是裴遐光不愿意，而且，其中肯定还发生了什么我们不知道的事，因为这件事，裴家人把他婚配的事交给了他自己。"

原来是为了这件事。荷香倒没想那么多，轻声道："时候不早了，明天还不知道会怎么样呢，您还是早点歇了，也好应付明天的人和事。"

顾曦把茶盅递给了荷香，靠在了床头的迎枕上，却没有要睡的意思，道："明天的事好办，我会从头到尾装病，不会出门的。不管沈太太那边发生什么事，我们都不插手就是了。我是在想三老爷的事……既然他的婚事他自己能做主，沈太太做出这种事来，我也跟着羞愧难当，能不能找三老爷说说，让他给我阿兄送封信，然后派人送我回杭州城？"

荷香立刻就明白了顾曦的意思。她眼睛一亮，悄声道："老安人发了那么大的火，您畏惧老安人也是人之常情，请三老爷帮您给大公子送信，请他派人送你回家，谁也说不出什么来。"

顾曦抿了嘴笑，道："那就这么说定了。我们等沈太太走了，立刻去请三老爷帮我做主好了。"

荷香连连颔首。

她相信以她们家小姐的相貌才情，若是主动示好，没有哪个男子能逃得过！

顾曦心满意足地睡了。

翌日被院中的吵闹声给惊醒了。

她睁开眼睛，屋子里静悄悄地没有一个人，更显得沈太太那边的喧闹声声扰人心。

顾曦想了想，趿了鞋子推了窗缝朝外看。

只见沈善言穿了件秋香色灰鼠皮的斗篷，脸色铁青地站在沈太太屋外，几个五大三粗的婆子正举止粗俗地在搬东西。沈太太的哭声从那边的内室传出来。

沈善言冷笑，道："你还好意思哭！我要是你，就赶紧掩了面悄悄地从裴家后门下山，连夜赶回杭州城去，再也不踏足临安城半步。"

顾曦愕然。她没有想到老安人说赶人就赶人，还这么快就通知了沈善言。她以为这件事还要等几天，等到大家情绪都平静一些了，沈太太主动告辞，维系一下表面上的体面。看样子，老安人的脾气比她以为的还要更急躁，几乎到了眼里揉不进沙子的地步了。这下好了，沈太太面子里子全都没有了。不知道沈善言回去之后会怎样处置沈太太。她从前听她继母说过，沈家曾经把犯了错的太太奶奶们丢到寺庙里，一住就是两三年。不知道沈善言会不会如此。

顾曦叹气，心中生凉，真心看不下去了。她转身回到床上躺好了，直到荷香打了热水进来服侍她梳洗，她还是神色恹恹的，不知情的人还以为她是真的病了。

郁棠得到消息时沈太太已经离开了别院，双桃还小声地跟她说："据说沈先生还专程去向顾小姐道了歉，还说让顾小姐安心养病，他过几天就派人来送顾小姐回杭州城。"

莫名地，郁棠听了这话心情突然开朗了很多。

她问双桃："老安人那边还好吧？"

"应该挺好的！"双桃有些不确定地笑着回答道，"那边按往常的钟点摆了早膳，老安人吃了半个金丝花卷，喝了半碗菌菇汤，还吃了一个红豆沙包。计大娘说，这已经是老安人吃得好的食量了。"

郁棠知道双桃一大早就去计大娘那里打听消息了，对于双桃这么快就能帮得上她了，很是欣慰，道："那计大娘有没有说老安人今天有什么打算？"

"没说。"双桃道，"可沈先生来向老安人辞行的时候，老安人对沈先生感叹了一句'你这一生，也被她耽搁了'的话。"

郁棠对此不感兴趣，她道："那三老爷今早有没有来给老安人问安？他们可曾说起过这件事？"

"这个我没敢打听。"双桃正回着话，外面传来柳絮的声音："郁小姐，五小姐和四小姐过来了。"

这两个小姑娘倒早！郁棠忙打住了话题，笑着出了门，问两个牵着手进了她院子的裴家小姐："怎么这么早就过来了？用过早膳了没有？"

一夜的工夫，两个小姑娘都已经恢复了平时的恬静，闻言齐齐喊着"郁姐姐"，道："我们用过早膳了，想和郁姐姐一起去给老安人问安。"

从她们住的院子到她住的地方还得绕半个正院。郁棠笑道："你们怎么跑了过来？二小姐和三小姐呢？"

五小姐道："她们今天起床就去了叔祖母那里，我娘又去了花厅听婆子们禀事，我们两个就来找您了。"

她说这些话的时候，黑溜溜的眼睛眨也不眨地望着她，像个怕被她抛弃的小猫崽，可爱又让人心疼。

郁棠忙把手搭在了五小姐的肩膀上，道："你们这是怕老安人余怒未消吧？我也挺害怕的。不过，三个臭皮匠还顶个诸葛亮呢，我们结伴过去好了，可以彼

· 089 ·

此壮壮胆。"

两位小姐高兴起来，叽叽喳喳地催着郁棠快点用早膳，大家好一起去给老安人问安。四小姐还提出要不要邀顾曦一起去。郁棠这才想到裴家小姐都跟裴老安人住在一个院子里，顾曦那边发生了什么事，她们可能还不知道，就把顾曦病了、沈太太被沈先生接出了别院的事告诉了两位裴小姐。

两位裴小姐听后均是目瞪口呆，五小姐则担忧又同情地道："可怜顾姐姐，受了这样的无妄之灾，我们应该去看看她才是。"

郁棠怀疑顾曦是在装病。梦中她就这样，有什么事想回避的时候就喜欢装病。这也是大多数内宅妇人的手段，说不上好或是不好。

她道："那行。我们先去看她，再去给老安人问安好了。"

两位裴小姐异口同声地应"好"，催她去用早膳，并道："叔祖母每天起得可早了，我们怕不快点会比她们到得晚。"

郁棠就很快用了早膳，和两位裴小姐先去探了顾曦的病，然后才去了老安人那里。

她们的确是来晚了一点。

毅老安人和二小姐、三小姐已经到了，二太太在旁边亲自服侍两位老安人喝茶，见到她们，瞪了五小姐一眼，声音却依旧温柔地道："你们怎么这么晚才到？我刚准备让人去叫你们呢！"

五小姐忙道："我们去看了看顾小姐，她生病了。"

二太太没有说话。

五小姐忙拉着四小姐上前去给毅老安人问了好，郁棠则在她们之后给毅老安人行了礼。

昨天毅老安人给了郁棠和顾曦见面礼之后还没来得及仔细和两人说上几句话就发生了沈太太的事，只是在印象里觉得郁棠温婉，顾曦秀雅。今天再看郁棠，笑起来的时候眉眼舒展，眸光灿然，温婉中竟然还透着几分激潋。她不由诧异地又多看了几眼，对裴老安人道："昨天就觉得漂亮，老眼昏花的，也没仔细看。今天这一看，郁小姐可真是标致，难怪你要留她在身边陪着，就是这样看上几眼，心里也觉得舒畅啊！"

还从来没有人这样夸奖过她，特别是在裴老安人面前。郁棠脸色腾地通红，忙起身喃喃地谦逊了几句。

裴老安人呵呵地笑，眼角眉梢哪里还有昨天震怒时的愤然，神色慈爱地看了看郁棠，道："要不怎么说这小姑娘都像花骨朵似的，让人看了就觉得心里舒坦呢！我看你啊，就别整天守着你那一亩三分地，有空的时候多出来走动走动。"又道："三叔他老人家还在修那长生道呢？"

毅老安人神色无奈，道："他去了龙虎山的天一教，要不我怎么有空出来走动！"

· 090 ·

裴老安人"咦"了一声，道："那在家过年吗？"

"说是在山上过年。"毅老安人摇头道，"我也没办法。只好叮嘱随行的管事好好地照顾他了。"

"身体好就比什么都好。"裴老安人安慰着毅老安人，"要不怎么说他是个有福之人呢？二叔比我们家那位去得还早，四叔也病了这几年了。要我说，三叔下次回来，不如把四叔也带着修修这个天一教好了。"

两人说着家务事，几个小辈都长长地透了口气，彼此四目相视，都露出喜色来。之后陪坐了一会儿，就被裴老安人"嫌弃"了："你们小姑娘家的，也不耐烦听我们老一辈的讲古，自己去玩去吧！只是今天又开始下雪了，你们不许打雪仗，不许玩雪球，好生生地都给我待在屋里头，否则就不带你们出去了。"

众人嘻嘻笑着福身应"是"，只有四小姐鬼机灵，道："伯祖母，您要去哪里？我们要是今天都乖乖地听话，您一定要带我们一起出门哦！"

"哎哟！"毅老安人闻言笑着转头对裴老安人道，"瞧这样子，姐妹里就没有谁比得上她伶俐的，你这才透了个音，她就立刻知道了。"

裴老安人也笑。

大家醒悟过来，就是三小姐这样沉稳的性子也不由高兴地和五小姐一起上前去，一左一右地抱了裴老安人的胳膊撒着娇："您也不能忘了我！"

"都去，都去！"裴老安人笑道，"我们去苦庵寺吃斋席去！"

苦庵寺？！梦中她遇害的那个庵堂！郁棠眼前浮现出苦庵寺那个灯光昏暗的大殿还有住持师父可法那张愁苦的脸。她脑子"嗡"的一声，像有惊雷在耳边炸响，脑子里一片空白。

"郁姐姐，郁姐姐！"不知道过了多久，她被人摇着，耳边传来五小姐焦灼的声音，"你这是怎么了？是不是哪里不舒服？你可别吓我啊！"说着，声音开始哽咽起来。

"快去请个大夫过来！"还没有等她回过神来，裴老安人焦虑的声音紧接着五小姐的声音在她耳边响起来，"这孩子，平时不声不响的，我有时候就怕她在我这边不舒服，还特意让计大娘多看顾着点她，怎么突然就面色煞白，两眼发直了呢？不会是有什么隐疾吧？快，快派了人去她家里问一声，但别说是病了，只说是过几天我们要去苦庵寺住几天，怕天气太冷，孩子们冻出什么毛病来，提前知道有什么注意的地方，也好配些药丸或请个医婆带在身边……"

这要是派了人去她家问话，不管如何地隐讳，万一让她姆妈察觉到什么，岂不是要急死？！郁棠闻言忙深呼了几口气，又捏了捏自己的大腿，这才完全清醒过来，忙笑道："没事，没事。就是突然间腹疼，疼得厉害。我，我想去趟官房……"又想着这样也不行，裴老安人既然怀疑她有暗疾，就得把这个怀疑去掉，不然她这样冒冒失失地住在别人家，有个什么三长两短的，人家也担不起这个责任，她

· 091 ·

又忙改口道："要是老安人能给我请个大夫来就更好了。我怕是，是吃坏了肚子！"话说到最后，已是声若蚊蚋。

裴老安人和毅老安人都笑了起来，明显可以看得出来松了一口气。

郁棠不免心生内疚。两位老安人都是经过大风大浪的人，如今为她着急，七情六欲都上了脸，可见她这样真的是吓着两位老人家了。

她心有所想，眼神中不免透露出几分来。两位老安人走过的桥比她吃过的盐还多，自然看得出来，不由得双双对视一眼，看郁棠的目光越发地柔和了。

计大娘就和珍珠小心翼翼地把她扶到了官房外面。

郁棠不好意思地向她们道谢，等她从官房出来，大夫已经来了，诊了脉，只说是脉象有力，不沉不浮，没有任何毛病，还和两位老安人开玩笑："看姑娘这样子能绕着这别院的明山湖走上两三圈都不带喘气的。老安人们就是关心则乱。刚才说不定是一时岔了气，我瞧这脉象，连个气胀都没有。您安心好了，都可以带小姐去爬昭明寺了。"

两位老安人忍俊不禁，重重地赏了那老大夫。

郁棠不好意思地向两位老安人道歉。

裴老安人她有所了解，没想到毅老安人也是个豪爽的，挥了挥手道："你这孩子，身体不舒服，又不是你想它不舒服，你给它背什么黑锅。虽然大夫说没事了，但你还是要歇一歇，几个小姑娘年纪小，你是做姐姐的，也别总是顺着她们。她们要是走急了，你慢慢地跟在后面就是了，家里一堆的婆子丫鬟，还能让她们走散了不成！"这是相信了刚才大夫说的岔了气。

郁棠心中更是不安，连声应"是"。

五小姐满脸心疼地上前扶了她，稚声稚气地道："郁姐姐，我扶着你慢慢走。"把个郁棠的心都要说化了。四小姐也满脸疼惜地上前扶了她。三小姐则小心翼翼站在她身边，像她动一动就要摔了似的，就是向来高傲的二小姐，也面露担心。

郁棠哭笑不得，说自己没事她们也不相信。

还好裴老安人发话了："既然知道你郁姐姐跑不得，你们就不要到处乱窜了，今天就在屋里让你们郁姐姐教你们做绢花，要不，就请了计大娘教你们做女红。"

三小姐恭敬地应了，四小姐和五小姐纷纷道："我们跟着郁姐姐做绢花！"

裴老安人摇头，笑嗔道："还不快走，站在我面前让我看着头痛。"

几个小姑娘拉着郁棠就往外跑，跑了两步又立刻停下来，像怕踩死蚂蚁似的走着路，还一面走，一面叮嘱郁棠："郁姐姐你小心点！你还好吧！要不我让陈婆子叫顶软轿来，把你抬回屋去。"

"我真没事！"郁棠心里暖流四溢，梦中那些痛苦仇恨突然间好像都变得不那么重要了。她能清楚地看到那些场景，那些场景却再也没办法让她感觉到彻骨疼痛。

她想起了裴宴。说起来，她的这一生，最应该感谢的就是他了。若不是他，她姆妈的病不会好；若不是他，她家不会轻易躲开家破人亡的惨痛结局，也不会有笔意外之财；若不是他，她也不可能来陪裴老安人，认识这几位心善人美的小姑娘……他是她的贵人。郁棠眼眶忍不住就涌出泪珠来。

"你这是怎么了？"二小姐别别扭扭地安慰着她，"你要是走不动就别逞能了。我上次陪着祖母去昭明寺的时候就是坐软轿上的山，这也不是什么了不起的事。"

郁棠眼里含着泪，脸上却带着笑。

她温声道："我真没事。就是觉得你们都很关心我……"

"我知道！"四小姐打断了她的话，高声道，"郁姐姐这是感激的！"

这小丫头！郁棠一下子什么想法也没有了。

五小姐和三小姐也哈哈地笑。

三小姐、四小姐和五小姐要去郁棠那里学做绢花，二小姐则道："我不去！我要去看顾姐姐！"说着，她瞪了郁棠等人一眼，道："你们不知道顾姐姐也病了吗？你们难道都不去陪陪她吗？"

三小姐和五小姐都不好意思地冲着二小姐笑了笑，四小姐立马辩道："郁姐姐和顾姐姐住得那么近，郁姐姐刚才也不舒服了，我们先把郁姐姐送回去，下午再去陪顾姐姐不行吗？"

二小姐就有些生气。

郁棠笑道："那咱们先去看顾小姐好了。顾小姐是病人，需要休息，我们去陪着顾小姐说会儿话，然后你们去我那里午膳。如果下午天气好，我们还可以去湖边走走，你们觉得怎么样？"

二小姐脸色大霁。四小姐也拍手称"好"。一行人往顾曦屋里去。

郁棠却心不在焉地想，裴家人怎么会知道苦庵寺？要知道，苦庵寺很小，藏在天目山的一个小山坳里，是个庵堂，在那里出家的全是些无家可归的女子，甚至有些人是进了庵堂之后，无处可去，没有办法才开始修行的。而且还没有什么香火。若不是机缘巧合，她这个从小在临安城长大的人都不知道还有一个这样的庵堂。

· 093 ·

第四十四章　进寺

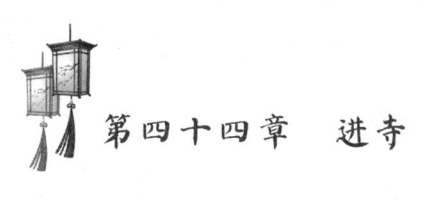

即使郁棠有千万种猜测，可此时也不是细思这些事的时候，她们很快到了顾曦住的院子。郁棠这才发现，正房那边半敞着门扇，拿着抹布和抬着水的丫鬟进进出出的，可见沈太太确实是已经走了。

几个人突然间就静默下来。

来迎客的荷香脸色也有瞬间的窘然，忙低声解释道："我们家小姐原本也是想和沈太太一起下山的，可一来是突然生了病，二来是沈先生亲自来接的沈太太，我们家小姐怕沈先生脸上无光，不好凑上前去，只好让我去送了送沈太太。"说完，她长长地叹了口气，面露担忧地又道："也不知道以后怎么办，是像从前那样和沈太太常来常往呢，还是从此以后疏远一点？我们家小姐倒不是觉得嫌弃，而是怕沈太太看到了我们家小姐不自在。"

这还不是嫌弃是什么？若是真不嫌弃，说这些做什么？就是躺在床上不能动弹了，也能让丫鬟、婆子架着去送沈太太一程——沈太太不自在，不是还有沈先生吗？同伴不丢伴。沈太太陪着顾曦来了临安，就算沈太太有什么不妥的地方，于情于理顾曦都应该送送沈太太。

梦中郁棠看顾曦，向来佩服她明理大方，此时看来，却不尽然。

也许是因为梦中仰视她的时候多，对着她内疚的时候多，等到她觉得自己能平视顾曦的时候，郁棠已经离开了李家，和顾曦也站到了对立面上。

郁棠有些嫌弃地暗暗撇嘴。

三小姐低垂着眼脸，没有吭声。二小姐和四小姐则笑盈盈地和荷香说着话："这也是没有办法的事。谁也没有想到平时谨言慎行的沈太太会一时失控，顾姐姐也受了牵累。"又问她："顾姐姐还好吧？吃了药吗？"

荷香恭逊地回着话。

五小姐却左瞧瞧，右看看，欲言又止。

郁棠就上前牵了她的手，低声道："怎么了？"

五小姐犹豫了片刻，见几个姐姐都走在了她前面，这才悄声道："郁姐姐，我听说顾姐姐受了惊吓……可我觉得，她还是应该和沈太太一起走才好……若是我，肯定不好意思这样子了还住在别人家的……"说着，她脸一红，惊觉自己失言般语气急促地道："我也不是不想她住在我们家，我就是觉得，她毕竟是和沈太太一起来的，现在沈太太肯定也很伤心，她应该去安慰安慰沈太太才是……"

郁棠听着恨不得把这个小姑娘抱起来亲一口。这小姑娘虽然还说不清楚什么大道理，却因为心底纯善，本能地知道什么事能做，什么事不能做。

"我知道。"郁棠也悄声地和她说着话，"每个人的性子不同，处理事情的方式方法也不同。我们先管好我们自己才是。"

五小姐眉眼带笑地点了点头，心情开朗地追上四小姐，挽着四小姐一起进了顾曦的屋子。

顾曦估计已经得了信，穿了件半新不旧的葱绿色覆枝牡丹图样的褙子，乌黑的长发很随意地绾了个髻，没有戴首饰，只在额间绑了个白色的额帕，面容憔悴，笑容苦涩，出了内室招呼她们："你们来了？怎么也不派了丫鬟婆子先过来说一声，我这边也好早些准备茶水点心。荷香，你去把我从家里带来的信阳毛尖沏一壶过来，让郁小姐和几位妹妹也尝尝好喝不好喝。"

荷香笑着应声而去。

二小姐三步并作两步地上前去扶了顾曦，嘴里抱怨道："姐姐既然身子骨不舒服，就别下床招待我们了。我和郁姐姐、三位妹妹过来，原是想着你一个人孤孤单单的，怕你病中寂寞，胡思乱想，陪你说说话，解解闷的。没想到反会劳累你要花精神招待我们。早知如此，我们就应该直接去郁姐姐那里，让你好生歇着的。"

顾曦听着就笑着看了郁棠一眼，道："我不累。你们不来我也是躺着。正如你所说，还会胡思乱想。你们来了，我这里热热闹闹的，让我知道几位妹妹都没有嫌弃我，我心里好受多了。"

"我们怎么会嫌弃姐姐！"四小姐立刻机敏地道，"我们都心疼姐姐还来不及呢！沈太太是沈太太，顾姐姐是顾姐姐，我们都不是那种不明是非的人，顾姐姐你就尽管放心好了。好好休养身体最要紧。"

顾曦连连点头，很感动的样子。

郁棠别过脸去，不想看顾曦在那里惺惺作态。

顾曦性子要强，她要是真觉得有歉意，反而不会去口头道歉，只会私下里想办法帮你。她若是觉得自己做得对，道歉、赔礼的话可以不要钱似的你想听多少她就会说多少。此时的顾曦，显然并没有觉得自己有什么错的。

荷香端了茶点进来。

众人喝了茶，略吃了一块或是两块点心，就开始叽叽喳喳地说话了。

顾曦这才知道，她们之所以这个时候才来，是因为郁棠也病了。

二小姐还很直白地道："要不是郁姐姐提醒，我差点就一整天都准备在你这里盘桓了。"

"是吗？"顾曦说着，似笑非笑地瞥了郁棠一眼，话中有话地道，"没想到我病了之后，郁小姐也病了。"

郁棠想让她一拳打在棉花上，只当没听出来，不仅没生气，还笑眯眯地望着顾曦道："是啊！我也没有想到。"

顾曦听着，只当郁棠在讥讽她装病，一时没能绷住，脸色刷地沉了下去。

五小姐和四小姐都非常意外，愣愣地望着顾曦，手足无措。

二小姐则皱了皱眉，正想说话，却被一直不吭不响的三小姐抢在了前面："当时豆大的汗珠从郁姐姐额头上流下来，把我们都吓坏了。伯祖母吩咐给郁姐姐请了大夫，还亲自看了大夫的药方才让大夫去抓的药，也不知道现在郁姐姐好了没有。"

她叹着气，好像很担心的样子。

顾曦和郁棠都暗中惊讶，沉稳的三小姐平日里轻易不怎么说话，一说话就绵里藏针，也不知道她是有意的还是无意的，但不管是有意还是无意，顾曦这话都接不下去了。好在还有郁棠，她笑道："当时也就是那一会儿有些不舒服，过去了就好了。大夫不也说了没事吗？"

三小姐就笑了笑，没再说话，但屋里的气氛也变得有些凝滞。郁棠就朝二小姐望去。是她要过来的，她要是没有什么事了，郁棠准备告辞。她不想看顾曦在这里装病。

二小姐估计也有点不好意思了，对顾曦说了几句关心的话，就起身要告辞。

郁棠巴不得，不管顾曦怎么挽留，郁棠也没有多留。

裴府的几位小姐在郁棠那里用过了午膳，二小姐也许是向来和郁棠没有什么话说，也许是在顾曦那里发生的事让她心里不痛快，她很快就借口要午休走了，下午就三小姐、四小姐和五小姐留在她这里做绢花玩。

郁棠就问裴家的三位小姐："老安人为什么要去苦庵寺？苦庵寺里什么都没有，老安人去那里做什么？"

四小姐听着惊呼："郁姐姐，等闲人家根本不知道苦庵寺，你怎么知道苦庵寺的？你还知道苦庵寺没有什么好玩的？难道你去过苦庵寺？"

难道苦庵寺去不得吗？郁棠没这印象。但她也是几年之后的印象了。难道这个时候的苦庵寺还不接受别人的香火？

郁棠有点拿不准了。她只好道："我只是听说过，并没有去过。可我想，若是这苦庵寺那么灵，怎么在临安城一点名气也没有，可见这寺庙也没什么了不起的，还不如去昭明寺。至少昭明寺我们可以爬爬山啊！"

三小姐就在旁边笑，轻声细语地向郁棠解释："苦庵寺当然没有名气啊！那是我们家的家庙，不接受外人香火的。伯祖母和祖母过去，也是因为快过年了，伯祖母和我祖母要去那边给苦庵寺捐香火钱了。"

啊！郁棠睁大了眼睛。

不对，既然是裴家的家庙，梦中她大伯母的表姐怎么会在苦庵寺里，而且寺里还有那么多无家可归之人？有些妇人都在寺里住了十几年了。梦中苦庵寺收留她，不就是因为有大伯母的表姐在那里出家吗？对了，苦庵寺轻易不接受外人，能进去的，都是通过寺里的人引荐的。她就是大伯母的表姐引见的啊！

她心里乱糟糟的，好像有什么事发生了她又抓不住，半晌才理清了一点头绪问三小姐："我认识的那个人，是丈夫去世，又没有子嗣，被娘家的人强迫着嫁人，所以才跑到寺里躲起来的……"

"你是说寺里都不是什么好人是吗？"三小姐不高兴地道，"谣言止于智者。这是说我们要多读书，多动脑子，听到别人说什么才能知道什么是真什么是假。苦庵寺是收留了很多无家可归的女居士，可她们都是可怜人，是好人。我们是读过书的人，不能因为别人的遭遇不好落魄了，就轻怠别人！"

郁棠苦笑。没想到自己有一天会被一个比自己小的小姑娘说教。

她忙道："我没有看不起她们的意思。我是觉得苦庵寺既然是你们家的家庙，怎么会收留像我大伯母的表姐这样的人？她们要是不愿意皈依佛门怎么办？并不是人人都能下决心遵守三皈五戒的。"

她大伯母的表姐是在苦庵寺里住了快十年之后才决定皈依佛门的。

三小姐歪着头望着郁棠，道："她们不愿意皈依佛门就不皈依呗！反正佛门居士也有很多事可以做，我们家收留那些妇人也不过是想着做点好事，帮些需要帮助的妇人罢了！"

做些好事，帮那些需要帮助的妇人！是这样的吗？郁棠心跳得厉害。梦中，她也是那些需要帮助的妇人之一。苦庵寺帮过她。也就是说，裴家帮过她。而她，受了裴家的恩惠却不自知。她突然想起她刚刚去投靠苦庵寺时大伯母的表姐看她的表情，虽然充满了同情和怜悯，可她在不经意间，却能从大伯母表姐的眼里看到些许审视和怀疑。从前，她一直以为是因为她的身份和出逃李家的大胆举动。可如果不是呢？

郁棠心如擂鼓，越跳越急促，越跳越响，她忍不住把手覆在了心口，不知道过了多久，她才回过神来。可一回过神来，她就不由得苦笑。

她为什么会这么想呢？

就因为如今裴三老爷对她、对他们家有很大的恩惠，她就有个什么事都能联想到裴家、裴三老爷的身上，这对大伯母的表姐太不公平了。梦中在苦庵寺的时候分明是大伯母的表姐照顾的她，帮助的她，她怎么能就这样把那些功劳都归结于裴三老爷、裴家的身上呢？

说起来，这个时候大伯母的表姐应该已经在苦庵寺里住下了，自己应该去向她道个谢才是，若是能帮上什么忙就更好了。这次若是能随了裴老安人去苦庵寺，她就去见见大伯母的表姐，想办法和大伯母的表姐说上话；若是不能，那就只有等过完年了再去趟苦庵寺。

苦庵寺虽是个伤心地，但她受老天爷垂爱，有预知能力，还改变了父母家人的命运，她也应该忘记梦中的苦难，向前看，好好过自己的日子才是。

郁棠深深地吸了口气，情绪渐渐冷静下来，把所有的精神放在了教裴家的几位小姐做绢花上。

大家说说笑笑的，一个下午很快就过去了。

第二天，裴老安人的情绪越发好了，还和毅老安人一起去了梅林散步，约好了过两天去苦庵寺看看。因说这话的时候郁棠和裴家的几位小姐都在，郁棠到时候也会跟着去。

裴家的几位小姐都非常高兴，欢天喜地地回去准备衣裳和首饰，还有给苦庵寺的香火钱。

郁棠心里想得明白，但想到会踏足苦庵寺，心情难免会很不自在。

五小姐看在眼里，以为她为香火钱的事犯愁，还特意很委婉地告诉她："主要是祖母和几位叔祖母去捐香火钱啦，我们就是意思意思，每个人随意丢几个银锞子就行了。祖母说，这是为了让我们不要忘记与人为善。"还怕郁棠一时手里拿不出来，道："我去年跟着去了一次，结果只有我丢的是升官发财的银锞子，二姐姐她们丢的都是万事如意，我还被她们笑了一回。这次我学聪明了，事先和二姐姐她们商量好了，我们丢的香火钱都由家里的管事统一做成万事如意的模样，每个人都丢三两银子，谁也不许与众不同。"

郁棠感动得眼眶都湿润了。这几个小姑娘真是暖人心。

她让双桃去拿了五两银子递给五小姐的丫鬟阿珊，笑道："那就请五小姐帮我跟府里的管事说一声，帮我兑五两银子的银锞子。万一遇到要赏人的情形，也不至于慌手慌脚的。"

五小姐"哎呀"一声，高声笑道："我怎么没有想到！我这就去跟二姐姐她们说一声，我们一起都兑五两银子，丢三两银子的香火钱，余下的赏人，谁也不许多赏。"说完，没等郁棠开口，就带着自己的丫鬟跑了。

郁棠忍不住倚在门口直笑。

双桃望着五小姐的背影也直笑，道："小姐，要不要我给家里带个信，让家里做些点心带到寺里去？我听裴府的小厮说，去苦庵寺要一个时辰的车程，正好让几位小姐尝尝我们的点心好吃不好吃，以后您再进府还可以带些过去做礼盒。"

郁棠觉得这样很好，不仅让人给家里带了信让做点心，还让双桃去订几件粗布的僧袍，准备哪天找机会送给苦庵寺的几位梦中曾经帮过她的师父和居士。

双桃奇道："为何不后天一块儿带去苦庵寺？"说完就知道自己失言了，朝着郁棠不好意思地笑。

五小姐怕她为难，连打赏的银锞子都要大家约了一样，她又怎么好出风头似的往自己脸上贴金？

双桃讪然地下了山。

郁棠想起梦中在苦庵寺的时候。大家冬天最盼望的就是能有件厚棉袄,香火钱什么的,主持总喜欢存着,生怕哪天没有了香火的供应吃不上饭了,从来不给寺里的人添些僧服,有些人的僧服都补了又补,快成百衲衣了。这也是为什么她从来没有把苦庵寺和裴府联系到一起的缘故。

双桃是第二天中午回来的,带了七八匣子陈氏做的点心不说,还带了陈氏的口讯。说是很想郁棠,问郁棠什么时候回去,回去的时候让人早一点带信给她,她也好给郁棠做些好吃的。

郁棠自然是欢喜的,拉着双桃问了半天家里的情况。知道家里一切都好,今年郁博和郁文两家还是一起过年,过年的年货、祭品什么的都准备好了,章家那边的银子也送了过去……没什么要她操心的了。她长长地舒了口气,心情十分舒畅,准备带去苦庵寺的衣饰不是淡绿就是水蓝,让人看着都觉得明快。

下午,她送了一圈点心,就是顾曦那里也没有落下,但顾曦那里是派了双桃送过去的。

到了晚上,计大娘来给她送兑好的银锞子,并悄声告诉她:"顾小姐的病好了,说要去庙里还愿,正巧老安人们不是要带着几位小姐去苦庵寺吗?顾小姐也要去,老安人答应了。二小姐还特意让人去跟管事说,让把顾小姐安排和她同一骡车。"

郁棠挑了挑眉。

之前双桃去送点心时都没有听说她要去苦庵寺……可这也挺好。免得到时候把她和顾曦安排在了一辆车,她可不想应酬顾曦。

她笑着向计大娘道谢。

计大娘道:"应该是我谢谢小姐才是。没想到小姐居然记得我们家里的人喜欢吃桂花糕,还特意送了我一匣子桂花糕。我这刚刚拿回去,就被小孙孙吃了两块,我家媳妇还让我给郁小姐道谢呢!"

"你小孙孙喜欢就好。"郁棠和计大娘又说了几句闲话,这才送了计大娘出门。

双桃雀跃道:"小姐,我们以后有什么事是不是就可以找计大娘打听了?"

"小事可以。"郁棠笑道,"大事谁都别问,看在眼里,记在心里就成了。"

双桃就左右看了看,和郁棠耳语:"柳絮告诉我,她看到顾小姐在暖房那边和大太太说了半天的话,大太太还送了顾小姐一盆兰花。"

郁棠愣住,道:"顾小姐这几天不是在屋里养病吗?"

双桃道:"我也不知道。是我下午去给柳絮送点心的时候她告诉我的。"

郁棠苦笑。没想到柳絮也是个人精。也许能在裴老安人跟前服侍的,就没有一个傻的吧?郁棠没有专程去打听顾曦的事,她相信顾曦做事都是有自己的目的,只要她的这些目的不伤害她,不伤害她的家人,她就可以视若无睹。

这天她早早地就睡了,凌晨寅时就起了床,梳洗打扮,没敢喝粥,只吃了些馒头、花卷，就去了裴老安人那里。

她以为自己是早的了，没想到顾曦已经到了，她刚和顾曦打了个招呼，二太太带着四小姐、五小姐也到了。大家互相寒暄了几句，去给裴老安人问安。等毅老安人带着二小姐、三小姐过来，众人又上前去给毅老安人问安。等到大家分主次尊卑坐下，郁棠就看见二小姐拉着顾曦嘀咕："不是让你等我们一起过来的吗？你怎么自己就先过来了？"

顾曦笑道："我不好打扰你们祖孙天伦之乐，就在这边等你们了。"

二小姐没说什么，上上下下地打量了她几眼，关心地问："你真的好了？苦庵寺的路很不好走，你要是觉得不舒服，可一定要告诉我。"

"好的！"顾曦笑着和她说着话，郁棠却莫名地感觉到她有点憔悴，好像没有睡好似的。

人到齐了，骡车就一辆辆地驶了进来。

两位老安人一辆，二太太在车里服侍；二小姐和三小姐、顾曦一辆，四小姐、五小姐和郁棠正好一辆，加上家里的丫鬟婆子、小厮管事，再有赠送给寺里的米油等物，浩浩荡荡二十几辆车，三十几个护卫，一路下山去了苦庵寺。

苦庵寺在个小山坳里，进去要走一段不过人肩宽的青石板路。众人换了软轿。从轿子往下看，轿夫好像随时要踏空似的，坐得郁棠胆战心惊的。好在是这段路不长，他们很快到了苦庵寺。

苦庵寺门口站着形如枯木的住持，还有两位愁苦着脸的知客。但谁能告诉她，为什么两位知客都簇拥着气宇轩昂，带着七八个护卫的裴宴站着？

郁棠下轿的时候差点跌倒，顾曦却半点也不好奇地扶着二小姐下了轿。

"三叔父怎么会在这里？"五小姐几个和郁棠一样地惊讶，大家纷纷朝裴老安人望去。

裴老安人和毅老安人都没有露出惊讶之色，裴老安人更是呵呵笑道："你们三叔父现如今管着家，家里的事他当然都知道啊！"

三小姐、四小姐、五小姐都睁大了眼睛，转头瞪向了裴宴。这其中还包括了郁棠。

裴宴却是第一眼就看见了郁棠。说起来，他有些日子没有看见郁棠了。

她穿了他送给她的那件水绿织凤尾团花的绛丝白色貂毛斗篷，毛茸茸的领子衬着她白白净净如初雪般的脸庞，原本就因为黑白分明而显得分外灵动的眸子睁得大大的，仿佛映着他的倒影，更加清亮了。真是女大十八变。郁小姐的眉眼慢慢长开了，更漂亮了。

他上前几步，准备和郁棠打个招呼，但转眼就看见顾曦走到了裴老安人的身边，好像要去搀扶老安人似的。他眉头几不可见地蹙了蹙，突然决定先不和郁棠打招呼了，而是向裴老安人行了个揖礼："母亲一路奔波，身体还受得住吧？"又给毅老安人行礼："姊姊！"

两位老安人齐齐点头。

裴老安人笑道："我能有什么事？倒是你，听说昨天又发脾气了，有什么事慢慢来，发脾气也没有用，只会让你的心情不好，只能败坏你自己的身体。你阿爹和你阿兄都去了，你……你要是和你二兄再有个什么三长两短的，你准备让我这老太婆怎么活？"话说到这里，裴老安人没了笑容，眼角也泛起了水光。

"我知道了，姆妈。"裴宴低声道，上前搀了裴老安人，道，"我虽从小就很顽劣，可大事上从来没有犯过糊涂。姆妈，你就相信我好了。我和二兄都不会有事的。"

"但愿如此！"裴老安人答着，神色间却露出几分倦容。

顾曦不知道什么时候插到了裴老安人和毅老安人的中间，虚扶着裴老安人，和裴宴一左一右的，像对璧人。

毅老安人深深地看了顾曦一眼，顾曦却没有发现，她全部的精力都放在了裴宴的身上。

沈太太被送下了山，她差人去打听过了，沈太太连夜就被沈先生送回了娘家。一点也没有顾念夫妻的情分。说是要把沈太太送回王家的家庙里静修。这和休妻有什么区别？

顾曦不知道裴家是否知晓了这个消息，可沈善言既然这样处罚沈太太，十之八九就是在给裴家一个交代，消息应该很快就会传到裴府来的。到时候她这个和沈太太一同来裴家做客的人也没办法待在裴家了。她的时间也就不多了。能否给裴宴留下一个深刻的印象，就在此一举了。可惜，她对裴宴的了解太少了，想打听一些裴宴的事也没有什么进展，不知道裴宴是怎样的性格，也就不知道他对人的看法，不知道是大大方方地和裴宴打个招呼好，还是装作受害者的样子在裴宴面前落几滴委屈的泪水好。

顾曦垂着眼帘，正犹豫着，裴家的几位小姐已上前来和裴宴打招呼。

虽是侄女，又隔着辈分，但该回避的还是要回避，该寡言的还是要寡言的。

裴宴微微颔首，表情显得有些冷清地道："两位老安人年纪都大了，你们跟着来寺里玩，不要乱跑，别让两位老安人担心。"

郁棠随着裴家的几位小姐屈膝行礼。

裴宴就睃了郁棠一眼，看着好像笑容平和、眉眼淡然的样子，这才放下了莫名其妙不知道什么时候高高悬起的心，暗暗地吁了口气。

众人和寺里的住持师父寒暄了几句，两位老安人就由住持师父陪着去了供奉观世音菩萨的大殿。

路上，裴宴不动声色地放开了裴老安人，走在了裴老安人和毅老安人的身后，渐渐地和走在两位老安人身后的郁棠、三小姐、四小姐、五小姐走在了一块儿。

二小姐扶着毅老安人，不由回头望了裴宴一眼，面露犹豫之色。

裴宴不动声色，脚步更慢了，挡在了三小姐和四小姐之间。

· 101 ·

四小姐不知道是怕和三小姐走散了，还是怕跟裴宴并行，悄悄地看了裴宴一眼，见裴宴好像在打量过道边光秃秃的石榴树，就三步并作两步，骤然越过了裴宴，走到了三小姐的身边，还牵了三小姐的手。

三小姐奇怪地望了她一眼。

她朝着三小姐眨了眨眼睛。

三小姐又飞快地睃了裴宴一眼，见裴宴并没有注意到她们，拉着四小姐就朝前快走了几步，紧随在裴老安人和毅老安人身后，和裴宴拉开了距离。

裴宴看得好笑，眼角的余光却不由得望向郁棠和五小姐。

郁棠和五小姐都没有看他，而是专心致志地在耳语。

他的嘴角微翘，眺望了远处的山林一会儿，没注意到郁棠抬眼快速地看了他一眼。

"真的不会！"郁棠在心里叹息，又看了裴宴一眼，无奈地向五小姐解释，"你三叔父是个面冷心热之人，你是晚辈，而且你自己也说，你五岁之前从来没有见过你三叔父，你怎么判定你三叔父这个人非常严厉呢？再说了，就算他为人严厉，你若是没有做错事，他为何要处罚你？你不要道听途说了。你三叔父知道了该伤心了。"

五小姐小小地吐了一下舌头，大着胆子看了裴宴一眼，这才低声道："可万一他要是……"

郁棠觉得旁人都恶化了裴宴。他明明是这样好的一个人，因为神色严肃就被人猜测成了坏人。她心里非常不舒服，斩钉截铁就打断了五小姐的话："不会的！你是相信我还是相信那些在你面前嚼舌根的人？"

五小姐立刻点头如捣蒜，道："我自然信郁姐姐。"

"那好！"郁棠没有给她多说的机会，立刻道，"路遥知马力，日久见人心。那你就照着我说的试试。主动跟你三叔父说话，主动向他问好。要是有人诋毁他，你就立刻跳出来维护他。你且看看，他是不是你说的那种人！"

"嗯嗯嗯！"五小姐继续点头如捣蒜。

郁棠不知道自己越说声音越大，当然更没有看见裴宴嘴角止也止不住的笑意。

很快，大家就到了大殿。住持师父亲自引领两位老安人和众人上了香。两位老安人分别丢了五十两银子的香油钱，郁棠几个小辈各丢了三两的银锞子，包括顾曦在内。

苦庵寺后面有十来亩菜园，还有竹林，每年都能收些冬笋和春笋，虽说没有什么外人的香火，可有了这一百两银子的香油钱，足够寺里吃喝一年的了，何况两位老安人还带了些米油过来。

两位知客师父高高兴兴地和几个居士帮着裴府的小厮们搬东西，住持师父则把他们请到了厢房喝茶。

102

郁棠踮脚仔细地看了看，没有看到她大伯母的表姐。是去休息去了还是在忙别的？

郁棠想着，接过小沙弥的茶盘，帮着小沙弥分茶。

住持师父则和两位老安人说着寺里的事："前几天五房的勇老安人过来了一趟，也赠了五十两银子的香油钱。加上其他房头的太太和奶奶，寺里前前后后收了大约一百八十两银子的香油钱。只是去年又来了七位居士在我们寺里长住，我们就领着大家上山挖冬笋，除给各家都送了一些，寺里留了一些之外，还卖了三十几两银子……"

这是在向两位老安人说着寺里发生的事。

郁棠听得不是很仔细。住持师父还是梦中那个住持师父，她的小气是改不了的，寺里的清苦也就改不了了。但不管怎样，苦庵寺能给很多走投无路的妇人一个藏身之地，一个安身立命之所，她就应该感激这位住持师父多年如一日的付出。她脑子里全是裴宴为什么会发脾气，还弄得让老安人觉得他会怒气攻心，对身体有害。是不是发生了什么她不知道的事？

郁棠去寻裴宴的身影。或许是因为厢房里都是女眷，裴宴刚刚还在这里的，这会儿不知道去了哪里。

她低声问五小姐："看到你三叔父了吗？"

"我也没注意，"五小姐听住持师父说话倒十分用心，心不在焉地应付着郁棠，"要不在外面院子里？或者是跑到哪间厢房躲起来了？天气这么冷，谁会傻傻地站在院子里？你让人找找好了！"

郁棠哭笑不得。再看二小姐几个，也都支着耳朵在听。郁棠不理解。在她看来，裴宴比这个什么账目重要多了。

她不由问五小姐道："你听这些做什么？你已经开始学着管家了吗？"

"还没有。"五小姐悄声道，"是我姆妈嘱咐我的，说世事通明也是学问，来的时候叮嘱我要仔细听清楚寺里都有些什么开支，以后就算是要供奉家庙，也不能让人随意把我们的善心挥霍了，要做到心里有数。"

郁棠佩服地看了二太太一眼，想着得找个机会去问问裴宴是不是遇到了什么不喜欢的事。

很快，她就有了一个机会。

用过午膳，两位老安人决定各自歇个午觉，下午再见见在这寺里修行的居士，看有没有什么能帮得上忙的。

寺里给她们每人分别安排了一间午休的厢房。

郁棠让双桃去找阿茗，让阿茗帮她通传一声。

双桃很快就回来了，说一刻钟之后，裴宴就在她们歇息的院子外面等她，让她有什么事可以那个时候再商量。

· 103 ·

郁棠半晌没有吭声。她乍听到裴老安人的话，立刻就跟着乱了阵脚，不仅急着想知道裴宴遇到了什么不好的事，还心神不宁，一看有能见裴宴的机会就派了双桃去求见裴宴……却没有仔细想想，她一个若不是有点小小预知能力的人，心智见识都有限得很，凭什么去帮助裴宴，又有什么资格帮助裴宴？

现在冷静下来仔细想想，她好像对裴宴的关注有点多。

郁棠只觉得通身的不自在，可心里又有另一个声音告诉她，他是她的大恩人，梦中她能受庇护于苦庵寺，都肯定有裴宴的一份恩情在。她又怎么能对裴宴的事无动于衷呢？她不过是关心则乱！对！肯定是这样。她关心则乱，有些失了方寸。再就是，她也没有处理这种事的经验，经过了这件颇为乌龙的事，她以后肯定能很好地控制住自己的情绪，再也不会这样冲动了。郁棠心里乱糟糟的。

双桃却满脸困惑，低声提醒她："小姐，您看，您要不要换件衣裳？"她们小姐要是不快点，等会儿就要失约了。

双桃的话让郁棠回过神来。她暗暗叹了口气。去见裴宴的事的确太冲动了些，但事已至此，她就算想反悔，时间上也来不及了。那就先去见见裴宴好了。

上次他送了她斗篷，她误会了他，还没有来得及当面给他道歉；还有，她在裴家已经住了大半个月了，最多再待十几天就要回去了。年底事多，她走的时候裴宴未必在府里，她也未必能有机会和他辞行。这次见了裴宴，正好可以提前跟他道个别。再就是苦庵寺的事，裴家到底是什么时候开始资助苦庵寺的，她也想问个明白，也不算是没事找事了。

郁棠想着，心神这才完全平静下来，笑着应了双桃一声，重新梳洗了一番，出了门。

她们歇息的院子是苦庵寺最好的院子了，不仅院子里树木葳蕤，而且院子外面有一大片竹林，竹林里还放着几张供人休息的石椅。

郁棠出了门，在门口没有看见裴宴，但她知道，裴宴是个守信用的，说来就一定会来，说什么时候来就一定会什么时候来，就算是有事，也应该会派个人来知会她一声的。

难道是在竹林里等她？竹林也算是门前。她想着，不由就朝竹林里走去。远远地，她就看见了披着一身白色斗篷的裴宴，在满眼翠绿的竹林中，身姿玉立，非常醒目。

郁棠心中一喜，加快了脚步，却在距离裴宴越来越近的时候，发现原来裴宴对面还站着个人，披了件淡紫色白狐皮斗篷，梳着堕马髻，长长的赤金步摇晃在她的颊边，肤如雪白。

她脚步一顿。紧随她身后的双桃差点就撞在了她的身上。

"小……"双桃一句话刚起了个音，就用双手捂住了自己的嘴巴，有些惊恐地望向了郁棠。

104

郁棠的脸色也一下子变得非常难看，不是那种狰狞的难看，而是面无表情，双眸却明亮得像团火，一不小心，就会炸了似的。这，这是怎么一回事？裴三老爷明明约了她们家小姐，怎么会又约了顾小姐？双桃不知所措地踮脚眺望。

只见顾曦从衣袖里抽出一条真紫色绣着粉色紫荆花的帕子，轻轻地沾了沾眼角，哽咽着对裴宴道："让您见笑了！可我做梦也没有想到。真是满腹的话也不知道对谁说好——我阿兄一直说三老爷是他见过的最值得敬重的人，我，我遇到了您，没忍住就说了出来。还请您别见外。"说完，又擦了擦眼角的泪水。那擦泪的姿态，说不出来地楚楚动人又柔情蜜意。

双桃心跳得厉害。就算她是个无知的丫鬟，可也是个女孩子，也有倾慕少女的心思，看到顾曦这样，她哪里还有不明白的。只是她想不通，顾曦怎么会喜欢上裴三老爷？顾曦来了裴府之后，都没有和裴三老爷说过话。或者是，也说过话，她们不知道罢了？

双桃在心里猜测着，莫名地朝郁棠望去。

郁棠好像已经从刚才的震惊中走了出来，她神色如常，轻手轻脚地躲在了一丛竹子后，还拉了拉双桃，示意她也躲一躲。

双桃没有多想，立刻跟着郁棠躲在了竹丛后。

裴宴和顾曦说话的声音就听得更清楚了。

"顾小姐客气了。"裴宴表情冷淡，声音平缓，听不出喜憎，道，"敬重不敢当。令兄学识渊博，素来让我佩服。顾小姐来家里做客，裴府蓬荜生辉。沈太太的事是个意外，顾小姐不必放在心上。不管是我母亲还是我，都不可能因此而责怪顾小姐。顾小姐不用自责。"

"话虽如此，"顾曦苦笑，道，"我听说沈先生亲自来给您赔不是，我心里还是很难过的。要是我再机灵一些，当时肯定就拦住了沈太太，老安人也不必这样生气，沈先生也不必这样伤心了。说来说去，都是我没有处理好当时的事情，我除了要给老安人赔不是，无论如何也得给您赔个不是，是我拖累了大家。"说完，她恭恭敬敬地给裴宴行了个福礼。

裴宴站在那里受了她的礼，说出来的话却让顾曦心里一阵发寒："顾小姐，这件事你已经反复地说了好几遍了，我想，沈太太的事谁也不愿意，沈先生更是视为平生之耻，顾小姐是不是也应该选择把这件事甩到脑后，以后再也不要提起？我觉得，这才是正确的处理方法。而不应该又是找我说，又是找我母亲说，这和沈太太的做法又有什么不同？"

"啊！"顾曦呆呆地望着裴宴，眼睛睁得大大的，仿佛不会眨眼睛似的。

郁棠强忍着才没有笑出声来。她紧抿着嘴，心里像喝了蜜一样甜，像有小鸟在唱歌一样欢畅。哼，顾曦终于踢到铁板了。梦中，她用这样的手段不知道讨了多少好，如今终于有一次不管用了。虽然只是一次，但也足够让郁棠觉得欢天喜

105

地的了。她看裴宴就更顺眼了，更是英俊洒脱了。

"顾小姐，若是没有其他的事，就请您先回去吧！"裴宴毫无怜香惜玉之心，直白地道，"您这样跑出来，我相信您身边服侍的应该都很着急。我也快到和别人约好的时候了，不太方便继续和顾小姐说什么。若是顾小姐还有什么委屈，不妨去跟我母亲说说，她是个心善之人，肯定很愿意给顾小姐解决燃眉之急的。我这里就不留顾小姐了。"

顾曦落荒而逃。

郁棠心情大好，都想咧了嘴笑了，谁知道裴宴一转身，冲着郁棠藏身的竹丛厉声道："郁小姐，你看够了没有？如果看够了，那就出来好了。我忙得很，你要是没有什么事，我就先回去了。"

郁棠讪讪然，觉得自己的待遇比顾曦也好不到哪里去，可她脸皮厚啊，被裴宴不知道说过几次了，何况偷听人说话原本就是她不对。

她满脸通红地走了出来，强辩道："我也不是故意的。我来的时候就看见你们在说话，我总不能就这样过来吧？人家顾小姐看见了我多尴尬啊！我这不是怕你……"

"还狡辩！"裴宴毫不客气地揭穿了她，道，"既然怕人家顾小姐尴尬，为何走动的时候不发出点响动？"说完，也不想和她再继续纠结这个问题，问道："你找我有什么事？可是李家又闹出什么幺蛾子来了？快过年了，京城那边我还没空过问，你且等等，保证让你如愿以偿就是了。"

郁棠现在不太关心这个问题了，她道："顾小姐是什么时候来的？你们怎么会碰到的？"

裴宴鄙视地看了她一眼，根本没想回答她，而是又问了一遍："你找我什么事？"

郁棠"哦"了一声，忙将自己担心他是否遇到了什么为难的事说了出来，又问最近裴家可还太平，有没有什么她能帮得上忙的。

裴宴上上下下打量了郁棠几眼，那眼神，明晃晃地是在轻视她，问她能帮得上他什么忙。

郁棠气坏了，道："三个臭皮匠还顶个诸葛亮呢！你这样目中无人，小心失道者寡助！"

裴宴冷哼了一声，道："我忙着瓜分李家的家业，这算不算是件事？这不都是你惹出来的事吗？是谁要扳倒李家？是谁告诉我李意受贿的？是谁在旁边幸灾乐祸看热闹的？我既然动了手，不把人摁死在河里，难道还等着他回过头来给裴家找麻烦不成？"

有这么严重吗？郁棠紧张道："大家乡里乡亲的，你要是分了李家的产业，让别人怎么说啊！"李家算计别人的时候，都是在背后做手脚，裴宴不会自己跳出来和李家对着干吧？

106

裴宴气得直瞪眼。他是这么蠢的人吗？这个郁小姐，到底是聪明还是傻？

"我觉得从现在开始，你应该多读点书！"裴宴说完，把郁棠丢在了竹林，扬长而去。

郁棠气得直跺脚，在他身后喊道："我还有事要问您，您别急着走啊！"

裴宴估计是不相信，头也没回。

郁棠只好追了上去。

竹林外，有紫色衣角一闪而过。

第四十五章　善事

郁棠只追了一小段路就追上了裴宴。当然，这不是说郁棠跑得快，而是裴宴在前面等着她了。

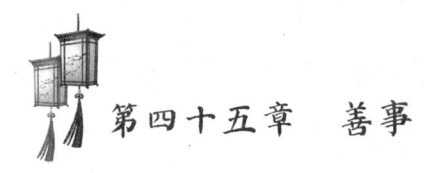

"我还有话问您呢！"郁棠喘着气，不高兴地道，"您怎么不搭理人啊！"

裴宴用一种"你是白痴"的目光看了她一眼，连说话的兴趣都没有了。

他们明明站在下风，顾小姐身上的那种香味一阵阵随风往他的鼻子里直冲，郁棠居然一点反应都没有……这还是个女孩子吗？女孩子不是应该对香味都非常敏锐吗？

裴宴道："你还有什么要问我的？"

郁棠道："苦庵寺……是什么时候开始受到裴家资助的？以后裴家还会继续资助她们吗？"

裴家的女眷都很喜欢做所谓的"善事"，据说做这种"善事"是很容易吸引其他人加入的，甚至是可以鼓动其他人的。裴宴猜郁棠也是如此。他道："五年前，家父无意间发现了这间庵堂，里面有两个尼姑带着七八个无家可归的居士，觉得她们挺可怜的，就开始资助她们，帮她们重新修了大殿和配殿，还把周围二十几亩地和两个山头都买下来送给了寺里。让寺里的尼姑、居士能够吃得饱饭、穿得暖衣。至于说以后，肯定也是要继续资助她们的。这毕竟是件好事。"说完，他奇怪地道："你问这个做什么？你可是有什么打算？"

"没有，没有。"郁棠连连摆手，讪讪然地道，"我就是问问。我就是看着寺里的人都很清苦，也都很可怜，怕你们家觉得资助这样的寺庙没有什么意义，所以特意来问一声。"

· 107 ·

"怎么会没有意义呢？"裴宴闻言皱了皱眉，不悦道，"你是不是听谁说了什么？你既然说这寺里的尼姑和居士很可怜，想必也觉得她们生活很不易吧？在这一点上，我倒和我父亲想的一样——女子已经很不容易了，若是所遇非人，就更可怜了。我们能帮她们一点就帮一点。你不必担心我们裴家会不资助苦庵寺的。除非寺里的人不稀罕裴家的资助，开始藏污纳垢了，否则只要我活着一天，就会资助这苦庵寺一天。"

也就是说，梦中的她的确是得到了裴家，得到了裴宴的庇护的。郁棠一时间百感交加。原来，梦中的她能活到花信之年，是因为曾经受到过很多她不知道的恩惠，得到过很多她不曾知道的帮助。"谢谢！"郁棠喃喃地道，眼眶有些湿润，心情更是汹涌澎湃，不能自已。

她生怕自己会在裴宴面前落下泪来，朝着裴宴屈膝行了个福礼，就带着双桃匆匆地跑了。

裴宴摸不清头脑，站在那里半晌也想不出头绪来，他干脆叫了裴满："你去查查，郁家是不是有什么人在苦庵寺出家或是做了居士。"

裴满应声而去。

有小厮拿了封信跑了过来，气喘吁吁地禀道："三老爷，京城顾家六爷的信。"

在外面，大家都称顾昶为顾家六爷。

裴宴心不在焉地拆了信，快速地看了几眼过后，就忍不住冷笑了几声，问不知道什么时候又在身边冒了出来的阿茗："老安人在哪里？你去帮我通禀一声，我要去见老安人。"

谁知道阿茗道："三老爷，杨家来人了，老安人和毅老安人正陪着杨家的人说话。"说完，他又半是好奇半是提醒地道："三老爷，您要见杨家的人吗？颜公子也跟着一道过来了，我听他们家的管事说，颜公子很想见您一面呢！"

杨家是想借着裴家卖茶叶吧？不过，杨颜是个有脑子的，想借裴家高枝的人不少，他若能借得上力，等他和二小姐成了亲，借一借也无妨。裴宴道："那就领他过来给我瞧瞧。"

阿茗应声而去。

二小姐却神色紧张地坐在茶房里听着四小姐和三小姐、五小姐说话："杨家婆子都戴着金饰，看着也挺和善的，我觉得他们家的人应该也不错。"

三小姐也道："那媒婆我看也不是那种精明外露的，可见和杨家打交道的人也都是厚道人家，他们家应该家风也挺不错的。"

五小姐却不以为然，道："这种事还是要再看看。我祖母说了，看人是一回事，还得仔细打听打听。横竖是知根知底的，叔祖母也不会随意就把二姐姐嫁了的。"

"这话也说得有道理。"三小姐正色道，"你看大姐姐，没嫁的时候多好，可嫁了之后刚刚生了个女儿婆婆就不乐意了。谁家不是盼着长女先出生，好凑个

'好'字，可见大姐姐还是遇到了个不好的。可你看大姐姐，把大姐夫捏在手里，她婆婆还不是只能干着急。我觉得，嫁给怎样的人家不要紧，要紧的是丈夫要和自己一条心，不然就是家风再好也没用。"

"家风好总归要好一点吧！"四小姐犹豫道，"不然来来往往都是打秋风的亲戚，愁也能把人愁死。"

没有了长辈在场，三个小姑娘想说什么就说什么，一点顾忌都没有了，听得原本心里就不踏实的二小姐更是烦躁不安，低声呵斥道："都是些没出阁的小姐，说什么胡话呢？要不要让我派人学给伯祖母听听？"

几个小姑娘低眉顺眼，不敢再说半句话。

对未来很是恐惧的二小姐依旧不安，她扬声叫了丫鬟进来，问起了顾曦的行踪："刚才还在这里的，怎么一眨眼就不见了？"

那小丫鬟还没有回音，裴家几位小姐的耳边就响起了顾曦那带着几分甜美的声音："我这不是刚去了趟官房吗？怎么？可是出了什么事？"

"没有什么事！"二小姐看见顾曦顿时松了口气，几步上前拉了顾曦的手，低声道，"顾姐姐，你之前跟我说，自己的事要掌握在自己手里，自己软弱了，就算是父兄再好，也一样会被人欺负。自己刚强了，就算是娘家没有一个人，也一样能在婆家过得很好。是真的吗？"

"当然是真的。"顾曦笑道，看二小姐的目光炯炯有神，坚定无比，"女人想过什么样的日子，是要靠自己经营的。"因而她没能跟裴宴搭上话，郁棠却走在了她的前面，也是这个道理吧？

顾曦继续道："这是我母亲生前说过的话，我觉得很有道理，时时刻刻记在心中，希望有一天能过上自己想要的日子。"

"顾姐姐你真行！"几位裴小姐纷纷赞道。

顾曦却笑道："我是去官房了，郁小姐去了哪里？怎么没有看见她？"

五小姐抢先笑着答道："郁姐姐有事去见三叔父了，她应该快要回来了。"

顾曦一愣。郁棠去见裴宴……原来大家都知道……她还以为只有她一个人知道呢！

顾曦的笑容有些勉强，道："是吗？不知道她有什么事非得找三老爷，找老安人不行吗？"

五小姐道："我也不知道！陈大娘告诉我们来客人了，让我们不要随意走动的时候，我们去约郁姐姐到茶房里来喝茶，郁姐姐身边的柳絮告诉我的，说郁姐姐有事出去找三叔父了。应该是很要紧的事吧！不然郁姐姐她肯定会找祖母的。要不就是寺里突然来了客人，她不好找老安人，就去找了三叔父。"半点也没有怀疑郁棠别有用心。

顾曦在心里冷笑，想到裴宴说她的那些话，就像被人狠狠地扇了一耳光。她长这么大，还从来没有受过这样的侮辱。要不是她心志坚强，不死心又返了回去，想拉着裴宴问个究竟，她还不知道郁棠也去找裴宴了，而且裴宴对她和对郁棠完全是两个态度。

那郁棠有什么好？值得他那样地轻声细语？不过是仗着自己有几分姿色在那里搔首弄姿罢了。裴宴能看得上这种人，可见他也不是个什么好东西。

顾曦想着，心里终于好受了一些，但还是忍不住对五小姐笑道："你说的也有道理。等会儿郁小姐回来了我得问问她到底遇到了什么事……"

只是她的话还没有说完，郁棠就出现在了茶房的门口，打断了顾曦的话："顾小姐要问我什么？"

"郁姐姐！"三小姐、四小姐和五小姐都高兴地道，"我们还怕你来晚了。等会儿杨公子会来给两位老安人请安。"言下之意，她若是来晚了，就看不到杨公子了。

郁棠不禁抿了嘴笑。

二小姐却有些恼怒，对三个妹妹嗔道："你们能不能少说两句。有什么好看的。人家郁小姐不是有事吗？你以为人人都和你们一样闲？"

三个小姑娘嘻嘻地笑，并不和二小姐顶嘴。

郁棠却有点瞧不上顾曦的当面一套背后一套，想着她会不会又像梦中那样常常在众人面前挖了坑让她跳——她很喜欢裴家的几位小姐，不想裴家的几位小姐误会她。

"顾小姐要问什么？"她笑道，"我听了个半头话，也不知道顾小姐到底要问什么。"

顾曦暗生不悦。她能感觉得出来，从前的郁棠有点避着她，现在的郁棠却是一副不依不饶的模样，仿佛她突然间就有了和她对抗的勇气和底气似的。而她这些勇气和底气是谁给的，已不言而喻。

顾曦向来瞧不起这样的女子。她挑了挑眉，若有所指地笑道："我们刚刚在说郁小姐怎么没到，原来郁小姐是去找三老爷了，我们就在猜，有什么事郁小姐非得要去找三老爷，连老安人都解决不了吗？"

郁棠在心里"啧啧"了两声。又是这样的手段，总喜欢把人架在火炉上烤，好像刚才在竹林里的那个人不是她似的。

郁棠笑着朝顾曦挑了挑眉，却对五小姐道："怎么一眨眼的工夫杨家的人就到了？不是说让我们先各自回屋睡个午觉吗？我以为时间还早，寻思着我回来了还能重新换件衣服再过来，没想到杨家的人来得这么快，我听到消息，半道就折了过来。我们等会儿不用跟杨公子见礼吧？"她问裴家的几位小姐，语气中带着几分紧张："我还是第一次遇到这样的场合，心里不怎么有谱。"

裴家的几位小姐立刻被她给带歪了。

110

三小姐立刻安慰她道："不用，不用。郁姐姐你不要担心。我们跑到这里来喝茶都是因为陪着二姐姐。陈大娘睁一只眼闭一只眼的，不可能让我们见外客的。"

四小姐则好奇地问："郁姐姐从来没有遇到过这样的事吗？"

"也不算是没有遇到过。"郁棠笑道，"只是没有遇到过像杨公子这样的。我身边的小姐妹们相看，或是约在庙里，或者是约在哪户相熟的人家，我们会装作在那里赏花或是做绣活，男方从旁边走过，大家彼此看一眼。我们都会在旁边陪着的。"

五小姐立刻道："这样相看比我们家的有意思。我们家这边相看，我们都是不出面的，等杨公子来了，只需要二姐姐端个茶水进去敬长辈就行了，所以我们才会全都躲在这里啊！"说完，还掩着嘴笑了起来。

三小姐和四小姐也跟着抿了嘴笑。

二小姐羞得满脸通红，嗔怒道："让你们坐在这里喝茶都堵不住你们的嘴。"倒也没有阻止五小姐向郁棠解释裴家的规矩，是个典型的"刀子嘴，豆腐心"。

郁棠莞尔，见自己掌握了说话的节奏，这才笑眯眯地回头，回答刚才顾曦质问般的问题："顾小姐刚才是关心我为何去见三老爷吗？我瞧着苦庵寺的居士们各有各的困苦，裴家又一直资助着苦庵寺，想着授之以鱼不如授之以渔，就想商量着看能不能帮寺里的居士们找点事做，一来是免得她们日常所需全都依靠寺里，时间长了，怕有人斗米恩，升米仇，裴家做了好事不仅没有好名声，反而还落下抱怨；二来是她们有事做了，要为一日三餐忙碌，就没空整天胡思乱想的，也就不会要死要活了——若是寺里惹上了是非，总归是对裴家的声誉不好。"

这件事，是她在回来的路上想的。她跑去追问裴宴的时候还没有想起来，回来的路上却想起一件事来。梦中，三年之后，有个在苦庵寺修行的居士砒霜死了，把那居士赶出家门的丈夫却连同居士的娘家人来寺里闹，说是寺里逼死了居士。当时这件事在临安城动静还挺大的，很多临安城的人就是因为这件事才知道原来天目山脚下还有个苦庵寺，知道苦庵寺里会收留无家可归的妇人。虽然最后这件事是那位居士的丈夫和娘家人被官府判了刑，可说起来毕竟不是什么好事。她猜想，会不会因为这件事，裴家才一直没有在明面上庇护苦庵寺？

再就是，大家知道苦庵寺做的善事之后，很多家境贫困的妇人都佯装被丈夫或是儿子虐待的样子跑到苦庵寺来蹭饭吃，差点吃空了苦庵寺。后来苦庵寺就关寺了。没有相熟的人引荐，寺里不再随便收留女眷了。为了避免做善事却被无良之人占便宜，郁棠觉得还是应该像梦中苦庵寺后期那样的做法，让苦庵寺的人早点过上自给自足的生活。

三小姐一听就满脸赞赏，高声道："郁姐姐这个主意好。谁也不愿意吃嗟来之食，做点事换取自己的吃食，更有尊严。"

郁棠嘴角直抽抽。并不是所有人都有这样的骨气的！梦中苦庵寺很是乱了一段时间，甚至被人批评是沽名钓誉，是想和昭明寺一争高低。但她并不想破坏三小姐的纯善之心。

她笑道："就是不知道给庙里的这些师父找些什么营生好。我想来想去，这件事还是得问问三老爷。就让双桃去禀了三老爷，三老爷不仅答应了见我，还早早就等在我们门口的竹林里。谁知道我到了竹林却像是鬼打墙了似的，听见里面有人说话，就是找不到说话的人。在竹林里兜兜转转了半天，好不容易才找到三老爷。"说完，她这才正色地望着顾曦："早知道这样，我就约三老爷在其他地方见面了。那竹林，东边的人看不到西边，西边的人看不到东边，躲迷藏倒是个十分好的地方，说话却没有个遮挡，不适宜说话。"

顾曦顿时脸色煞白。难道郁棠听到了她和三老爷的对话？如果是这样……顾曦觉得自己的脸都丢到海里去了。她以后还怎么立足于世？可多年的行事做派却告诉她，这件事不可能就这样完了，她应该装作不知道的样子，试探一下郁棠的口风。若是她真的听见了，得知道她到底听到了多少。她现在说这话是什么意思？只是单纯地对她不满还是想借此告诫她什么？

顾曦很快就冷静了下来，笑道："那地方的确不是说话的好地方。不过，郁小姐也把自己说得太无能了，巴掌大的地方都分不清东南西北，以后可怎么主持一府的中馈？郁小姐这是在谦虚吧！"

她装作什么都没有发生的样子。郁棠在心里冷笑。现在掌握话语权的是她，顾曦还这么嚣张，她不介意给顾曦树上几个敌人。

"是吗？"她笑道，"我倒不知道迷路和主持中馈有什么关系，不过，再仔细想想，顾小姐说的也有道理。连个路都看不清楚，的确是个大问题。好在是我家小门小户的，难得见到这样大的一片竹林，想必没有什么关系。"

三小姐、四小姐和五小姐不由得面面相觑。

刚才大家还说得好好的，怎么转眼之间郁小姐就和顾小姐对上了。特别是顾小姐，向来都是落落大方，不卑不亢的，可此时虽然脸上依旧是一派从容优雅，骨子里却透露出心虚和不自在，好像做错了什么事被郁小姐碰见了，没有了底气。

而郁小姐呢，之前都表现得很是温和无害，甚至是息事宁人、回避争执的样子，结果刚才也像变了个人似的，说话绵里藏针，柔中带着刚了。

是什么事能让顾小姐这样心虚？又是什么事让郁小姐与往日大不相同了？

三个小姑娘你看看我，我看看你，突然间都不知道怎么办好。

二小姐这些日子在顾曦的有意结交之下，视顾曦如姐妹，自然容不得郁棠这样针对顾曦，她顾不得今天是她相看的日子，上前几步就挽了顾曦的胳膊，站到了郁棠的对立面，道："郁小姐，今天是三妹妹亲自沏的茶，说是六安那边送来的瓜片。我们还摆了你送给我们的点心，你刚刚赶过来，想必也渴了，和我们坐下来一起喝杯茶吧！"

郁棠无意破坏二小姐相看的大事，笑着放过了顾曦，和四小姐、五小姐坐在了一块。

顾曦也不敢深究，怕郁棠再说出些什么不应该说的话来。她也和二小姐坐在了一起，并很有心机地向二小姐道了一声谢，悄声道："怕是我说她不知道主持中馈的事得罪了她，累得你给我解围，不好意思。"

因现在不是说话的时候，二小姐善意地朝她笑了笑，摇了摇头。

那边三小姐几个互相交换了一个眼神，也装作什么事都没有发生的样子，由三小姐开口，继续说起帮苦庵寺的居士们找个营生的事来："郁姐姐，你是想教那些人做绢花吗？我们都可以帮忙。"

四小姐在旁边连连点头，道："我也可以帮忙。我姆妈有家胭脂水粉铺子，我可以跟我姆妈说说，帮她们在胭脂水粉铺子里卖。"

五小姐想了又想，苦恼地道："我姆妈没有陪嫁的胭脂水粉铺子，不过有几个很好的田庄，但都在北方。要不，要不我就帮着那些人做绢花好了。我现在做的绢花可好看了。我姆妈前些日子都夸了我。给我外家送年节礼的时候把我给外祖母、舅母、表姐表妹做的绢花也一并送了过去。"

都是心地善良的小姑娘！郁棠笑了笑，狡黠地道："做绢花恐怕不合适。这里毕竟是庵堂。"

裴家的几位小姐俱是一愣，就连顾曦，也诧异地望向了郁棠。

郁棠这才慢悠悠地道："庵堂，当然是做香卖最合适啦！"

五小姐立刻叫起来，道："郁姐姐说的是顾姐姐做的那种香吗？"

大家又朝顾曦望去。

顾曦每次做香都要焚香沐浴，说起做的香来不是用三年前埋在百年老梅树下的无根水做的，就是用的秋季初开的桂花，不仅文雅，仿佛还是件非常神圣之事。让她得到了不少的赞誉。包括这次在裴府小住，大家都得了她做的香，知道她非常会制香。

郁棠既然想要给她点教训，自然就要从她最得意之事入手。

顾曦此刻也的确有点得意。郁棠这女人到底是小门小户出身，没什么见识。想做好事，却搭了个架子让她去唱戏——若是她出面来告诉那些居士制香，别人说起来，关她郁棠什么事？背后支持的是裴家，帮着出力的是她顾曦。郁棠，也就给她们做做嫁衣裳罢了。

顾曦不由微微地笑，笑容谦逊而温和。越是这个时候，她就会表现得越低调沉稳，让人觉得她值得信任，沉得住气，是个能干大事的人。这才是正确的态度。

郁棠也在笑。她就知道，她这么说的时候大家都会以为她是想请顾曦出面主事。这样一来，她出的主意，却让顾曦得了贤名，她心眼未免太实诚了一些。若是裴家的几位小姐都是得过且过、随波逐流的人也就罢了，她吃了亏别人可能还会觉得是她太傻。但几位裴小姐都是正直纯良之人，肯定不会就这样轻易地把她的功劳给抹杀掉的。说起来，这些她还是梦中仔细观察顾曦举动的时候发现的。她是跟着顾曦学的。

果然，顾曦听到这个消息后按捺不住心中的惊喜，故作姿态地保持着沉默，就等着别人把她推上前去，她再谦虚几句，好接手主持这件事。裴家的几位小姐却不约而同地睁大了眼睛。

因此等到裴家几位小姐的目光都落在了顾曦身上，顾曦又小小地回避了一下郁棠的眼神之后，郁棠心里就笑得更欢快了，不紧不慢地道：“怎么好意思麻烦顾小姐？我从前跟着我父亲读书的时候，看到过几张制佛香的古方，只是我从前对这些都没有什么兴趣，也就没有多留意。这次突然想起来，我就想，能不能根据那几张制佛香的古方，我们把佛香研究出来，再教寺里的尼姑和居士做起来，既可以更好地改善寺中诸人的嚼用，还可以让她们在修行闲暇之余有个打发时间的事。”

郁棠的话音未落，顾曦和裴家的小姐们都傻了眼。

五小姐更是跳了起来，道：“郁姐姐，你那个制香的配方靠不靠谱？我外祖父说了，很多有学问的鸿儒，学识可以和众人分享，私家菜谱却从不随意示人。万一那几张古方只是那写书之人随意写出来的呢？”

四小姐却想的完全不一样，可说话也和五小姐一样直接，道：“郁姐姐，你从前制过这种香吗？要是万一制不好呢？岂不是又浪费人力又浪费物力，顾姐姐好歹自己做过香，她肯定有经验，我看我们不如托付顾姐姐帮忙教那些尼姑、居士做香好了。何必这么麻烦？”

三小姐皱着眉头。她觉得若真是这样，郁棠的心胸就有点小。

郁棠看得分明，只是没等反驳，二小姐已经跳了出来，真诚地道：“郁小姐，我看这件事还是由你和顾姐姐一起主持吧——顾姐姐负责教那些尼姑、居士制佛香，郁小姐负责向两位老安人说明，大家商量着看看怎么卖佛香才好。酒好也怕巷子深，指望着苦庵寺自己卖佛香，只怕是养活不了她们自己的，光我们家恐怕也用不了这么多的佛香。”

郁棠莞尔。她是真心很喜欢裴府的几位小姐。就算二小姐偏向顾曦，也会讲道理。可惜了，她针对的是顾曦，就不会让顾曦跑了。

“不是我不想让顾小姐帮忙！”郁棠故意做出一副为难的样子，“你们可知道我为何觉得让顾小姐教苦庵寺里的人制香不太好？”

裴家的几位小姐纷纷摇头，顾曦也侧耳倾听，一副要抓住她把柄的模样。

郁棠道：“顾小姐制的香的确是好闻，我也曾经得到过顾小姐的馈赠，知道顾小姐擅长制香。不过，顾小姐制的香毕竟是闺中之戏，流落在外原本就不好，若是教给寺里的尼姑、居士大量地制作……我心中总觉得有些不安，不如我们重

114

新找个香方，或者是由顾小姐另外提供一张合适的香方，我们这边却要保守秘密，谁也不准说出去。"

如果做无名的善事，还做什么善事？！顾曦直觉就想反对，好在是话到了嘴边，她猛然醒悟，没有说出来。

而裴家的几位小姐听了郁棠的顾忌之后，个个都点着头，就是不怎么喜欢郁棠的二小姐也有些不好意思地道："还是郁姐姐比我们都沉稳，这种事的确不能让顾姐姐担了名声。"

顾曦气得不得了，可又说不出反驳郁棠的话来，看郁棠的目光都变得锐利起来，并在心里琢磨着，要是郁棠真的让她出力却不扬名，她无论如何都得找个借口推了这件事，让郁棠和裴家的人自己忙活去，让她们也知道做善事不是那么容易的。

郁棠看着顾曦生气的样子，心底暗暗高兴，抿着嘴笑了笑，然后落落大方地朗声道："多谢二小姐夸奖。不过，我毕竟年纪太小，这么大的事，还是要与长辈商量才是。我觉得我们是不是先去跟二太太说一声，看二太太觉得是否可行。"

裴家的几位小姐听了虽然先是一愣，但随后就发出一阵欢呼声，七嘴八舌地表示这件事就应该这么做。

有好心是好事，可好心未必会办好事。郁家的几位小姐开始热闹地讨论起这件事可行不可行来。这个问郁棠古香方靠不靠谱，那个问制香的材料好不好买，还有问府里派谁去管苦庵寺的好……事情都还不知道可行不可行，才一会儿几个人就已经开始想苦庵寺的佛香风靡临安城，让杭州的人都闻名而来了。

顾曦皮笑肉不笑地坐在那里，没有参与讨论，作壁上观。

郁棠却乐不可支。她就算是读书的时候从书里读到了香方也不可能注意。她从小就不喜欢这些。她等会儿要写给裴家女眷的香方，是梦中五年之后顾曦为给昭明寺筹善款而献出来的。昭明寺的香火那么好，那次顾曦筹到的一千两善款不过是锦上添花，想必她拿出来给了更需要的苦庵寺，佛祖也不会责怪她。她悄悄在心里念了几声"阿弥陀佛"。

陈大娘走了进来，笑着喝止她们："你们小点声，我一出大厅就听到了。我奉了两位老安人之命，这就要领杨公子过来了。"

二小姐脸色一红。

三小姐和四小姐、五小姐冲着二小姐齐齐地"咦"了一声。

二小姐羞得都要钻地缝了，三位裴府的小姐这才放过二小姐。

顾曦看着扯了扯嘴角。

郁棠却觉得有意思，抢先占了窗棂边的位置，支了条缝，想看清楚杨颜长什么样子。

五小姐和四小姐仗着年纪最小，笑着趴在她的背上不起来，和郁棠抢着窗棂边的位置。

115

郁棠没有办法，只好道："那我们一个人只看两息的工夫，其他时间都是二小姐的，你们觉得怎么样？"

二小姐又羞又烦，道："我才不想知道他长什么样子呢！"

"是哦！"郁棠打趣她，"二小姐等会儿可以进厅里奉茶，我们就只能在这里看看。"

三位裴小姐又朝着二小姐笑。

二小姐脸上红得都能滴血了，四小姐忙道："快别说话了，杨公子进来了。"

郁棠也顾不得和几位裴小姐说话了，踮着脚朝窗外望去。

只见陈大娘领了个穿着宝蓝五蝠团花杭绸直裰的青年男子走了进来。

他高高的个子，相貌周正，气质儒雅，看上去刚刚二十出头的样子，举手投足间一派沉稳。郁棠觉得这个人应该不错，但她还没有见过比裴宴更英俊的男子。

她看了两眼就退开了，对想看又挤不进来的三小姐道："你也快来看两眼，不然杨公子就进大厅了。"

三小姐无声地笑了笑，和四小姐、五小姐挤到了一块儿。

郁棠笑弯了眉眼，一抬头，却和顾曦有些清冷的目光对上了。她没有回避。她没有做错什么，不怕顾曦审视。

顾曦讶然。她想到郁棠刚刚来裴府的时候……什么时候开始，郁棠的胆子变得这么大了？还是因为裴宴吗？顾曦冷笑。

郁棠镇定地望着她，神色从容，直到四小姐长长的叹气声回荡在茶房，她这才被转移了注意力。

"怎么了？"二小姐没有见到人，听到点风吹草动就揪心。

四小姐又长长地叹了口气，道："二姐姐马上就要出嫁了……"

没头没脑的一句话，却是在间接地赞扬杨颜。

二小姐关心则乱，还没有反应过来，郁棠几个已经听明白了，个个都在那里笑。等到二小姐好不容易明白过来，陈大娘进来请二小姐去奉茶。二小姐急匆匆地跟着陈大娘逃也似的跑了，惹得郁棠几个又是一阵笑。

郁棠心里还记挂着大伯母的表姐，见这边可以散了，就要先回房去："我去把香方写好了，等会儿见二太太的时候也有个东西好交差，免得让长辈们觉得我们是一时的心血来潮。"

三小姐很是赞同，还破天荒地道："郁姐姐，我陪你一块儿回房间。"

四小姐和五小姐也嚷着要去。

顾曦看不得众人围着郁棠转悠的样子，也有点回避这件事的意思，想着你郁棠不是厉害吗？那我就一句话都不说，看你能做出怎样的佛香来，反正事情办好了与她无关，事情办砸了也赖不到她的头上来。

她道："我中午没有休息好，我就不过去了。等会儿你们去见二太太的时候

116

再喊我一声。"顾曦很想知道裴家长辈的态度。

郁棠和裴家的几位小姐先回了自己的住处，按照记忆默写下了香方，然后又仔细地检查了一遍，没有发现什么错误，这才将香方递给了三小姐，道："你们也帮我看看。我印象中就是这三种配方了。"

裴府的几位小姐里，二小姐对制香最感兴趣，偶尔也会亲自动手调制一些熏香或是佛香，她和顾曦很快成了好朋友，估计也与这样的兴趣有很大的关系。只是二小姐现在不在这里。

三小姐则可有可无，但她很喜欢读书，对什么事都非常好奇。她拿过香方仔细地看了看，随后眼睛渐渐变得明亮起来，有些兴奋地对郁棠道："我觉得我们可以试一试。要是郁小姐信得过我，我就先照着你写的香方试着制一些佛香出来给两位老安人闻闻。"

郁棠有什么不相信的？她之前还准备让顾曦帮她试做的，三小姐主动请缨，再好不过了。不过，她没有想到三小姐也会制香。

四小姐直笑，道："郁姐姐误会了，三姐姐是不喜欢用香熏衣服，可不是不会制香。"

也对，世家小姐能学的东西非常多，只要感兴趣，就能找到师傅教，这是一般家族不可比拟的。

"那就麻烦三小姐了。"郁棠笑道。

三小姐连连摇手，道："这是在做善事，谁知道了都会帮一把的，郁姐姐这样说就太见外了。"

四小姐好像对制香不太感兴趣，五小姐则年纪太小，看不懂。香方在三个人手里传阅了一遍，又重新回到了郁棠的手里。

郁棠就让双桃去沏了茶拿了点心招待她们，还问她们要不要就在这里歇一会儿。

三位裴小姐摇了摇头，话题不知怎的又叽叽喳喳地转到了杨公子的身上。

郁棠这才知道，原来三小姐已经定了亲，而且还是娃娃亲，未婚夫是她舅舅的儿子，比三小姐还小两三个月。可能是男子个子长得晚，至今还只比三小姐高半个头，三小姐一直担心他长不高。

看到了杨公子，她就更担心了。偏偏四小姐还道："早知道你就不应该答应这门亲事的。我祖母说了，婚事不能订得太早，要是人长大了长歪了，连哭的地方都没有——以后大姐姐、二姐姐都带着姐夫回娘家走亲戚，看你怎么办？"说得三小姐都快哭了。

郁棠在旁边听着，强忍着才没有笑出声来，见状忙安慰三小姐："你别听四小姐乱说。令尊令堂把你们当掌上明珠似的，肯定是觉得你表弟有可取之处才会给你定下这门亲事的，你不用这么担心。"

117

三小姐苦着脸点了点头，但还是不开心。

几个人七嘴八舌地安慰了半晌，三小姐不仅没有释怀，反而越来越沮丧了。

郁棠此时才发现，原来三小姐是那种想什么事都喜欢先预料一个坏结局的人。这就让人有点头痛了。

不过还好两位老安人那边见完客了，被她们留在那边的阿珊跑过来告诉她们："两位老安人在说体己话，二太太在安排丫鬟婆子收拾东西，准备返回别院。"

郁棠派人去叫了顾曦，又让人去通禀二太太。

不一会儿，顾曦过来了，二太太贴身的婆子也过来了，说是奉了二太太之命，请她们到隔壁的厢房奉茶。

一行人去了隔壁。

院子里来来往往的婆子小厮，几个丫鬟簇拥着二太太站在正房的屋檐下，正督促着婆子小厮收拾东西。

看见郁棠等人，二太太笑着迎上前来，牵了五小姐的手，对她们道："到屋里去坐，这里乱糟糟的。"又问她们肚子饿不饿，道："到家肯定都是掌灯的时分了，你们得吃点垫垫肚子才好。"还表扬郁棠："点心做得好吃，送来的也是时候，真是费心了。"

郁棠连忙谦逊了几句。

她能想到的，裴家的婆子丫鬟自然也能想到，二太太不过是抬举她，才会这样地表扬她而已。她若是因此得意或是当了真，以为除了自己没有别人能像她这样能干，那可就要闹笑话了。

大家分尊卑坐下，丫鬟上了茶点，二太太这才温声对郁棠道："你们的事我已经听婆子说了，这可是件大好事啊，我肯定是要支持你们的。你们说，是要钱还是要人？我这边都帮你们办妥了。"

五小姐嘻嘻地笑，依到了母亲的身边，道："我们就是想问问您这件事可行不可行。若是可行，就去请两位老安人拿个主意。再就是，郁姐姐写了几个香方，也要您帮着看看行不行。"

她把三小姐会帮着试制佛香的事也告诉了二太太。二太太非常欣慰。几个小辈聚在一起做善事，既能增加姐妹间的情谊，也能让她们更有悲悯之心。

二太太这次倒是雷厉风行，闻言立刻就站了起来，道："这件事肯定能行，两位老安人肯定也会支持你们的。你们这就跟着我去见见两位老安人好了——马上要回别院了，趁着我们现在还在苦庵寺，正好可以把这件事定下来。再过几天，我们也要下山回临安城了。"

再从临安到苦庵寺，路程就有点远了。重要的是，两位老安人也好，二太太也好，都要开始忙着过年的应酬了。

几个小辈高兴极了，欢天喜地地随着二太太往老安人那边去。

素来喜欢闹腾的四小姐更是拉着二太太问："二姐姐还在老安人那里吗？杨公子是不是已经回去了，那老安人答应了杨家的亲事吗？"

二太太估计已经了解了四小姐的性格，听着并没有生气，而是好笑地捏了捏她的面颊，道："你一个小孩子家家，天天盯着这些事做什么？先生离馆时给你们布置的功课你可都做完了？我们下了山之后你舅舅家的表兄妹会过来给你母亲送年节礼，你们也要去舅舅家串门。若是你的功课没有做完，也不知道你母亲到时候会不会让你跟着哥哥姐姐们一起出门做客……"

立刻堵住了四小姐的嘴不说，还惹得四小姐不住地向二太太求情"我再也不乱说话了"，惹得大家一阵笑。

很快，她们就到了两位老安人歇息的屋子，二小姐正满面羞红地站在两位老安人面前说着什么，见她们进来，立刻跑到了一边。

两位老安人相视而笑，裴老安人吩咐身边的丫鬟给郁棠等人上茶点。

一行人团团坐下，二太太把郁棠等人的来意告诉了两位老安人。两位老安人又惊又喜，把几个小辈都好好地表扬了一番。裴老安人则霸气地大手一挥，道："这么好的事，有什么好商量的？难道苦庵寺不想靠着自己站起来吗？那我们裴家帮得再多也就只能管管她们的三餐了，想救济天下，那是不可能的。"

二太太连连点头，问裴老安人："那我们要不要请了苦庵寺的住持师父来说说这件事？"

毅老安人抢在裴老安人之前道："我看还是要说说。万一她们要是不愿意呢？我们岂不白替她们操心了。"

裴老安人颔首，吩咐计大娘："你去请了苦庵寺的住持师父过来。"

郁棠心里却暗自思忖。梦中，苦庵寺好像一直都是靠着周边的几亩地和山上的产出、香客们的救济过日子，也不知道是不愿意自立还是一直没有这个机会。她猜不出住持师父会有怎样的反应。

顾曦手里的帕子则揉成了一团。裴家的长辈果然如她所料般开始积极去做这件事，可惜这主意是郁棠出的，她就是想使把力也是为郁棠的名誉添砖加瓦，她可不愿意做这种事。

顾曦不由得瞥了郁棠一眼。郁棠低着头，长长的睫毛像小扇子似的忽闪忽闪的，看上去特别贤淑温柔。可她能想出教苦庵寺制香摆脱困境的主意。这样的人，能有什么贤淑温柔之心？！顾曦在心里冷笑。

苦庵寺的住持师父到了。

她可能事先已经打听到了两位老安人要和她商量什么，她神色显得有点激动，见到两位老安人就行了个大礼，连着念了好几遍"菩萨保佑，让我们苦庵寺遇到了好人"。

两位老安人也没有和她多寒暄，直接就说明了意图。

119

住持师父高兴得眼泪都落了下来，蜡黄苦难的脸骤然间都多了几分光彩："我自二十年前开始做苦庵寺住持，就一直想给苦庵寺找条出路，试过做干笋，试过卖咸菜，可始终都收效甚微。两位老安人能给我们苦庵寺里这些苦命人指点一条活路，我们，我们来生来世都会感激两位老安人，给两位老安人立长生牌……"说着，就要跪下去行大礼。

还好陈大娘和计大娘眼疾手快地把住持师父给架了起来，没让她跪下去。陈大娘还道："您这是要做什么呢？这不是要折杀我们家两位老安人吗？有什么话坐下来好好说。我们家老安人也只是这么一想，提了提，能不能行，这不是还得找了您来商量吗？"

住持师父这才平静了些，讪讪然笑着坐在了旁边的绣墩上。

裴老安人的目光就落在了郁棠的身上。

郁棠立刻会意。裴老安人是见这主意是她出的，此时要把她给推出去，让她给住持师父讲制香的事。郁棠忙向裴老安人摇头，还做了个恳求的表情。

第四十六章　出局

裴老安人眨了眨眼睛，以为自己看错了，还盯着郁棠多看了几眼。

郁棠只好重重地摇了摇头，示意自己确实无意出这风头。

裴老安人挑了挑眉。作为女子，只要有了好名声，就可以做很多事。甚至可以跨越出身嫁入豪门。郁棠是不懂，还是真的云淡风轻看得平淡，更喜欢安稳的生活？

此时不是说话的时候，何况若是郁棠改变了主意，还有时间和机会补救。裴老安人没有勉强，和苦庵寺的住持谈起了制卖佛香的事来："……孩子们想得简单，总想着你们既然做了佛香，自然是要借着寺院的名义卖出去的。但其实在家礼佛的人也不在少数，若是佛香的味道好，也可以在各大香烛铺子里售卖，这样可能对你们更有利一点。毕竟苦庵寺的名声不够大，你们又是个庵堂，来来往往的人太多了也不好。把你叫来，是想看看怎么帮你们。是我们拿了材料过来你们只帮着制香呢，还是我们把香方也给你们，然后借给你们一笔银子，你们自己制香自己卖。"

苦庵寺估计做过太多没能赚到钱的生意，住持师父想也没想地道："自然最好是由贵府提供材料，我们帮着制佛香。做生意什么的，我们一点也不懂。何况您说得也对，我们毕竟是庵堂，比不得昭明寺这样的寺院，人来人往的，若是惹出什么事来，我们这二十年的名声也就全完了。"

裴老安人显然也希望是这样的合作，她微微点头，道："那我们就暂时这样说定了。具体怎么办，等我回到别院，问过家里的管事，有个具体的章程了再说。"

苦庵寺的住持自然是连声应下。

郁棠却在心里感慨，裴老安人不愧是主持过裴府中馈的宗妇，一下子就想到了这样的主意，比她之前想的要好太多了。

众人这边刚把事情说了个大概，那边已经有管事过来问什么时候能启程回别院。苦庵寺的住持师父当然不敢耽搁了裴府诸女眷的行程，忙起身和两位老安人约时间："等过两天我再去别院给两位老安人问安。"

毅老安人以裴老安人马首是瞻，裴老安人考虑了片刻，道："我看这件事还是年后再说吧！年前太忙了。"

郁棠就估计着是不是年前要帮二小姐定亲。她朝二小姐望去，二小姐果然躲在毅老安人身后不说话。郁棠抿了嘴笑，想着到时候自己得提前准备点礼物送给二小姐才好。最好是漆器，还得是他们自己家做的漆器。她回忆着章公子送来的那几幅画，不知道有没有适合做小匣子的，送给二小姐装个首饰或是文书什么的最好不过了。

裴老安人这边发了话，裴家的仆妇立刻就动了起来，不过一刻钟的时间，众人的东西都收拾好了，分头坐着骡车回到了位于半山腰的裴府别院。

车马劳顿了一整天，两位老安人一回到别院就歇下了，连晚膳也只是草草地吃了一点粥。小辈们倒是精神抖擞，和二太太一起用了晚膳，大家又围坐在一起说了半天的话才散了。

顾曦一直都很沉默。等回到她的住处，梳洗过后，没有了旁人，荷香给坐在镜台前的顾曦端了一杯温水，低声道："小姐，您这是怎么了？"

顾曦半晌没有吭声。她现在有点看不透郁棠了。帮着苦庵寺做善事，这么大的功劳，郁棠居然不争不抢，还主动推托了。而裴老安人呢，也顺势就这样把功劳拿了过去。难道她之前一直看错了？裴老安人是个不喜家中女眷出风头的人，而郁棠是看出了裴老安人的心思，对症下药，这才在裴府立住了脚？可不管怎样，她都已经被裴宴所厌，裴家和顾家，没有联姻的缘分了。想到这里，顾曦胸口像压了块大石头似的，喘不过气来。

裴宴！裴遐光！你给我等着……君子报仇，十年不晚。总有一天，你会撞到我手里的。到时候，看我怎么收拾你！从来没有像这一刻这样，顾曦对权力和财富充满了欲望。她的右手紧紧地攥成了拳，"砰"的一声砸在了桌子上。

荷香吓了一大跳，急急地喊了声"小姐"。

121

"我没事！"顾曦冷冷地道，胸中的怒气随着这一砸才慢慢地平息下来。

她吩咐荷香："你准备准备，我们这两三天就回府。"

荷香闻言急道："可我们还没有等到大公子的回信呢！"

难道要派个人守在裴家？顾曦的手攥得更紧了。她之前没有想到裴宴说话行事会这样决绝，一点情面也不讲，才会给顾昶写了信。如今看来，就算她阿兄收到信也改变不了什么了，还会彻底暴露顾家的意图。想到这里，顾曦心中一动。什么事都有好有坏。也许，她阿兄在信中明言有意和裴府结亲，会让裴宴重新审视这件事呢！她亲自去找裴宴，毕竟于礼不合，裴宴拒绝她，却是正人君子所为。

顾曦脑海里浮现出裴宴那不管怎么看都没有任何瑕疵的面孔，她的心顿时软成了一摊水，选择性地把郁棠抛在了脑后，把裴宴对她的冷言冷语抛到了脑后。她甚至想，如果她真的嫁给了裴宴，裴宴还会对她这样冷言冷语吗？说不定她还可以把这件事拿出来当笑话说，让裴宴知道她心里是如何倾慕他的，从而把这个丈夫牢牢地抓在手里也不错……

"那就等收到了阿兄的信我们再走。"她下了决心，道，"不过，我们的东西也要慢慢规整起来了，要是没有什么意外，阿兄的信应该也快到了。"

荷香应下，退下去支使小丫鬟不说，顾曦很快吹灯睡了，却在翌日一大早从身边裴府派过来的丫鬟口中得知，两位老安人一大早就把郁棠叫去了正院说话。

顾曦皱眉，半是调侃半是讽刺地对服侍她的裴府丫鬟柳叶道："你们倒是消息灵通，老安人那边一有点风吹草动就全知道了。"

偏偏柳叶为人实诚，半点没听出来顾曦的言外之意，还憨憨地答道："我们都是老安人屋里的啊，若是老安人不想让我们知道的，陈大娘和计大娘肯定有法子不让我们知道，但我们能知道的，肯定是能说的啊！何况我听在郁小姐屋里当值的柳絮姐姐说，郁小姐人很好的，想必她也不会把这些小事放在心上的。"

这是小事吗？真不知道是老安人年纪大了不想管事了，还是二太太没有能力管好这些事，在顾家，像这种乱传话的事是想都不要想的。

顾曦突然想起了大太太。她已经和大太太搭过几次话了，要不要继续保持这个关系呢？或者是，临走前向大太太辞个行，也算是相识一场？顾曦有点拿不定主意，就把这件事暂时抛到了脑后，梳妆打扮好了，就去了裴老安人那里。

裴老安人正和郁棠说着话："……苦庵寺的事，于你的名声大有益处，我不知道你这小姑娘是怎么想的，居然就这样推了。不过，你到底年纪小，苦庵寺的事呢，也不是一天两天就能办利索的。我看，你还是回去之后和你母亲商量商量，到时候再来回我的话好了。"

郁棠笑着向裴老安人道了谢，却还是坚定地拒绝了把苦庵寺功劳揽在自己的身上："木秀于林，风必摧之。我们小门小户的，安安稳稳地过日子最要紧，该得的不放弃，兜不住的不妄想，这才是做人的本分。再说了，制香的主意虽好，

122

可若不是因为背靠着裴府，我也不敢这么想，您这样说，可折杀我了。"

裴老安人听着，不由和毅老安人交换了一个眼神，然后流露出非常感兴趣的样子身子微微向前倾着，挑着长眉"哦"了一声，道："你这话倒说得新鲜，我还是第一次听说。那你给我讲讲，什么是你应该得的？什么是你不能妄想的？"

郁棠当然不好说自己觉得再大的功名利禄都没有一家人平平安安地在一起好，也不能说裴家有权有势，若是支持苦庵寺卖佛香，没有人敢为难，就比旁人都要方便百倍千倍。好在是她脑子快，很快就想好了说辞："若是没有裴府，我就是想帮苦庵寺的师父们，也不过是冬天帮着送几件旧棉袄，夏天帮着送几席旧凉席，虽也是善事，却只能治标不能治本。可有了两位老安人的支持，我就也敢出主意让苦庵寺制香。就算是刚开始成本有些贵，可若是做成了这件事，却是件可以让整个苦庵寺甚至是以后来投靠苦庵寺的妇人都能受益的事。若是万一做不成，花销的也不过是两位老安人的体己钱……"说到这里，她抿着嘴笑了笑才继续道："我这是因为背后有棵大树可乘凉，否则怎么敢天马行空地乱出主意。"

两位老安人听了都呵呵地笑了起来。

裴老安人还心情大好地摆了摆手，道："这件事就算你过关了。不让你抛头露面，不让你站在风口浪尖上，这件事我们裴府的女眷包了。"

郁棠忙向两位老安人道谢。

毅老安人也慈爱地看着她，微微点头。看得出来，对她很有好感。

郁棠松了口气。

有小丫鬟进来禀报，说顾小姐过来了。

大家立刻打住了话题，笑盈盈地等着顾曦走了进来。

顾曦穿了件蓝绿二色缂丝比甲，乌黑的头发很随意地绾了个髻，并插了鎏金镶珍珠的簪子，面颊白里透红，目光炯炯有神，非常精神。

裴老安人看了直点头，笑道："看样子身体大好了！"

顾曦笑着给裴老安人和毅老安人行礼，道："托两位老安人的福，我已经没什么事了。"

毅老安人也很欣慰的样子，连声说着"那就好"，忙让顾曦坐下说话，并道："身体好了也不能大意，要多养几天才行。"

顾曦谢过了毅老安人，和郁棠并肩坐下，二太太就带着二小姐几个过来了。

屋子里一下子热闹起来。

四小姐见二太太和五小姐凑在裴老安人面前说着话，她悄悄地朝着郁棠招手。

郁棠朝着四周看了看，见顾曦和二小姐、三小姐也凑在毅老安人跟前，听着二太太和五小姐说话，就悄悄走了过去，小声问四小姐："怎么了？"

四小姐就有些得意地和她低语："二姐姐和杨公子的婚事要定下来了，杨家明天就会派人来和我们家商量定亲的事！"

那显摆的小模样，让郁棠想捏捏她的脸。"你消息可真灵通！"她顺着四小姐的话道。

四小姐更得意了，扬了扬下颌，道："昨天二姐姐和三姐姐说悄悄话，我听见了。"

郁棠抿了嘴笑。

四小姐又道："实际上不是二姐姐看中了杨公子，是三叔父看中了杨公子。"

裴宴还管这些事？他又怎么知道那位杨公子和二小姐合不合适呢？郁棠不由挑了挑眉。

四小姐还以为她不相信，忙道："是真的！我没有骗你。杨公子知道三叔父也在苦庵寺，就先去见了三叔父。三叔父和他说了两刻钟的话。后来三伯祖母派了人去问三叔父杨公子如何，三叔父说学问还不错，二姐姐就答应了。"

这，这也太轻率了一些吧？梦中，李端读书也很厉害的，还不是人渣！郁棠心中的小人擦了擦额头的汗，不由朝二小姐望去。

二小姐不知道什么时候和裴老安人说上了话，郁棠只听见她道："您放心，这件事我肯定会帮着三妹妹把香制出来。"说完，还拉了顾曦："要是您信不过我，不是还有顾姐姐吗？到时候有顾姐姐帮我们，您还有什么不放心的？"

裴老安人呵呵地笑，道："马上要过年了，你顾姐姐难道能总住在我们家不成？你只知道你阿爹和你姆妈把你捧在手掌心里，时时刻刻惦记着你，难道你顾姐姐的父母就不惦记她？"

屋子里一静。裴老安人从来没有提过顾曦回家过年的话。这还是第一次。顾曦脸上火辣辣的，觉得裴老安人如同在赶她似的让她羞愤难当，偏偏又说不出一句话来。她手足无措地站在那儿，磕磕巴巴地道："我，我也准备这两天就回去了，二小姐这边，恐怕是帮不上什么忙了……"

二小姐也感觉很不好意思，忙挽了顾曦的胳膊，歉意地道："哎哟，我都忘了过年的事了。顾姐姐在我们家里，就像我们的姐妹似的。要是以后也能常来家里做客就好了。"

顾曦不由朝裴老安人望去。

裴老安人笑得更慈祥了，道："你们姐妹能玩到一块儿也是缘分，若是顾小姐有空，只管常来串门，她们姐妹都是喜欢热闹的人，肯定很欢迎顾小姐的。"

"就是，就是。"二小姐迭声道。

顾曦却好不容易才控制住了脸上的表情，没有流露出震惊或失望之色。

从前她要和郁棠序齿，裴老安人一句话就让她们变成了"顾小姐"和"郁小姐"。如今，裴老安人却主动提出来让她和裴府的小姐们以姐妹相称。若是寻常的人，十之八九会以为自己打动了裴老安人，裴老安人这是在对她示好。可她却不是寻常的人，她从小在顾家那样复杂的环境中长大，有些事不需要别人提点就能看出端倪来——明着，她好像和裴家更亲近了。暗中，裴老安人却让她和裴宴隔着辈分了。

她这是继裴宴之后又被裴老安人踢出局了吗？可是为什么？她到底做错了什么，让他们母子俩都瞧不起她？顾曦想不明白，脸色却一下子白得如一张素缟。

二小姐不由担心地道："顾姐姐，你，你这是怎么了？是有哪里不舒服吗？"

顾曦摇了摇头，强迫自己露出个笑容来，温声道："我没事啊！"

二小姐望着她的面孔犹豫道："可你的脸色……"

顾曦知道自己到底没能做到完全不露声色，她忙道："我脸色很差吗？可能是昨天太累了。"

二小姐虽然起了疑心，但她和顾曦交好，自然不会在这种场合让她下不了台，遂笑着转移了话题，调侃起三小姐来："昨天三妹妹吵得我一晚上几乎都没怎么睡觉。她半夜还伏在书案上写了半天的字，也不知道写了些什么。问她，她只说是要把制香的过程先写下来，回到家里好查书。可我看，说不定是没什么把握。顾姐姐，你什么时候回去？我想趁着这几天你还在我们家，请你帮着我和三妹妹先制些佛香出来，你看如何？"

顾曦一点也不想便宜郁棠。在她看来，就算裴家不宣扬郁棠在这件事上的功劳，可在裴家众女眷的心目中，苦庵寺的事就是郁棠的功劳。她做任何与苦庵寺有关的事都是在给郁棠脸上贴金。

"我这两天就要回去了，"她委婉地拒绝道，"我怕时间来不及。何况郁小姐拿出来的香方我也看过了，需要的香料很多，这些香料一时半会儿也难以集齐……"

二小姐和三小姐都露出失望之色。

郁棠却觉得有没有顾曦都行。

制个佛香熏香什么的，都是小女儿家好玩的事，真正要售卖，可不是件简单的事。仅仅控制成本这一项，就不是她们这些闺阁女子能做到的。若是像裴老安人说的那样，苦庵寺的尼姑和居士主要是负责制香，那售卖佛香的事就得有个有经验的大掌柜下力气帮忙管着才行。

她就站在旁边没有吭声。

裴老安人和毅老安人却互相看了彼此一眼，然后裴老安人笑眯眯地对二小姐、三小姐道："这件事也不着急。我已派人去跟你们三叔父说了。你三叔父说，这是件好事，他会想办法帮你们的。你们也知道你们三叔父，从来都是说话算话的。他既然答应了，这件事他肯定就会有安排。你们只管照着郁小姐的香方制香就行了，制得出来固然好，制不出来也不过是在你三叔父面前丢个脸罢了，你们也不必放在心上。"

丢脸已经是最让人抬不起头的事了！郁棠讪讪然。

五小姐干脆高声道："祖母，您刚才还说把制香的事交给我们，怎么转眼就

125

变了卦?"她说着,上前去牵了二小姐和三小姐的手,信誓旦旦地道:"我们说话算话,肯定能做出好闻的、独一无二的佛香来的。"

裴老安人、毅老安人和二太太都呵呵地笑了起来,毅老安人更是宠溺地道:"好,好,好。你们都是有志气的好孩子。要是真能做出独一无二、好闻的佛香来,我赏给你们每人一袋万事如意的银锞子。"

"好啊!"四小姐欢喜着道,好像那袋银锞子已经毫无悬念地落入了她的口袋里。

大家被她逗得又是一阵笑。

一直没有说话的顾曦突然道:"两位老安人,我就不参与到制香里了。我想这两天收拾好行李就回杭州城。算算日子,我阿兄也应该有信来问我过年的事了,我若回去迟了,回给我阿兄的信就没办法在年前送到京城了。"

进入十二月份,各大驿站就开始人浮于事,人人忙着过年的事了。

裴老安人笑道:"你说的也有道理。"随后让陈大娘去拿了皇历过来,道:"明天不宜出门,后天,后天倒是个好日子。正巧我们也快要回府了。那陈大娘就跟管事的说一声,让他们帮着安排艘船送顾小姐回杭州城。我们呢……"裴老安人又翻了翻皇历,道:"我们就六日之后回府。"

顾曦心如死灰。

五小姐却嚷道:"我们这么快就要回府了吗?那我们的佛香怎么办?顾姐姐回家了,郁姐姐也回家了……"

裴老安人笑道:"郁小姐就住在临安城,你若是要请教郁小姐制香的事,大可派人去接了郁小姐到家里去,有什么大惊小怪的。"

五小姐脸一红,道:"我这不是想着郁姐姐也要过年吗?"

四小姐机灵地道:"三叔父又没有说明天就要佛香,我们大可以慢慢来。我听我姆妈的陪房说,过完了年,才是生意最好的时候,我们大可等过完了年再说。"

三小姐反驳道:"姆姆陪嫁的是丝绸铺子,开了春,大家都要做单衣了,当然是生意最好的时候了。佛香却是十五之前生意最好,大家都要去庙里拜佛。"

几个小的争了起来。

裴老安人哭笑不得,道:"你们心倒狠,这佛香还没有做出来呢,你们就开始惦记着赚钱的事了。要是让你们去管铺子,那些大掌柜都得被你们逼得跳河不可!"

几个小辈不好意思地笑。

郁棠却在心里盘算着,六天之后就下山,那她最多再在裴家别院住上一两天就应该可以回家了吧!她想她姆妈,想她阿爹,想她阿兄,想她大伯母……甚至想念每天围着个围裙在厨房做菜的陈婆子了。

顾曦在收拾行李的时候,裴家的几位小姐纷纷嚷着要给她饯行,好像并没有察觉到裴老安人委婉地让她早点回家的意思，这让顾曦的心里觉得好受了很多，面子上也觉得不是那么难堪了。可送行这种事，她自认还没有这么厚的脸皮，装作什么也不知道的样子，和裴家的几位小姐吃吃喝喝的。

郁棠无意在顾曦面前装模作样，她听懂了裴老安人的意思，也就连个客气话都没有说。

这让顾曦不由暗中猜测，郁棠是不是知道了些什么？

可不管怎样，顾曦要走了，但她还是心有不甘，想着她还是单独去向裴老安人辞个行，若是能探探裴老安人的口风，知道裴老安人为何会催她归家那就最好了；若是没有机会，能单独和裴老安人说上几句话也行——不管她以后嫁到哪户人家做主母，都不可能和裴家没有交集。何况她在裴家的这几天，和裴家的几位小姐都能玩到一块儿去，裴家的几位小姐也不是那种心思很多的人，是值得交往的人。

想到这里，她不由就想起了二小姐的婚事。

杨家曾经也入过他们顾家的眼，只是他们顾家和杨公子年纪相当的姑娘只有外房的几位庶小姐，结亲的话自然是提也不用提的。她的继母还因此可惜她几位同父异母的妹妹和杨公子的年纪都相差得太大，杨公子是长子，怕是不愿意娶年纪太小的妻子。

三小姐结的那门亲事也不错。

虽说是表姐弟，但三小姐母亲的娘家也是正正经经的读书人家，世代官宦，隔着一两代就能出个进士。到了这一辈，家里做官做得最大的江西布政使，正是三小姐表弟的嫡亲伯父，若是三小姐的表弟又是个读书种子，有两家的提携，仕途自不必说。

这才是豪门世家的底蕴。

只是她爹不争气，再这样被她继母怂恿着只知道压制自己几个庶出的叔父。他们二房就算是有她阿兄撑着，怕也是撑不了多久的。

顾曦长长地叹了口气。

荷香神色有些慌张地走了进来，在她耳边低声道："小姐，大太太，就是裴府的那位大太太派了个丫鬟过来，说是听说您要回杭州城了，送了两盆兰花过来做仪程。"

顾曦犹豫了半晌。裴家的浑水她是不想蹚了，那大太太那边……她有点后悔那次专程去结交大太太。原本只是想让裴老安人和裴宴看看她交际应酬的手段，如今却给了大太太接近她的借口。明明知道不应该，但大太太派人来送兰花却让她心里骤然间觉得有种隐隐的痛快。你们不是觉得我在你们家住的时间太长，没有做客人的修养和自觉，那我就索性破罐子破摔，做个什么也不知道的人好了。再说，杨家也不是好惹的。虽然从前有点弱，这一代却出了三个京官，最少也能再兴旺二十年，她凭什么要把杨家的人往外推？

顾曦笑道："请了那丫鬟进来，赏她一些碎银子。就说花我收下了，谢谢大太太的垂爱。若是大太太有机会去杭州城，请她务必去我们家坐坐。我们家太太也是个好客之人，她去了我们家别的不说，酒管喝够。"

她继母有个陪嫁的酒坊，自从嫁到顾家，就特别喜欢用自家酒坊出的酒宴客，给自家的酒坊吆喝。她从前最烦这一点了，现在却觉得她继母这样也不错。

荷香领了大太太的小丫鬟进来。

裴老安人那边则在和毅老安人说着体己话："原想着是世家小姐，应该行事做派都不动声色又心里有数。她心里倒是有数，可这性情……所以说，这人的品行还是不能全看出身，女人家最难得的是知道什么时候该精明，什么时候该装糊涂。"

毅老安人从前也是个巾帼英雄的脾气，只是这十几二十年地服侍身体不好的毅老太爷，年纪又渐长，待人待事越发宽和，脾气也越来越好了而已。她闻言笑道："那你还这样赶人家？我看那姑娘羞愤不已，怕就怕惦记上了我们家，平白无故地给小辈们树敌。"

裴老安人不以为然地轻"哼"了一声，道："我们家教出来的姑娘，可不是温室里的花朵，只能看不能用。要是她们连这点点小小的计谋都躲不过，怎么和家里的那些比她们年纪大又经验丰富的妯娌、伯婶们相处？"

毅老安人呵呵地笑，道："我是觉得那小姑娘也不错的。可能是没有个明白人教，人倒是个聪明的。"

裴老安人不知道是瞧不起顾家还是瞧不上顾曦，道："这些跟着继母长大的，就没有几个能好的。没这道行那就藏拙呗！你看郁家的那小姑娘，老老实实，规规矩矩地不自作聪明，我觉得就挺好的。没这金刚钻，就不要去揽这瓷器活啊！"

"你啊！"毅老安人笑着摇头，"又是什么事惹着你了？你要迁怒别人家小姑娘。"说着，指了指暖房的方向："还是那件事？"

裴老安人顿时就拉下了脸，道："你说我到底作了什么孽？他活着的时候不听话，非要和杨家结亲。现在人不在了，还给我留下这么大一摊烂摊子。我们家那老头子也是，自己不知道该怎么办了，就把这锅甩给老三。老三又能怎么样？一边是他寡嫂，一边是他失怙的侄儿。他做什么都是错！我看了看，要说老大不孝顺，还是因为他像老头子，自己做错事，没办法了，索性就甩手不干了，让别人帮他收拾去。只有我们家老三最可怜。可谁让他像我的脾气，巴不得家里的人都好好的，自己吃点亏就吃点亏……"

毅老安人忍不住"扑哧"笑出声来，道："你这是在可怜你们家老三呢，还在表扬自己呢？"

裴老安人想了想，也笑出声来。屋里的郁闷之气一扫而空，变得欢快起来。

裴老安人和毅老安人要和杨家商量二小姐的婚事，顾曦到底没有找到机会单独向裴老安人辞行。

二小姐和杨家的婚事很快就商量好了。二小姐因是三房那边的侄孙女，虽没有出阁，但只需要守孝九个月就可以了。几位小姐都继续穿着素净，是敬重宗房去世的裴老太爷。杨家也是这个意思，想着两家先下小定，只请了亲近的亲戚来观礼，等到裴家宗房除了服，再正式下聘，吹吹打打地把二小姐迎进门。

裴老安人觉得不必如此，记得裴老太爷的教导就行了。毅老安人却很坚持，觉得杨家的意思很合她心意，派人去跟二小姐的父母说了一声，这件事就这样定下来了。

此时顾曦已由裴家派的人护送回了杭州城，郁棠寻思着自己也应该回家了。

她去向裴老安人辞行。

裴老安人没有留她，而是绫罗绸缎、药材干货、吃食点心装了满满的两骡车。裴家的几位小姐更是拉着她的手依依不舍："到时候你一定要来我们家给两位老安人拜年！"

郁棠不知道到时候合不合适进府，但若是有机会，她还是想来给两位老安人拜年的。

她连连点头，和裴家的几位小姐说了很多不舍的话，这才坐上裴家的轿子，回了郁家。

两骡车东西。

郁棠刚进青竹巷就被左邻右舍的围住了，这个问郁棠去了哪里，那个问骡车上的东西都哪儿来的。郁棠无意宣扬她和裴家的关系，含含糊糊地答着，还是一直注意着郁棠什么时候回来的陈婆子听到了动静，跑过去三言两句打发了周围的邻居，郁棠这才顺利地进了大门。

陈氏抱着郁棠还没有开口说话，眼泪先落下来了："我的儿，让我仔细瞧瞧，你这一走大半个月的，姆妈就没有睡过一天的好觉。你在裴家过得可好？裴家的几位小姐好相处吗？她们有没有为难你？"

只是她的话还没有说完，就被等在旁边的郁文打断了："说什么呢？你没看见阿棠比离开家的时候气色都好了很多吗？还带了两车东西回来，可见裴老安人也很喜欢她。是吧？阿棠！"话虽如此，可郁文那急切的语气，上上下下打量她的目光却暴露了他的关心和担忧。

郁棠应"是"，眼泪跟着母亲落下来："嗯，裴家上上下下都对我很好，我还跟着她们去了趟苦庵寺。我挺好的，差点都不想回来了。"

"你这孩子！"原本站在屋檐下看着他们一家团聚的大伯母和相氏不知道什么时候走了过来，大伯母笑着说道，轻轻地拍了拍郁棠的肩膀，低声道，"回来就好，回来就好。你姆妈自前天知道你要回来了，天天都念叨着你，买肉买鱼，还做了很多你喜欢吃的点心，就连我们也跟着享福，得了大半筐的吃食。"

129

郁棠呵呵地笑，泪珠还挂在眼角。

相氏就掏了自己的帕子递给她，笑道："回来就好。我们正好一起准备过年的年夜饭。"

郁棠连连点头，发现相氏的肚子挺得高高的。

"哎哟！"她敬畏又羡慕地望着相氏，"肚子这么大，有没有提前请医婆看看？要不要提早把稳婆定下来？"

"你啊！"大伯母疼爱地望着郁棠，笑道，"难怪你姆妈没有一天不想着你的，就是个小棉袄，自己都没有站稳呢，却关心起你阿嫂来。大伯母没有白疼你。"

郁棠不好意思地低下了头。大伯母和她母亲都是有经验的人，这些事哪里轮到她来过问。但一家人都笑了起来，就连向来在郁棠面前有些端着的大伯父也没有掩饰心中的欢喜，跟着众人笑得开怀。

回家的感觉和在外面非常非常不同。同样是吃饭，裴府的吃食要比郁家好很多，可郁棠在裴家吃饭的时候不管怎样，哪怕是只有她一个人，也会觉得有些拘谨。可在自己家，即便和大伯父、大伯母同席，要"饭不言寝不语"，她还是会觉得自在欢喜。同样是睡觉，连裴府的别院都用的是填漆床，在裴府睡的则是黑漆螺钿拔步床，她还是会每晚翻来覆去要两炷香的工夫才能睡着。躺在自家挂着半新细纱帐的四柱雕花床上，闻着褥间被太阳晒过的柔软味道，她闭上眼睛就睡着了，而且这一睡就睡到了第二天的下午。

郁棠睁开眼睛的时候，正好听见双桃在和陈婆子说话："……那柿饼，可真是好吃，一点不苦涩，甜丝丝的，我还是第一次吃到那么好吃的柿饼。柳絮说，那些白霜都是晒出来的，是从福建那边快马加鞭运过来的。小姐也喜欢吃，这次小姐从裴府回来的时候，裴府就送了我们家两小篓柿饼。说起来，裴府的丫鬟也真的挺厉害的。像分到我们屋里服侍的柳絮，据说在裴家只是个二等，算不得出众，可人家做起事来不知道有多细心周到。就送柿饼这件事，听说就是她告诉陈大娘的。我刚去的时候还觉得小姐小题大做，可跟柳絮接触一段时间之后，我还挺感激小姐让我跟着她学规矩的。"

这些事就不要到处说了吧？自曝其短啊！

郁棠翻了个身，屋里发出一阵轻微的窸窣声，双桃立刻打住了话题，低声对陈婆子道："应该是小姐醒了，我去看看。这些糕点您就先放在这里好了，我看过了小姐就过来收拾。"

若是从前，双桃未必会时刻注意郁棠的动静，而且就算注意到了，也不会这样积极主动地过来看她有没有什么要求。可见双桃跟着她去了趟裴府，还是有所长进的。

郁棠抿了嘴笑，由双桃服侍着起来梳洗。

陈氏过来了。她过来的时候手里还捧着个剔红漆的匣子，见到郁棠的时候神色也有些紧张："阿棠，裴家的礼单你可曾仔细看过？我之前一直在收拣裴家送过来的东西，发现了这个匣子。"说着，打开了匣子，一片金光闪闪，刺得人有点睁不开眼睛。

"全是金饰。"陈氏忧心忡忡地继续道，"我和你阿爹大致估算了一下，怎么也得有两三斤的样子。这，这也太贵重了！你怎么就收下了？"

郁棠也大吃一惊，起身接过了匣子，仔细地打量起来："我真不知道。当时裴家的礼单是套着个外封，直到我回家前去向裴老安人辞行的时候管事的才给我的。我怎么好意思当着裴家的人去看那礼单上都写了什么？后来又急着归家，想着东西收都收了，以后再照着差不多的还礼就行了，也就一直没有打开礼单看。"

一匣子的金饰是一套头面。除了分心、簪钗之类的，还有鬓花，全是赤金的。别的不说了，就说那一对鬓花，酒盅大小，做成牡丹花式样，拿在手里不过一二两的样子，花瓣薄如纸，颤颤巍巍地，技艺十分高超，绝非普通金楼可以打得出来的。这就不是多少金的事了，而是值多少银子的事了。难怪她姆妈不安。她心里也很不安。

"阿爹怎么说？"这么大的事，她姆妈不可能不与她阿爹商量，郁棠问。

陈氏无奈道："你能指望你阿爹说什么啊？他就只会说什么'来日方长'，可我们家拿什么还裴家的礼啊！反正我跟你阿爹说了，过几天我要带着你去给裴老安人请安，送什么东西过去，让你阿爹伤脑筋去。"

郁棠嘻嘻笑，想象着父亲抓耳挠腮不知道如何才好的模样。

陈氏就收了匣子，道："我帮你收起来。这么好的东西，得留着给你做嫁妆。"说完，陈氏"哎呀"了一声，道："看我这记性！你阿兄今天一早就派人来问你起床了没有，说是有要紧的事找你。等你起了床，让我派人去跟他说一声——我全给忘了。我这就派人去跟你阿兄说一声去，再带个信，让你大伯父、大伯母和你嫂嫂都过来用晚饭。难得你在家，又快过年了，也不用分得那么清楚。"

郁棠连连点头。她也有事要问大伯母。大伯母的表姐夫家好像姓曾来着，嘴角长了一颗痣。可她在苦庵寺问了好几个人，都没有人知道这位妇人。她昨天提到苦庵寺的时候，大伯母也没有提她有个表姐在苦庵寺里。难道是她记错了？梦中大伯母的表姐说，她是因为儿子失足溺亡被夫家休弃的。若是她还没有进入苦庵寺，是不是说她这个儿子还有可能得救呢？郁棠心里有点急。

还好大伯母来得比较早。

她不管不顾地把相氏丢给了母亲，由母亲陪着说话，把大伯母拉到了旁边私语，问起曾氏的事来。

大伯母神色很茫然，道："我是有个表姐嫁到了曾家，可十几年前就因为难产去世了，她不可能在苦庵寺出家或是静修啊！你是不是记错了？还有，我应该没有和你提起过我表姐的事啊，你若不说起，我自己都对这件事没有了什么印象。"

郁棠完全蒙了。她问："那您那位嫁到曾家的表姐姓什么？"

"姓张。"王氏道，"我只有这一位表姐。"

郁棠道："那有没有可能是曾家的哪个人，不想大家注意她的事，就在我面前直接说是您的表姐了？"

"这倒有可能。"大伯母想了想，道，"若真是这样，那我还是派人去打听打听吧，说不定还真的是遇到了什么事呢？能帮还是帮一把的好。"

郁棠连连点头，大伯母问起她苦庵寺的事来："照你这么说，裴家的女眷准备帮着苦庵寺的人自己养活自己了。我觉得这真是件大好事。要是有用得着我和你姆妈的事，你只管开口。你们这些小姑娘是不知道，不知道有多少妇人成亲之后都过得不好，被赶了出来，基本上就没有了活路。要是苦庵寺的事能做成，你可就是做了件救苦救难的大善事啦！"

"没有裴家的女眷，我怎么可能做出这样的事来？"郁棠和大伯母谦虚道，心里却着急着曾家那位女子的儿子，催着大伯母派了人去曾家看看。

大伯母叫了王四进来。

郁棠大吃一惊。

大伯母笑道："你不在家的这段时间，王四帮了不少的忙。你大伯父还准备收他为徒呢！"这样，他就永远都是郁家的人了。

郁棠看着手脚更显利落，眼底露出几分精明，和刚来的时候已无法同日而语的王四。也许把他留在郁家是件好事。郁家就是没人可用。郁棠笑着和他打了个招呼。他恭敬地给郁棠行了礼，领命而去。

稍晚一些，郁远赶了过来。

他是来和郁棠说漆器铺子生意的事："章公子画的那几个图样非常受欢迎，这才几日，就卖了快三十两银子。我的意思，你这几天亲自去趟章家，这生意最开始毕竟是你和章公子家的娘子说的，我想，这件事还是交给你比较好。若是能说服章公子再给我们画几幅，那就最好不过了。"

郁棠还能怎样？只能答应呗。但她还委托了郁远一件事，给裴家二小姐做个合适的剔红漆盒，她会当成添妆礼物送给裴家二小姐："你想想，裴家和杨家结亲，晒嫁妆的时候肯定会有很多人家来观礼，若是我们家的漆器能让那些人高看一眼，肯定能给我们家的铺子带点生意的。"

郁远很赞成她这些观点，而且他也认为，不管是怎样的机会，只要是有机会，就应该去试试，就应该得抓紧了。

他道："这件事你就交给我吧，我多做几个样子，到时候让你挑选，务必做出一个让裴家二小姐喜欢的。"之后他又说起郁氏老宅的田地和山上种的沙棘果了："王四难得的细心，几株树都成活了，明年肯定会长得更好，可以继续弄些树苗来种了。因涉及种苗的事，到时候我们去问问二叔父的意思好了。"

132

兄妹俩又为以后的事说了半天体己话，郁博也从铺子里回来了。

两人一起去了厅堂，全家人一起吃了顿丰盛的团圆饭。

接下来的几天郁棠觉得自己忙得像个陀螺似的，停都停不下来。

她先去章公子家看了看小章晴，委婉地问了问章公子能不能继续给他们家画几幅图样的事。马秀娘为难地婉言拒绝了。郁棠之前早有心理准备，虽然有些失望，却也还能接受。之后又回老宅看了看那些沙棘树，果然如她大堂兄说的那样，长得非常好，王四和看林人都花了心思。郁棠赏了看林人一两银子，至于王四的，则是他从王氏表姐夫家那边回来之后赏的他，当然，相比看林人，郁棠多赏了他一两银子。

他拿着银子谢了又谢，之后说起寻人的事："大太太娘家的那位表太太有个姑子，和表太太差不多大小，嫁在了同一个村，前后只隔着片树林，就像您说的，嘴角有颗痣，不过，她自嫁入夫家之后连生了五个姑娘，没有儿子。如今也还在夫家住着。我也不知道是不是您要打听的那个人。"

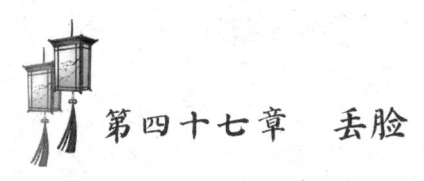

第四十七章　丢脸

郁棠听了王四的话一下子就蒙了，怀疑是不是自己的记忆出了什么毛病，怎么梦中的事和如今完全不一样了呢？难道这其中还有什么她不知道的内情不成？还有梦中大伯母的那个"表姐"，到底是不是王四说的曾家的小姑子？梦中的她说的是真话还是假话？如果说的是假话还好，只不过是骗了骗她。若说的是真话，若是那孩子现在还活着，她总不能眼睁睁地看着那孩子出事。

郁棠觉得头疼得厉害，只好叮嘱王四："你再去帮我仔细查查。"然后把梦中大伯母的"表姐"的长相又详细地说了一遍给王四听。

王四困惑地摸头，道："曾家小姑子长得就跟小姐说的一模一样啊！可我也的确好好打听过了，她没有生过儿子，只有五个女儿。"

他说得斩钉截铁，让郁棠不得不信。

郁棠在心里叹气。找不到人，不管梦中的那些话是真是假，她都无能为力啊！郁棠想着这一切，心怦怦乱跳，总觉得自己梦中的很多事都与裴府，与裴府当家的裴宴有着说不清道不明的关系。她突然间非常想见到裴宴。可无缘无故的，又快过年了，正是裴宴最忙的时候，她也不好意思去打扰他。

133

就这样，郁棠一直等到了随母亲去给裴老安人送年节礼。

裴府老安人正院的抱厦前坐满了好几家在等着给老安人问好的女眷，见到了郁棠母女，都很是惊讶。要知道，这个时节，能进入内宅，还能等着见到裴老安人的人家并不是很多，大家彼此都认识。郁家是这两年裴宴掌家之后才渐渐和裴家亲近起来的，而郁家的女眷，去年过年的时候还没有资格见裴老安人，今年就能登堂入室给裴老安人问好了。这让她们不由得重新判断裴家和郁家的关系，审视打量郁家母女的同时，都泛起热情洋溢的笑容，既不显得特别逢迎又不至于让人感觉被冷落地和郁家母女说着话，自我介绍着各自的来历。

陈氏笑盈盈地和众人打着交道，不卑不亢，让路过的毅老安人不由高看她一眼，见到裴老安人的时候还赞道："有其母必有其女。郁小姐为人淡泊随和，她母亲看着也是个差不多的性子。这母女俩倒是个值得交的。"

裴老安人呵呵笑，提前见了郁棠母女。

陈氏先是向裴老安人说起她让郁棠带回家的礼物，真诚地道了谢，然后提前给裴老安人拜了年，至于礼单，她们进府的时候已经交给了裴府的管事。

裴老安人笑着上下打量了陈氏一番，很平常的衣饰，模样儿却楚楚动人，十分标致。郁棠看上去比她的眉眼间多了几分活泼，和她还不是十分像，应该是像郁秀才多一些。

她暗暗点头，表扬了郁棠在她家暂住那几日的表现，还邀了陈氏初五的时候到裴家来吃春宴，并道："都是几个跟家里常来常往的当家太太，你也不必拘谨，只管带了郁小姐过来。她这次可出了个好主意。"便把苦庵寺的事告诉了陈氏。

这件事陈氏虽然已经听郁棠说过了，可这件事能得了裴老安人的赞扬，郁棠的好名声就有了，以后不管是嫁人还是做别的什么，都是有百利而无一害。

陈氏喜出望外，急声应下，生怕裴老安人反悔似的。

裴老安人身边有所求的人太多了，因此老安人反而喜欢像陈氏和郁棠这样有什么说什么的，就算是高兴，也明明白白地表现出来，不矫揉造作，很对裴老安人的脾气。

等从裴家回来，年味也就越来越浓了，郁家上上下下每天忙进忙出的，大家都忙得很开心——这一年不仅家中阖府平安，郁远娶了媳妇，媳妇还怀了身孕。就是铺子里的生意，也渐渐打开了局面，买了田，投在江潮那边的生意一直没有坏消息传来就是好消息……今年对郁家来说，是丰收兴旺的一年。

吃年夜饭的时候，郁博还一面亲自给家里的人都添了一点酒，一面心有所感地感慨："我们郁家也算时来运转了。"

大伯母欲言又止。若是郁棠的婚事也能定下来就更好了。不过这天下没有十全十美的事，家里已经这样顺利了，也许还有更好的事就在明年。她笑着也举起了酒杯，道："明年会越来越好的。"

134

大家都笑嘻嘻地应着。

陈氏也很高兴，喝了半盅酒。从前她还忧心女儿的婚事，可自从和郁棠去见过裴老安人之后，她的心突然就安定下来。女儿有本事，就连裴老安人都高看她一眼，就算一时没有合适的姻缘，也能自己顾着自己，把自己的日子过好了。这不就是他们夫妻最初的期盼吗？

转眼间就到了元宵节，郁棠和兄嫂一起出门去观了灯。

裴家那边派了人过来请她二月初二去裴府做客，来送帖子的是三总管胡兴，他对郁文道："我听说，几位小姐过年的时候都没有歇息，请了师傅在家里学着制香。今年元宵节的夜宴，点的就是几位小姐制的香。家里的几位老安人、老太爷和老爷太太们都说好闻。我估摸着老安人请小姐进府，十之八九是为了这制香的事。毕竟这件事是郁小姐提出来的，于情于理都应该给你们家小姐一个交代嘛！"

郁文心中得意极了，面上却谦逊道："这也是老安人抬爱。还请您回去了跟老安人说一声，我们家姑娘一定准时登门拜访。"

胡兴高高兴兴地走了。

陈氏紧张得又想帮郁棠做新衣裳。

郁棠拦住了母亲，道："裴老安人性情豁达，不是个看重这些的人，何况老安人孀居，穿得太艳丽也不好。"

陈氏这才鸣金收兵，到了二月初二的时候送郁棠去了裴府。

裴老安人在厅堂等她，除了裴老安人，还有毅老安人和一位面相有些陌生的老妇人、二太太和裴家的几位小姐，坐了一屋子的人，十分热闹。

郁棠忙上前去行了礼，这才知道原来这位老妇人是五房裴勇的妻子，也就是四小姐的祖母。

裴老安人就笑着问起了她过年的时候是怎么过的，为什么没有来裴家串门。

陈氏是怕裴老安人客多，她们过来反而累着了老安人，就只是按规矩在大年初一的早上投个名帖，算是给老安人拜了个年。

郁棠一一答了。

裴家的几位小姐倒叽叽喳喳地说起话来。这个道"郁姐姐你和我们太客气了，我们过年的时候就盼着你来的，结果你一直没有来"，那个说"我就说，得派个人去郁姐姐家请人，你们说不用，结果我们到今天才见到郁姐姐"，吵得很。

勇老安人就皱起了眉，对裴老安人道："就你最宠孩子，你看看，都成什么样子了？"感觉有点严肃。裴家的几位小姐也都一下子安静下来。

裴老安人不以为然地笑，道："孩子不吵闹难道还大人吵闹吗？随她们好了。"

勇老安人没再说什么。大家都松了口气。

随后裴老安人和郁棠说起制香的事："二丫头和三丫头试了好几次，总算是在元宵节之前做了出来，闻着味道也好。我也派人送去了管事那里，看看怎么把这些香卖出去。这次叫你来，就是想跟你说说这件事。我们这两天准备再去趟苦庵寺，看看苦庵寺的那些师父、居士能不能制出香来。"

郁棠听明白了，笑道："您什么时候走告诉我一声就是，我到时候随您一起去苦庵寺。"至于她母亲和大伯母想帮忙的事，她觉得这个时候不太合适说，要等苦庵寺的事落定了，大家都去帮忙的时候再去帮忙比较好，免得有心人误会他们郁家人有心要讨这份功劳。

大家就商量着二月初四过去，在那边住一晚，第二天再回来。

郁棠觉得也不错，她到时候再私下里逛逛苦庵寺，看看有哪些人是梦中她认识的。

之后她就被裴家的几位小姐叫去看制香了。

磨粉，配料，凝固……一套制香看下来，郁棠兴致勃勃地，准备带几支香回去给母亲和大伯母试试，看她们觉得好闻不好闻。

三小姐见了骄傲地告诉她："我们还做了散香和塔香，郁姐姐也可以带几个回去闻闻。"

郁棠笑眯眯地应"好"，结果她们几个一转身，却看见陈大娘面色凝重，小跑着从她们身边经过。

"这是怎么了？"五小姐困惑地道。

陈大娘是裴老安人面前的老人了，做事素来沉稳，从来没有见过她这副模样。

二小姐却脸色一白，犹犹豫豫地半晌没有说话。

三小姐不愧和她是同房的姐妹，很快猜出了二小姐的不安，迟疑道："不会是杨家……"

除了二小姐的婚事，他们都想不出还有什么事能让陈大娘这样地失态。

四小姐和郁棠的心也都提了起来。

五小姐立刻道："我这就让人去问问。"

郁棠明明知道这个时候自己应该回避，但她更关心二小姐的情绪，她也就跟着几位裴小姐一起等阿珊回话。

一时间气氛变得非常紧张。好在是阿珊很快就回来了。她神色慌张，人还没有站稳，已气喘吁吁地道："不好了，不好了，是杨家来人了，说是要给顾小姐保媒……"

顾小姐？！顾曦！顾家要和裴家联姻就联姻，杨家什么时候被扯了进去？！众人面面相觑。

二小姐更是脸涨得通红，咬牙切齿地道："杨家是什么意思？怎么管起我们裴家的事来了？"杨家刚刚才和裴家议亲，就开始干涉裴家的事，而且还是二小姐未来的婆家，难怪二小姐会恼羞成怒。

郁棠想劝几句，可心里乱糟糟的，嘴角翕了又翕，却不知道说什么好。

136

其他几位小姐此时也回过神来。

三小姐立刻满面歉意，不好意思地低声对郁棠道："郁姐姐，我们就不送您了。事出突然，家里的长辈肯定一时也顾不上别的，等家里的事都理顺了，我再亲自去请郁姐姐到家里做客。"

郁棠想说句"没关系"，可嗓子眼像被什么东西给堵上了似的，平时挺伶俐的一个人，一时间居然没能发出声音来。

她被双桃扶着，高一脚低一脚地出了裴府，上了轿子，不知道什么时候回到了青竹巷的家中。

陈氏惊慌道："你这是怎么了？这么冷的天，怎么满头的汗？脸也白得像纸似的？"一句话说完，她也跟着慌张起来，高声质问双桃："不是说去见裴老安人吗？怎么这个样子回来了？是有人欺负了阿棠，还是裴老安人说了什么？"

她双手紧攥，像是要和谁拼命似的。

郁棠一个激灵回过神来，忙挽了母亲的胳膊，低声道："没事，我没事。就是刚刚在裴家……"

她听到杨家要给顾曦保媒，心里发慌，一时没有了主见而已。

郁棠艰难地咽了口口水。她不知道自己这是怎么了，顾曦中意裴宴，不要说自己，就是裴家的长辈们好像也都看出些端倪来了。她不是早就知道了吗？怎么现在顾家把这件事给挑明了，她还这么难受呢？是的，是难受。她讨厌顾曦，只要一想到顾曦有一天会站在裴宴的身边，有一天裴宴会对顾曦露出别人都没有看见过的温柔笑容，郁棠想想都会觉得心里像滴血似的。肯定是因为她把裴宴当恩人，不愿意像顾曦这样的女子亵渎了裴宴而已。对，肯定是这样的，所以她才会非常难受。

郁棠长长地透了口气，这才感觉到手脚的温度，空气中流淌的暖暖春意。她好像突然从一个噩梦中惊醒过来似的。四肢百骸又充满了力量，脑子也飞快地转了起来。

"姆妈，"郁棠语气尽量轻松地道，"您别担心了，是顾家，您还记得吗？就是和我一起在裴家做客的顾小姐，今天有人来给她保媒，想给她和裴家三老爷牵个线，我有点震惊。"

陈氏打量她的目光却依旧残留着几分狐疑："真的吗？马上要除服了，三老爷的婚事也应该有所准备了，你震惊什么？你可别吓唬我！"

"没有，没有。"裴棠再次保证，道，"我真的是太意外。我从前觉得顾小姐和我一样大，结果突然发现顾小姐有可能会变成三老爷的发妻……您能想象吗？"

她的说法说服了陈氏，陈氏笑道："你这孩子，吓我一跳。这也是因为我们家人丁单薄，你没有经历过什么内宅的事，所以觉得稀罕。像你大伯母，比自己

137

的小姑姑还大几个月呢，两人就是一起长大的，还是同一年出的嫁。"

郁棠嘟了嘟嘴。反正她觉得顾曦配不上裴宴。

她派了阿苕关注裴家的消息。

裴宴的婚事在裴家是大事，关系到谁会成为裴家的宗妇，而裴家又是临安城最大的家族，就算是裴家想低调也没有办法低调得起来。

第二天阿苕那边就有消息回过来，说是顾家要和裴家结亲了。

郁棠愣住了。

她昨天被母亲那么一问，稍微冷静下来，回到屋里就琢磨着，如果裴家同意和顾家结亲，裴老安人对顾曦应该是非常满意才是。可在别院的时候，看得出裴老安人对顾曦并没有特别地关照，陪同顾曦前来的沈太太甚至得罪了裴老安人，所谓的结亲，应该只是顾家一头热而已。此时听阿苕这么一说，她对自己之前的猜测又开始怀疑起来。

说不定裴老安人正是因为很满意顾曦，所以见沈太太说话行事特别不合她的心意，这才发脾气，才会赶走沈太太的。不然以裴老安人的豁达，不应该反应那么激烈才是。

后来又提前送走顾曦，也是因为要和顾家说亲了，顾曦再住在裴家就有些不合适了。

要不然，杨家一个刚刚才要和裴家结亲的姻亲，亲事还没正式宣告众人，怎么就好掺和到裴、顾两家的婚事里来呢？杨家又不是什么破落户，不懂规矩！

郁棠越想越觉得是这么一回事。她的心像在铁板上煎似的，来来回回，都不知道是什么滋味了。她在屋里来回踱着步子。

帮她收拾东西的双桃看得眼都花了，忍不住道："小姐，您到底有什么心思？老爷和太太都那么宠您，您要是去说了，他们一定会答应您的。您又何必心焦？想去做什么就去做呗！"

郁棠呆住。她还不如双桃呢！她在家里这样焦虑有什么用，裴家和顾家的婚事一旦定下来，顾曦就算是再上不得台面，裴家为了顾全大局，肯定都会容忍的，大不了把顾曦送去庙里静修。可这样一来，裴宴这一生也就完了——妻不贤子不孝的，连家里的事都管不了；还谈什么族中之事？

不行，她不能就这样眼睁睁地看着顾曦嫁给裴宴。她还要在临安城生活一辈子呢！岂不是又要像梦中似的，一辈子和顾曦大眼瞪小眼。郁棠骤然间心底像喷出一股热血似的，让她全身都沸腾起来。梦中，她凭着一身孤胆才逃出李家的，才有了之后的事，如今她怎么还畏手畏脚起来，还不如梦中一个孤苦伶仃的小姑娘呢？！

她说做就做。

郁棠立刻写了一封信让阿苕送到裴府去，并叮嘱他："一定要交给裴三老爷。

138

若是见不到裴三老爷，交给裴大总管或是阿茗都可以，告诉他们我有要紧的事要见三老爷，关系重大，请三老爷务必拨冗见我一面。"

阿茗拿了信应声而去，回来就告诉她："裴三老爷今天一天都有客人，问您明天一早去裴府行不行？若是等不到明天一早，就写个条子让我带过去。还跟裴大总管说，我若是求见，就直接带我去见他老人家。"

明天应该还来得及吧？郁棠在心里盘算着，嘴里却无意识地道："三老爷今天一天都在见客？知道都见的是些什么人吗？"不知道与裴宴和顾曦的婚事有没有关系。

阿茗摇头，道："我只听说沈先生一大早就过来了，之后杭州那边的顾家也来了人，三老爷在耕园那边的书房就没有出来过。我过去，也是阿茗帮着传的话。"

沈先生也在裴家！顾家也来人了！郁棠心中一紧，随后暗自庆幸，自己若不是早下决心，恐怕再见到裴宴就得是在他定亲的时候了。

她回到屋里，忍不住抱了双桃一下，道："今天多亏了你，等你出嫁的时候，我一定赏你一套银头面。"

双桃被她弄得莫名其妙，但能在出嫁的时候被东家赏一套银头面，那可是极有面子的事。她面色一红，忍不住问郁棠："大小姐，您这让人摸头不知脑的……您为什么要赏我？"

郁棠愕然，随后哈哈大笑起来，道："你不知道就不知道吧，只要记得你出嫁的时候别忘了提醒我还欠你一套银头面就行了。"

双桃一时拿不准郁棠是在开玩笑还是真的要赏她，红着脸将陈氏给郁棠新做的夏裳收进了闷户橱里。

翌日一早，裴宴在耕园那座之前见过郁棠的凉亭见了郁棠。

春天的耕园，又是另一番美景。除了郁郁葱葱的大树，拂在水面的银丝垂柳，还有姹紫嫣红的小野花从溪边冒了出来，蝶舞蜂忙，春意盎然，空气都变得温柔起来。

郁棠怀疑裴宴这段时间是不是太忙了，这些野花才能生机勃勃地肆意生长，或者是丫鬟小厮们都忙不过来，没空把这些花都掐了，再或者是就算那些丫鬟小厮天天掐花也掐不过来？

裴宴则上上下下打量了郁棠好几眼。

和在苦庵寺时相比，郁棠好像憔悴了一些。当然，这种憔悴不是指相貌上的，她依旧面如桃花，目清如泉，就像那长在梢头的花骨朵般惹人瞩目，而是指她精神上的憔悴，有些怏怏的，如同受了什么委屈似的。可他这段时间没有听说她家有什么大事发生啊！

裴宴心里想着，开口之后的声音却平静无波，让人听不出喜憎："出什么事了？你这么急巴巴地来见我，不会是你又闯什么祸了吧？"想当初，她可是打着他们裴家的旗号在外面招摇撞骗过。

郁棠气得不行。她就不应该来告诫这个人。怎么说话就没有一句让人能听的。

昨天晚上打的腹稿立刻被她抛到了脑后，道："我是听说三老爷要和顾小姐结亲了，想着从前三老爷对我们郁家的关照，有两句话如鲠在喉，不得不说。若是不中听，还请三老爷看在我一片诚心的分上，不要责怪。"

又来一个对裴、顾两家联姻有话要说的。裴宴挑了挑眉，道："那就别说！"

裴宴说这话的时候，还嘴角含笑地斜睨了郁棠一眼。

郁棠一下子惊呆了。裴宴这是什么意思？难道他觉得和顾家结亲很好吗？或者是，裴、顾两家的联姻还有什么不足为外人道的原因？

郁棠心中一沉，觉得自己可能来错了。要知道，裴宴可比她厉害多了，要是连他自己都觉得有必要和顾家联姻，她凭什么觉得自己比裴宴正确，能够阻止裴宴呢？郁棠一下子就蔫了。难道命中注定，顾曦会嫁给裴宴，成为裴家的宗妇不成？她喃喃地道："你是不是已经做了决定，不管我说什么，你都决定和顾家联姻了？"

裴宴没有吱声，而是围着郁棠走了一圈，然后他发现，郁棠像焯了水的青菜似的，更蔫了。

他倒生出点好奇心来，道："你为什么反对裴家和顾家联姻？"

郁棠抬头，愕然地望着裴宴。

裴宴正沉着脸望着她。

她顿时知道，这样的机会可能仅此一次，若是抓不住，就不会再有。

"我和顾曦不对付。"她立马道，"可不是普通的不对付。这个人，一有机会就喜欢踩我，我觉得她太假了，我不想这样的人成为裴家的宗妇。裴家的女眷应该像老安人那样，慈祥又温柔，宽厚又豪爽，而不是总盯着自己的脚尖看，谁越过她去就会心里不舒服。我常听别人说，妻好一半福。我，我也不想这样的人成为您的妻子……"希望他生活幸福，美满，妻贤子孝。

没有来见裴宴之前，她可以毫无负担地说出这句话，可见到了裴宴，听了裴宴的话，她突然觉得，也许她是错的。每个人的感受都不一样，她喜欢的，裴宴未必喜欢，她不能以自己的感受去判断裴宴的喜好，判断裴宴是否过得好。可顾曦肯定不行。她太了解顾曦了。

郁棠不由大声道："总而言之，我希望您能慎重地考虑一下。"

裴宴闻言饶有兴趣地望着她，道："那你到底是因为你和她不对付才反对这件事呢，还是因为你觉得她不合适我而反对这件事呢？"

郁棠马上道："都有！我既觉得她不合适，也不合意。"

裴宴点了点头，道："我明白了！"然后端了茶，一副要送客的模样。

郁棠眨了眨眼。

事情结束得也太突然了吧。那裴宴到底有没有把她的话听进去呢？

她站了起来，不死心地道："你这是什么意思？我说的你听进去了没有？"

"我会好好考虑的。"裴宴正色道，"要是我选的妻子与你们这些人都不合群，也是有点麻烦的。"说着，还流露出一副认真思考的样子。可他这副样子落在郁棠的眼里，怎么看都觉得他是在讽刺她似的。

郁棠脸上火辣辣的，说了声"那我告辞了"，就逃也似的冲出了凉亭。

裴宴望着她的身影，忍不住笑了起来，声音由低渐高，最终哈哈哈地回响在了四周。

裴柒从凉亭旁的树林里走了出来，他不解地道："三老爷，您，您这是怎么了？"

裴宴的笑容有所收敛，眼底却如夏夜的星河，星星点点，明亮耀眼。

"哦！"他淡淡地道，"有小兔子跑进了花圃里，把花圃弄得乱七八糟，然后自己把自己吓跑了。"

花圃？这里哪有花圃？难道三老爷说的是凉亭外的那些野花吗？

裴柒忙道："三老爷，阿茗一早就和人掐了半天的野花，可这野花太多了，眨眼又长了出来。"

裴宴随意地挥了挥手，对裴柒道："郁小姐刚走，应该还没有走远。你加快脚步，请郁小姐去书房里坐一会儿，说我有话要跟她说。我送走了杨家的人就过去。"

不管那些野花了吗？裴柒摸了摸脑袋，"嗯"了一声，忙转身去追郁棠。

郁棠渐渐慢下了脚步，脑海中不断地回放着刚才和裴宴对话的画面，越想就越生气。她明明是来阻止裴宴的，昨天还打了半天的腹稿，准备把她和顾曦交往的一些事告诉裴宴，怎么见到了裴宴却像小孩子吵架似的，只知道说她不喜欢顾曦，却忘了原本应该说的话！也不怪裴宴不相信她。换成了她也不会相信的。哎！她好像好心又办了坏事。也不知道有没有什么补救的方法。或者是……她再折回去，好好地和裴宴谈谈？郁棠的脑海里浮现出裴宴冷漠的面孔。

不对。她停下了脚步。这件事不能怪她，要怪就得怪裴宴。她每次和裴宴说话，裴宴都非常严肃，而且说的话也非常简短，往往她还没有把话说完，他就已经有了决断，她的话一下子全都被堵在了嗓子眼里。这也是她每次见到了裴宴都会落下风的缘故吧？郁棠好好地反思着自己的行为举止，寻思着是不是再找个机会和裴宴说说这件事。若是顾曦真成了裴宴的妻子，她会寝食难安的。比吞了个苍蝇还让人觉得难受。那她宁愿离开临安。不过，她这个时候再折回去合适吗？郁棠正犹豫着。

背后传来裴柒的声音："郁小姐，郁小姐，我们家三老爷请您去书房等他，他说还有事要和您说！"

郁棠认识这个人。他是裴宴身边的人。她不由问他道："三老爷怎么又改变了主意？他可曾说过是要和我说什么事吗？"不会是呵斥她，让她再也不要多管闲事了吧？郁棠有些不安。

141

裴柒笑着回道："我也不知道。我只是奉命行事。"

郁棠想了想，和裴柒去了裴宴的书房。

这间书房是个五间的敞厅，到处都是书画卷轴，靠近南边窗棂的摇椅上放着半新不旧的素色细布薄被和姜黄色葛布迎枕，汝青色梅瓶里插着枝枯了的艾草。看得出来，这是裴宴惯用的书房。是他用来读书写字的，而不是会客的。

郁棠暗暗吃惊，更好奇为何梅瓶里插的是艾草，这艾草又是如何保存到今天的。她正准备凑过去看。

屋外传来一阵脚步声。郁棠回过身来，看见个十七八岁，穿着青色杭绸比甲，做丫鬟打扮的姑娘端着茶盘走了进来。

"郁小姐！"她笑盈盈地给郁棠行礼，明亮的大眼睛，白皙鹅蛋脸，落落大方，如同养在深闺的大家小姐，让郁棠一时拿不准她的身份。

她却温柔地笑着自我介绍："奴婢叫青沅，是三老爷屋里的大丫鬟。不知道您喜欢喝什么茶，我就自作主张沏了大家都喜欢的西湖龙井，您尝尝合不合胃口。若是不合胃口，我再换您喜欢的茶。"

郁棠没这么讲究。她笑着道："我不挑茶的，都可以。多谢青沅姑娘了。"

"您太客气了。"青沅把茶放在了书房内的茶几上，有两个十五六岁的小丫鬟端了茶点和瓜果进来。

郁棠觉得这两个小丫鬟有些面熟，可一时又想不起在哪里见过了，只好朝着两个小丫鬟点了点头。

两个小丫鬟羞赧地朝她福了福，退了下去。

青沅则在书房里陪着她说了几句闲话，裴宴就过来了。

"三老爷！"青沅忙起身行礼。

裴宴却看也没有看她一眼，挥了挥手，示意她退下，随即开门见山地道："你跑那么快做什么？我话还没有说完呢。"

郁棠站在那里，嘴角翕合地不知道说什么好，感觉自己比青沅这个丫鬟都没有气势，就像那两个不知姓名的小丫鬟。

裴宴眼底飞快地闪过一丝笑意，很快就恢复了肃然，沉声道："我都认识你快两年了吧，你怎么还这么毛毛糙糙的，你就不能稳重点？"

郁棠听着眼角一抽。

裴宴已飞快地又道："过了正月十五李家就搬到杭州城去住了，这件事你知道吗？"

"知道。"说起这件事，郁棠没有心思和裴宴再计较什么，道，"我一直让人盯着他们家有什么动静呢，我听说他们家搬到了离小河御街不远处一个叫小河巷的地方，不知道是真是假。"

小河巷算得上是杭州城最繁华的巷子之一，住在那里的也都非富即贵，因而

142

那边的房产很少有对外出售的。郁棠还没有打听清楚李家是在那边租的房子还是买的房子。如果是租的还好说，如果是买的，那李家可能早就开始准备搬家的事了。在这一点上郁棠和裴宴倒是想到一块儿去了。

裴宴道："李家的宅子是买的。"

郁棠皱眉，道："那，京城那边还没有什么消息吗？"

"估计要到端午节前后了。"裴宴和郁棠心照不宣地道，"过年的时候我派人去送过年礼了，日照那边也查出了很多东西，只等合适的时候了。"

这样就好。郁棠点了头。

裴宴就开始问她过年的事，哪天都做了些什么，亲戚间怎样走动的，得了多少红包等等，杂乱无章地什么都问。

郁棠被问得狐疑。裴宴不像是有什么要紧的事要和她说，反而像是要把她拖在这里，不让她回去似的。郁棠望着裴宴一本正经的脸，暗暗怀疑着自己。

裴宴却憋着笑，越憋越难受，越憋越得意的时候，裴满来了。

他向裴宴禀道："老安人说，杨家是大公子的外家，既然大太太和杨家老太爷、舅老爷们都觉得这是门好亲事，那就这么定了。顾小姐许配给大公子，两家先交换信物，等到除了服就下聘。"

郁棠睁大了眼睛，感觉自己的下巴都要掉下来了。

"大公子……顾小姐要许配给大公子……是，是裴府的大公子吗？大老爷的儿子，您的侄儿？"她磕磕巴巴地道，脑子里像被糊糊糊住了似的，没有办法思考，只能依靠本能说话，"那杨家，是大太太的娘家了？"

她怎么会觉得是裴宴要和顾曦结亲呢？郁棠糊里糊涂的，她之前还问过裴宴，裴宴分明回答让她"那就别说"，可"那就别说"也不一定就是否认的意思！他确实也没有否认啊！郁棠此时才后知后觉地发现，裴宴根本就是在调侃她！

她的脸顿时火辣辣的，再也忍不住脾气，冲着裴宴就嚷道："你，你根本就是在看我的笑话！"

"你又胡说八道些什么？"裴宴扬着下颌斜睨着她，看她的目光简直就像是在看一个无理取闹的孩子，"明明是你突然冲到我面前跟我说，你和顾曦不和，顾曦配不上我。我仔细考虑了半天，觉得你说的话挺有道理的，推了和顾家的亲事。只是没有想到我好不容易被你说服了，结果我大嫂却跳进坑里了，我这不是还在苦恼这件事应该怎么办吗？"

郁棠没脸面对裴宴，一声不吭，转身就跑了。

裴宴再也忍不住，哈哈大笑起来。

郁棠直到跑出了耕园，仿佛还能听到背后传来裴宴的笑声。

她怎么这么蠢！她怎么会觉得裴宴只读书是块料子，就算是他能学习管理好庶务，肯定在人情世故上会有所欠缺……可现在看来他分明是什么事都心里有数！

143

活该她被裴宴笑。

阿茗气喘吁吁地赶了上来，高声喊着"郁小姐"。

郁棠很想埋头就走掉，可她家离小梅巷至少也有两刻钟的路程，她雇的轿子还停在裴家的轿厅里，她就是想避也避不了。

郁棠只好停下脚步，当做什么也没有发生的样子，强做镇定地问阿茗："怎么了？你喊住我可是有什么要紧的事？"

阿茗道："三老爷让我派了家里的轿子送您回府，还让我拿了两匣子点心，说是让您带回去给贵府的太太尝尝鲜，是昨日刚刚从京城送过来的。与我们南边的点心有很大不同。"他解释着，生怕郁棠不接受的样子："轿子我已经安排好了，您请跟我来。我们家三老爷还说了，以后贵府有人上门，直接领到三总管那里即可。"

能被裴家这样对待的家族可不多，在临安城，更是无上的荣耀。

郁棠神色木木的，决定以后再也不自作聪明，跑来见裴宴了。她脑子里一片空白，不知道自己是怎么回到家里的。

裴宴那边却笑得停不下来。郁家的这位小姐，真挺有趣。可见他看人还是有几分眼光的，不然当初见到她打着裴家的旗号招摇碰骗的时候就会感觉不快，觉得这小姑娘是个惹事精了。现在她误以为他要和顾家结亲，居然跑来告诫他。

如果他要是不听，不知道她会不会像破坏顾家和李家的亲事似的，想办法也拆散"他和顾家"的亲事。

这些念头在脑海里一闪而过，他隐隐有些后悔。

他是不是不应该把她重新叫回来，就应该让她误会，然后看看她会拿出什么手段来破坏"他和顾家"的婚事呢？不过，若是等她回了郁家，发现她听到的是谣言，那他肯定看不到她刚才那么有趣的反应了。这么想来，还是把她多留一会儿，让她知道事情的真相更有意思。

裴宴心满意足，觉得这是他这段时间以来遇到过的最让他开心的事了。

这让刚刚听到裴、顾两家可能联姻的消息赶过来的舒青不由惊诧地停下了脚步，不解地道："是在我刚刚赶过来的时候发生了什么值得高兴的事吗？"

裴宴收敛了笑容，淡然地道："没有，没有发生什么事。"可说完这句话，他的眼底却闪过一丝他自己都没察觉的笑意。

舒青满心困惑，但裴宴已经拒绝回答他了，他自然不好再多问，只能把这个困惑记在心底，等有时间了再找裴满打探。他说起了自己来找裴宴的目的："大公子的婚事，就任由杨家这样乱来吗？和顾家结亲固然好，可对大公子来说却并不是最好的选择。"

裴宴摇了摇头，嘴角露出一丝讥讽的笑，道："你以为杨家不知道吗？可他们更怕我和母亲拿大公子的婚事做文章，宁愿先拿到手里再说。何况顾昶这两年发展得不错，娶顾小姐虽然有些冒险，但也不算吃亏。母亲既然答应了杨家，想

144

必是不愿再管那边的事了。那就这样好了，以后是福是祸，都是他们自己选的，别到时候又怪我没有阻止就好。”

舒青叹气。

裴宴忍不住道：“真是个蠢货！连个什么都不知道的小姑娘都知道这门亲事没什么好的，他一个大男人却听从妇人之言，让干什么就干什么，就算以后出仕，我看也是个糊涂官，不害人性命，不给家族惹祸就好。”

小姑娘？舒青眼睛转了转，觉得自己好像明白了什么，又有点不敢相信自己的猜测。要是三老爷真有这样的心思，两人的身份地位不免相差有点太远了，这件事只怕不好办啊！

他在心里琢磨着，那边裴宴已道：“这件事恐怕还得你出面，看看杨家和顾家是怎么讲的。我懒得和他们像小商小贩似的一条条地讲细节，这些事就交给你好了。”

舒青顿时觉得头痛不已，但还是只能答应下来。

那边郁棠已经到了家，心情也慢慢平静下来。

她就奇怪了，当时自己怎么就那么笃定裴家和顾家结亲的会是裴宴和顾曦呢？她都生出这样的误会来，那裴府的几位小姐呢？不知道当她们知道顾曦要嫁给裴府长房的大公子裴彤，成为她们的嫂嫂时会是怎样的表情。

明天她还要随着裴家的女眷去苦庵寺……要是裴宴也像上次一样会随她们一起去苦庵寺，那她明天岂不是也会见到裴宴？

郁棠立刻坐立不安起来。

裴宴那个人平时那么冷清，别说笑了，就是个好言好语都没有。今天却当着她的面毫无形象地哈哈大笑起来，乐得跟个什么似的。明天要是见到了她，还不知道要怎样地揶揄她呢。她明天能不能不去苦庵寺啊！郁棠在心里盘算着，想了很多的借口好像都不够有说服力。难道她明天还得和裴宴一起去苦庵寺不成？郁棠心里的小人儿抱着脑袋蹲在了门槛旁。要是有条地缝，她就钻下去了。

但顾家怎么突然和裴家长房那边勾结到了一起？

她记得顾曦在裴家别院的时候，和大太太并没有什么交往，顾曦之前又一直倾心于裴宴，又怎么会同意嫁给裴彤？难道这样她不会尴尬吗？还是豪门大族家的姑娘和她想的不同？之前不是有人说豪门大族能够门当户对的只有那些人家，能选择的范围也就很小。是不是因为这样，所以顾曦才改变主意的呢？

不管怎样，顾曦没能嫁给裴宴，郁棠心里还是挺高兴的。

陈氏让她帮着她未出世的小侄子做两双袜子，她立刻就答应了。

“这是怎么了？”陈氏好奇地和陈婆子道，“不是说出门去买珠花了吗？怎么珠花没有买回来，人倒像被什么东西给砸了脑袋似的，只知道傻乎乎地笑啊？”

陈婆子笑道：“应该是遇到了什么好事吧！”

145

郁棠听了陈婆子的话，笑得更灿烂了。以后顾曦要被裴宴的妻子管着，见了裴宴的妻子得恭敬地行礼称"婶婶"，想想就让她觉得扬眉吐气。她也不用离开临安城了。

郁棠高声道："姆妈，今天我们烧个莼菜银鱼汤吗？街上都有卖莼菜的了！"

陈氏有意逗她，轻哼道："你知道现在的莼菜卖多少钱一斤吗？比肉还贵。你想吃莼菜啊？要么等几天，要么等你明天跟着裴老安人去苦庵寺的时候，看苦庵寺的人招不招待你了。"

郁棠撇了撇嘴，就这样也没能打击她心里的欢喜。可到了下午，她还是悄悄地派了双桃去见五小姐，问她明天裴宴会不会一起去苦庵寺。

五小姐这次回话倒十分肯定，她道："家里出了点事，我三叔父怕是不得闲，就是我祖母，明天也不知道去不去得成苦庵寺。至于是什么事，一时半会儿也讲不清楚，到时候我们见面了再说。"

郁棠就怀疑是裴、顾两家结亲的事。但裴宴不去苦庵寺，让她安心不少。

第二天一大早，她去了裴府。

裴宴和老安人果然都没空，带她们去的是毅老安人和二太太。可裴府的几位小姐都已经知道了顾曦要和裴彤结亲，五小姐坐在骡车里就低声和郁棠议论开来："我们都吓了一大跳，大堂兄今年才十八岁，还在孝里，我们都觉得他怎么也要等到出了孝才定亲的。再就是，从前不是还传说大堂兄和他娘家的表妹青梅竹马的吗？怎么突然间就要娶顾姐姐了？难道是前些日子顾姐姐来家里做客的时候无意间被大伯母瞧中了？"

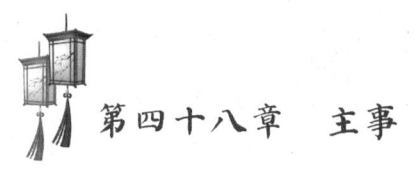

第四十八章　主事

郁棠想起大太太托沈太太送的信，想起顾曦在暖房和大太太的偶遇……难道顾曦一开始的目标就是裴家长房？这一瞬间她甚至开始怀疑起自己的判断来了。

四小姐却迟疑道："应该不会吧！在家里的时候，顾姐姐都没怎么见过大伯母，大伯母怎么会向顾家提亲？不是说是杨家看中了顾姐姐吗？说起来顾姐姐家和我们家也算得上是门当户对了。大伯母肯定是怕大堂兄出了服之后找不到合适的人家，所以才会这么急。再说了，杨家和大伯母认识的毕竟大都是京城的人，千里迢迢的，也不知道对方的人品相貌如何，大堂兄又要很长一段时间都待在临安，万一要是对方人品有瑕，那才是真的麻烦了。我倒觉得这样挺好，至少知根知底。以后我们开诗会也就不缺人了！"

她说完，已是眉开眼笑，还用手帕捂了捂嘴。

二小姐几个也都嘻嘻地笑了起来，只有三小姐垂着眼，嘴角牵了牵，笑得很勉强。

郁棠还以为她是哪里不舒服，递了条存放在匣子里的湿帕子，让她擦擦额头，好歹能舒服点。

三小姐接过帕子，犹豫了片刻，低声对郁棠道："郁姐姐，我心里很不安。"

郁棠认真地听她讲。

三小姐低声道："我从前还曾经听说过，有人想给大堂兄说媒来着，大伯母一口就回绝了。如今杨家和大伯母却主动和顾家说亲，你说，会不会是杨家那边出了什么事啊？"

郁棠郁闷道："这种事，就是打听也不好明着问，大公子和顾小姐的婚事又已经过了明路……"就算是裴彤和他的表妹真有情愫，有了父母之命，这些情愫也只能放在心底了。

三小姐毕竟还年少，总觉得花好月圆才是真，心里怎么都有点不高兴。

好在苦庵寺在望，她们下了骡车，又换了软轿，就到了苦庵寺。

然后郁棠就看见了裴家的三总管胡兴。他正站在寺门口和苦庵寺的住持说着什么。

见裴府的女眷来了，他一溜烟地跑了过来，在毅老安人的轿子前站定，恭敬地道："我们家老安人不能过来，怕您老人家有事身边跑腿的找不到地方，特意让我过来搭个手。您老人家有什么事，直管让身边的丫鬟吩咐我，我今天一天都跟着您，听您差遣了。"

毅老安人笑眯眯地点头，道："那就麻烦三总管了。"

"哎哟，看您说哪里话，折杀我了。"胡兴殷勤地道，鞍前马后地服侍着毅老安人进了寺门。

毅老安人就指着门前一段土泥巴路道："我看，卖不卖佛香暂不说，这路得先修一修才好。每次过来都费这么大的劲，哪里还买不到佛香啊！"

胡兴忙道："我回去就跟三老爷说。"

苦庵寺住持满脸惊喜。毅老安人满意地点了点头。郁棠和裴家的几位小姐则跟在她们身后说着悄悄话。

"说是杨家的人还没有走，"三小姐依旧拉着郁棠，"伯祖母和三叔父肯定是要和杨家人应酬，今天才没有办法过来的。"

郁棠想着也应该是这样的。

"我当时一听说是杨家来做的媒，立刻就炸了。"三小姐继续小声道，"杨

147

家自己的婚事还没有搞定，就指手画脚地管起我们裴家的事来了……还好后来不是，不然真不知道这件事该怎么收场。"

和四小姐一起走在她们前面的二小姐却突然回头，冷哼道："这有什么为难的？婚事不是还没有定下来吗？就说两人八字不合就是了。"

郁棠嘿嘿地笑。

五小姐道："二姐姐，你这样不对。以后也不能一言不合就回娘家，会被夫家的人瞧不起的。你应该把杨家的人找来，好好地教训他们一番，让他们改正。"

她稚言稚语的，加之小脸绷得紧紧的，一副小孩装大人的样子，就是她们身边服侍的丫鬟婆子也都忍不住了，一个个低头无声地笑着。

偏偏五小姐还什么都不知道的样子，道："你们这是怎么了？难道我说的不对？我舅母和我舅舅置气的时候，我外祖母就是这么教我舅母的。"

郁棠实在是忍不住了，拉了五小姐的手道："你说的很有道理。我们快点跟过去吧，也不知道毅老安人和住持都说了些什么，苦庵寺里能不能制香。对了，三小姐，这件事是你在负责，制香的东西都带过来了吗？等会儿是你还是二小姐教苦庵寺的人制香啊？"

三小姐闻言知雅意，立刻道："我和二姐姐都教，这样快一点。制香的东西交给了管事的，应该都带来了。"

郁棠就叫了双桃："你去问问，看东西都准备齐全了没有。"

双桃应声而去。

大家的话题就转移到了教苦庵寺的众人制香上来。郁棠松了口气。

三小姐就冲着郁棠直笑。郁棠想想刚才的情景，也笑了起来。

苦庵寺收拾了一个闲置的大殿作为制香的地方，寺里能来的人都来了，一边是尼姑，一边是居士，二小姐教那些尼姑制香，三小姐则教那些居士制香。

众人的天赋一下子就显现出来。

除了个姓李的居士，其他人都笨手笨脚的，有的生怕浪费了香料，有的则怕自己做不好，教了半天，只有那个姓李的居士能全程都跟上。

这和大家预想的完全不一样。

二小姐和三小姐教了半天，也开始心浮气躁起来了，毅老安人和二太太也直皱眉。

郁棠一看这样不行，但她想起自己梦中刚进李府时骨子里藏着的怯意，让她比平时还要笨拙，颇有些感同身受。但二小姐和三小姐的心情，她也能理解。两个人都是非常聪明伶俐的，身边的丫鬟婆子也都是层层选拔的精明人，一个眼神一句话就能支使别人照着她们的意思行事。遇到苦庵寺这些畏手畏脚的众人，也不怪她们心浮气躁了。

得想个办法改变这种情况才行。

她盯着几个居士的手看着，心中一动，福至心灵般，突然想到了一个点子。

郁棠四处看了看，看见了常年跟在二太太身边的那个姓金的婆子。她想了想，悄悄地走了过去，喊了声"金大娘"，道："我看这样下去，我们今天就算是交待在这里估计也没什么进展。我倒有个主意，只是不知道妥当不妥当，还请金大娘帮我拿个主意。"

金大娘既然是二太太的心腹，多多少少都知道些裴老安人和二太太对郁棠的评价。她看了一眼陪着毅老安人和住持师父说话的二太太，热情地笑道："要不我带您去二太太那边吧！我一个做婆子的，郁小姐抬举，喊我一声大娘罢了。我哪有那见识觉得妥当不妥当啊！"

郁棠知道自己又遇到了个明白人，笑道："您老人家吃过的盐比我们走过的桥都多，我先说给您听听。您要是觉得合适，我们再去二太太面前说。要是觉得不合适，您也帮我把把关，免得我说错了话，丢人丢到了毅老安人面前。"

金婆子忙说了几声"不敢当"，却是支起了耳朵听郁棠说话。

"我瞧着制香的步骤也不过是那几步。"郁棠冷静地道，"她们看了后面的忘了前面的，我瞧着多半是因为太紧张了。若是平时，倒可以慢慢地教，只是二小姐、三小姐马上要开课了，未必能天天跑过来教她们制香。不如把制香的步骤给分成几部分，让她们一个人只学一小部分，这样就比较容易记住了。"

金婆子眼睛一亮，拉了郁棠就往二太太那边去："这主意好！郁小姐跟二太太说一声，肯定不会有什么错的。"

郁棠松了口气，在二太太和毅老安人面前又说了一遍。

毅老安人和二太太也都觉得好，叫了二小姐和三小姐到跟前，把郁棠的方法跟她们说了一遍。两人眼睛都亮了，转过身去就开始布置人手，教她们一个人只学一小部分。

毅老安人朝着郁棠欣慰地笑，道："你这孩子，也不知道平时都吃些什么喝些什么，怎么就比旁人都要聪明呢。这样的点子也能立刻就想了出来。"

郁棠谦逊地笑，道："不过是脑子里一闪的念头，也不知道好不好。这不就来找两位长辈帮着拿主意了。"

二太太也满是赞扬，道："这样很好。若是这苦庵寺能制出佛香来，你也算是头功一件。"

郁棠又谦虚了一番。

制香的速度明显地快了起来，而且很快就制出了第一批线香。

三小姐道："这个叫八宝香，里面添了八种香料，同佛家八宝似的，一般人闻着都会很喜欢的。"

金婆子就试着点了一支。香味绵长，其中还含着些许的檀香味。

檀香是种非常名贵的香料。苦庵寺的住持不禁问道："还加了檀香的吗？"

149

"没有。"三小姐笑得有些得意，道，"要不怎么说是从古书上找到的方子呢？闻着很像檀香的味道吧？实际是合香。以后你们寺里有了这方子，就可以制出檀香的味儿来。"

郁棠听着心中乱跳了几下，再结合她梦中的经历，总觉得这不是什么好事。

她打量着周围人的神色。果然有人在仔细地听，而且这些仔细听着的人中，全都是眼睛有神，衣饰干净，手脚利落的。这香方若是交给了苦庵寺，未必能保得住。梦中，苦庵寺很穷，大家都挣扎在温饱边缘，自然也就没有什么大的矛盾。但在李家的那几年，郁棠见识过太多的好心变坏事。人都是不患寡而患不均的。

用过晚膳，她去拜访二太太。

二太太正好有客人，金大娘笑盈盈地把她迎到了隔壁的厢房，跟她道："是杨家来人了，我们家二太太不好不见。郁小姐您在这里等会儿，等来人一走我就去通禀二太太。"

郁棠不免有些奇怪。这都掌灯时分了，杨家有什么急事要派了人来苦庵寺见二太太？

她又怕自己把大太太的娘家和二小姐的婆家给弄混了，像在裴宴面前似的闹出笑话来，就低声问道："是哪个杨家？"

金大娘是二太太的陪房，随着二太太到裴家没多久就跟着二太太一家去了任上，一直到老太爷去世守制才回的临安，对裴家估计还没有郁棠知道的多。她听郁棠这口气，以为郁棠对裴家知之甚详，也就没了对外人的警觉，丝毫没有防备地悄声道："是大太太娘家那边的人。好像说杨家怕大公子耽搁了大比，给大公子介绍了一位西席。没想到三老爷不同意，杨家来的人和三老爷不欢而散，却也没有办法。就想找我们家二老爷，结果我们家二老爷去了五台山，就找到了二太太这里。"说到这里，她不屑地撇了撇嘴："十之八九是想让我们家二太太帮着大公子说说话。可他们也不想想，裴府是什么人家，难道裴府的大公子要读书，还得他们杨家的人给请西席吗？我们家二老爷、三老爷可都是两榜进士，哪个西席能和我们家二老爷、三老爷比？再说了，就算是我们家二老爷和三老爷都忙，没有那个时间，不是还有毅老太爷吗？再不济，勇老太爷也是举人出身啊！杨家的闲事，也管得太宽了！要我说，都是大老爷在世的时候给惯的！"

至于惯的谁，已不言而喻了。

按理，郁棠不应该听这些，可她实在是有些好奇大太太和裴宴的恩怨，甚至她此时脑子飞快地转了起来，异想天开地琢磨着大太太点了顾曦做她的儿媳妇，不会是想和裴宴打擂台吧？

她都能看出顾曦在打裴宴的主意，难道别人看不出来？她就不明白了，顾曦什么人不好嫁，非要来裴家蹚这浑水，非要嫁到临安城来。

郁棠就轻声道："多谢金大娘了，我在这里等着，二太太有空了您让人喊我一声就是了。"

金大娘就喜欢郁棠这样直白的人，她立马笑得满面春风，亲手给郁棠沏了杯茶，拿了蜜饯果子给她做了茶点，这才去了二太太那边伺候。

郁棠就寻思着，以二太太的精明，杨家只怕会无功而返。

她喝着茶，不禁伸长了脖子朝二太太正房的大厅望过去。

事情也巧，她刚望过去，二太太正厅的门帘子刷地一下就被撩开了。郁棠看到个四十来岁的婆子满脸愤然地走了出来，金大娘不以为意地跟在她身后，声音听似热情实则敷衍地高声道着："这大晚上的，您可仔细脚下。这么晚了，只怕是进不了城了，您还是在这里住一晚再走吧！"

那婆子头上的金饰在灯笼的光照下一闪一闪地，看得出来，是个富贵人家里有脸面的仆妇。

郁棠跑到了窗棂边，只听那婆子冷笑了一声，道："不敢劳您大驾，我们拿了我们家大老爷的名帖，已经在驿站订了个房。不过，我还是有句话要请您转告您家二太太，我们家大姑奶奶的今天，说不定就是别人的明天。"说完，昂首挺胸，大步朝外走去。

她就看见金大娘一面冲着那婆子的背影翻了个白眼，一面依旧热情地高声道："您慢点，好歹让我送您一程。"随后慢悠悠地追了上去。

郁棠抿了嘴笑，觉得这金大娘平时低眉顺眼，是个在丫鬟婆子堆里头一眼找不着的，想不到却是个颇为有趣的人。她赶紧回去重新坐好了。

不一会儿，金大娘过来领她去见二太太，路上还低声嘱咐她："二太太心情有些不好，若是有什么怠慢的地方，您可别放在心上。"

郁棠忙道："是我来得不巧。可我这事又有点急，不来怕生出什么事端来，只好硬着头皮来打扰了。"

金大娘笑道："郁小姐是个明白人，说是有急事，事情肯定很着急。"

不过两句话，她们就到了二太太的正厅。

有小丫鬟出来撩了帘子。

郁棠走进去，见二太太一个人端坐于方桌前的太师椅上。

昏暗的灯光照在她的脸上，让她的神情显得十分严肃。

郁棠上前去行了礼。

二太太神色微霁，请了她坐下来说话。

郁棠就把自己的担忧说了出来："那天去府上制香的时候我没有注意，今天住持师父这么一说，我才意识到，若是这香方给有心人得了去，是可以单独配出檀香味的佛香来的。这原本是件好事，说不定我们还可以专卖那檀香味的佛香。但我也曾听人说过一件事，有人见邻居家贫，好心请了去铺子里帮忙卖吃食，结果那邻居得了主人家做吃食的方子，干脆自己也开了个同样的铺子，还用各种方法把原来卖吃食的铺子给弄得关了店。我就在想，这香方是不是暂时别一股脑儿地全给了苦庵寺，香方就托了家中铺子的大掌柜管着。她们只需要帮着做各种佛香，我们不赚她们的钱，多发点工钱给她们，您看可以吗？"

二太太当然也听说过东郭先生的故事，只是佛香什么的，对于她来说不过是买个针头线脑的钱，压根就没有放在心上。她虽然觉得郁棠的话有道理，却并不觉得这是件特别严重的事，但她还是很喜欢郁棠的，觉得她做事认真、仔细，还敢担责，值得赞扬，遂笑道："你考虑得很周到。等明天我们一起去和毅老安人商量了再决定怎么做好了。"

郁棠闻言只好起身告辞："那我明天再过来和您一起去见毅老安人。"

二太太让金大娘送她出门。这是二太太对郁棠的礼遇。

郁棠笑着道了谢，由金大娘陪着出了厅堂。

金大娘已经知道谈话的结果了，她安慰郁棠："您放心好了，毅老安人肯定明白您的担心。"

郁棠一点也不放心。毅老安人自从娶了长媳之后就不再主持三房的中馈，一心一意照顾身体不好的毅老太爷，只怕比二太太想得还简单。不知道如果是裴老安人在这里会怎么想。

郁棠暗中叹气，谁知第二天早上起来，和裴府的几位小姐一起去给毅老安人和二太太问安的路上却遇到了裴宴。

他同往常一样穿了件非常普通的素色细布道袍，镶了藏青色的边，身姿挺拔地站在那里，如松临风，风姿卓然。

郁棠的脚步不由顿了顿，脸上火辣辣地烧了起来。她左右瞧瞧，看到一棵合抱粗的大树，嗖的一下子躲到了树后。

裴家的几位小姐则赶紧走上前去，恭恭敬敬地给裴宴行礼。

裴宴的表情依旧很冷，说话的声音却很温和："这一大早的，是要去给长辈问安吗？"说完，看了几位裴小姐一眼。

二小姐居长，她代表几位裴小姐应诺。裴宴就温声道："那你们就快去吧！"

裴家的几位小姐福身朝他又行了个礼，鱼贯着从他面前走过。

双桃这才发现自家的小姐不见了。可这个场合，她也不好到处嚷嚷，想着等裴宴离开了她再找找，也许郁棠只是去了官房或是被哪株花草给迷住了，停留了片刻。

偏偏裴宴站在那里不走。

郁棠心急如焚。等会儿给毅老安人和二太太问安她却不见了，这算是怎么一回事啊！早知道这样，她就应该厚着脸皮和几位裴小姐一起闯过去的。

郁棠咬着唇，四处张望，想另找条能通往毅老安人和二太太院子的路。

裴宴却慢悠悠地走到了她躲藏的树前，嘴里还喃喃地道："听说答应这门亲事是顾小姐自己的意思，也不知道顾昶会不会答应，要是顾昶不答应，裴、顾两家又只是口头的约定，我和母亲是极力反对的……我还忘了问裴彤的意思，要是裴彤也不愿意……"

那这门亲事是不是就作罢了呢？郁棠在心里接着郁宴的话道，心中的小人则捂着嘴嘿嘿地笑了起来。作罢也好，免得顾曦嫁到裴家来，坏了裴家一锅好汤。不过，顾曦为什么要答应这门亲事？她和裴彤应该没有见过吧？但也难说。也许在她不知道的时候，顾曦已经见过了裴彤呢？郁棠有点好奇裴彤长什么样子。难道和裴宴一样的英俊，顾曦才因此改变了主意？或者，裴彤对顾曦一见钟情？那裴彤的表妹又是怎么一回事呢？郁棠脑子里乱糟糟的，两眼就显得有点无神。

结果她耳边就传来了裴宴惊讶的声音："郁小姐，你站在这树后做什么？还好我发现你了，不然等会儿修路的工匠过来，岂不要吓着郁小姐。"

完了，完了，被裴宴发现了。她怎么就这么倒霉呢？郁棠拔腿就跑。

她耳边又传来裴宴焦急的声音："错了，错了。郁小姐，那边是寺里的菜园子，茅厕也在那边，她们每天都要浇地的，您小心别踩在脚上了。"

郁棠没在苦庵寺里待过还好，梦中她在苦庵寺里待过，自然知道裴宴说这话是什么意思。

她一下子就僵在了那里。

"郁小姐！"裴宴含笑的声音再次在她耳边响起。

郁棠闭了闭眼睛，觉得自己真是太倒霉了！

很早之前，郁棠就明白了一个道理，当困难来临的时候，你越回避它，就越容易被它拖到泥沼中不能脱身。她闭了闭眼睛，立刻就深吸了一口气，然后睁开了眼睛，翘起了嘴角，笑盈盈地转过身去，朝着裴宴福了福："三老爷，好巧啊！没想到会在这里遇到您。这一大早的，您这是……"

裴宴眼睛含笑地望着她，清粼粼的，有什么东西在其中闪烁般，让人一眼望去就有点挪不开目光。他道："不是说这边要修路吗？我寻思着这些日子没有什么事，要修路不如趁早。"

裴宴声音轻柔，如春风拂面，让郁棠诧异之余又心生异样。她不由得仔细打量裴宴。还是看似朴素却奢侈的穿着，还是冷峻严肃的面容，还是玉树临风般的模样，她怎么会觉得裴宴与平时大不相同了呢？

郁棠不好意思地笑了笑，把上次见面时的尴尬强压在了心底，若无其事地和裴宴寒暄："是吗？没想到三老爷来得这么快。时候不早了，我还要去给毅老安人和二太太问安，就不陪您了。您若是有什么吩咐，直接让阿苕跟我说好了。"

她说完，转身就朝二太太和毅老安人住的院子走去。谁知道裴宴却跟在了她的身后。

他这是要干什么呢？郁棠心中有些不安，裴宴却三步并作两步，突然间和她

· 153 ·

并肩而行，还问她："刚才看到几个侲女过去，好像还有你的丫鬟在里面，你怎么没有和她们一起？"

郁棠心中的小人忍不住翻了个白眼，面上却带着笑，道："刚才啊……刚才我看到有只螳螂停在大树上，一时着了迷，多看了几眼，等回过神来的时候，她们已经走远了……"

"哦！"裴宴一本正经地点头，道，"难怪你刚才差点追错地方。还好我提醒了你。不过，你这毛病得改一改了，怎么一着急就说错话，就走错路。还好这是在苦庵寺，巴掌大的地方，这要是在昭明寺，你不得迷路啊！说起昭明寺，我有件事想跟你说，四月初八浴佛节，昭明寺这次准备请福建南少林寺那边的高僧来讲经，我看你这记性，还是别去了吧！"

南少林寺那边的高僧要过来讲经吗？郁棠讶然。

裴宴不以为然地道："这件事，是家母促成的。到时候说不定宋家、沈家、顾家都会有人来。"

他这个人，从来无的放矢。他告诉她这件事是什么意思。郁棠在心里琢磨着。她的目光中不禁流露出几分茫然。

裴宴看着在心里叹气。这小姑娘有时候挺机灵的，挺有意思，可有时候挺傻的，非要他把话说清楚了她才能明白。不过，她长得漂亮，就算是傻的时候也还能入眼。

他只好道："到时候我准备让苦庵寺制个比较特别的香，比如说，脚盆大小的盘香，或者是儿臂粗的线香，说不定能让苦庵寺制的香一举成名。"

说得郁棠眼睛都亮了。她觉得她还应该和郁远说一声，让郁家铺子也做个类似五百罗汉图案的剔红漆功德箱献给昭明寺，肯定也能让郁家的漆器大放光彩。只是不知道铺子里还有没有这样的图样，万一没有，找谁画好？而且时间不等人，马上就要到浴佛节了，这件事得早做打算才行。脑子里想着事，郁棠说话不免就慢了半拍。

她有些漫不经心地道："三老爷说的有道理。我昨天还跟二太太说来着，最好是把制香的步骤分开，一个人学一点，应该能赶在四月初八之前做出佛香来。您又赶着给苦庵寺修路，苦庵寺以后肯定会香火很旺盛的。"

不过，香火旺盛了之后，世俗的事就多了，不知道以后苦庵寺是否还会继续收留那些无家可归的妇孺，因为她的关系，苦庵寺和梦中大不一样了。这样的改变对于苦庵寺来说也不知道是好是坏。郁棠就有些无措。

裴宴看着有些摸不着头脑。

他看着她们几个小姑娘行事太儿戏了，像闹着玩似的，想着他母亲的性子，这件事最终恐怕还得落在他的头上。他不想给她们收拾烂摊子，想着堵不如疏，干脆提前接手，把这件事办稳妥走上正轨了，以后也就可以丢手不管了，这才指点郁棠一二的。郁棠倒好，不仅没有听明白，还露出一副很是感慨的样子。

· 154 ·

她到底在想什么呢？裴宴略一思忖，道："怎么？苦庵寺里做不出我说的香吗？"

脚盆大小的盘香和儿臂粗的线香可都是很考手艺的，有些制香的铺子开了几十年也做不好。

郁棠只惦记着自家的铺子了，把这一茬给忘了。她忙道："这件事是二小姐和三小姐在负责，我得去问问她们才行。"

裴宴点头。

郁棠想了想，把自己昨天晚上去跟二太太说的话告诉了裴宴。

她寻思着，若是裴宴也觉得这不是件什么了不起的事，她也就撒手不管了。梦中没有她这些乱七八糟的主意，苦庵寺的众人虽然清苦，却也能暖饱不愁，也许这样的苦庵寺才能保持本心和原意，继续收留那些可怜妇人，未必不是件好事。

裴宴听着却脚步停顿，想了想，道："你说的事我知道了。你且先别管，我自有主张。"

郁棠整个人松懈下来。交给裴宴果然是对的。看来他也觉得这样不妥当，就看他能不能调和众人的想法了。

两人说着话，很快就到了毅老安人和二太太住的地方。

有小丫鬟远远地就看见了裴宴，忙去通报，得了信的毅老安人居然领着二太太和裴家的几位小姐亲自迎了出来。

"遐光什么时候过来的？怎么也不差了人来跟我说一声。"毅老安人望着裴宴，满眼的慈祥，"快到屋里坐！虽说已经立了春，可这天气还是挺冷的。"

她说着，热情地领着裴宴进了门。

众人行了礼，裴宴客气地问候了毅老安人和二太太一声，说了自己的来意。

毅老安人和二太太显然也很意外他的到来，迭声道谢，又说起制香的事来。

众人都露出忐忑的神情来。显然是没有把握在短时间内按裴宴的要求做出能送到昭明寺的香来。

裴宴就道："那你们就先把香方给家里香粉铺子的大掌柜好了。让寺里派了人跟着香粉铺子里的师傅先学着，若是有人来苦庵寺订香，她们能拿得出来就行。"

这不是作弊吗？裴家的几位小姐面面相觑，却不敢质问。毅老安人几次欲言又止。郁棠则心生嫉妒。要是他们家也能有人这样帮衬一下就好了。

裴宴坐了一会儿就走了，但他走的时候叫了郁棠送他，却在郁棠把他送到门口的时候漫不经心般地道："听说顾小姐擅长制香，想必浴佛节那天她也会去昭明寺，只是不知道她会不会跟我想的一样，给昭明寺敬香。"

原来那个大坑在这里等着她啊！郁棠斜睨了裴宴一眼。

裴宴挑了挑眉，扬长而去。

郁棠心里的小人气得直跳脚。他这是什么意思？让她去和顾曦斗吗？这有什么好斗的。裴宴怎么这么幼稚。实际上，只要顾曦不损害她的利益，她根本不会去针对顾曦。

郁棠朝着裴宴的背影撇了撇嘴，随后像想起什么似的，表情凝固在了脸上。

对啊，裴宴不是个随便说废话的人，那，那裴宴跟她说这话是什么意思？！

接下来的时间郁棠简直食不下咽，要不是双桃跑来告诉她，在寺里没有找到她说的那个人，她都忘了她不死心，还想在寺里找到大伯母所谓的表姐的事。

至于香方的事，毅老安人的确比二太太想得多，但她没有反对也没有赞成，而是笑着对郁棠道："那我回去和大嫂商量商量，我不怎么管庶务，也不知道应当不应当。可这香方是郁小姐给的，郁小姐这么考虑肯定是有原因的。"

好歹有件事让郁棠心里好受了点。

回到家里，她立刻去见了郁远，把四月初八浴佛节的事情告诉了他。

郁远眉头皱得紧紧的，道："现做肯定来不及了。今年春天的雨水多，家里的那些漆干得太慢了。但这么好的机会，我也不想失去。这样，你先回家等着，我去和阿爹说说，看能不能想想办法。再就是昭明寺那边，既然今年有高僧讲经，肯定会有人捐大笔的香油钱，一定会准备捐赠大典，如果我们能搭上这个大典就赠他们个功德箱，要是搭不上，就捐点银子好了。毕竟是做善事。"

郁棠也是这么想的，兄妹俩又说了些细节上的事，这才散了。可郁棠心中总觉得会有什么事发生似的，又想不出自己到底哪里疏忽了。

好在是赠给昭明寺的功德箱解决了——上次走水，铺子里的东西都烧完了，郁博从家里的库房找出了个八百罗汉图案的箱笼，他们决定在这个箱笼的基础上改一改，把它改成个功德箱。昭明寺那边也答应了让他们家在捐赠大典上送出功德箱。这样一来，郁家的漆器也可以趁机让更多的人知道了。

但郁棠还是辗转反侧地睡不着。裴宴是什么意思？顾曦会来参加昭明寺的浴佛节吗？她是个从来不做无用功的人，她如果来参加浴佛节，难道仅仅就是来赠个香之类的这么简单吗？郁棠有点烦裴宴的神神叨叨了。

郁棠想找个机会见见裴宴，问问他是什么意思。不过，还没有等她想好借口，裴家的三小姐和五小姐差人报信说明天要来拜访她。

陈氏喜出望外，亲自上街去采买吃食，郁棠拉都没能拉住。

等到三小姐和五小姐过来，陈氏做的糕点、小食摆满了桌，灶上炖着老鸭汤，蒸笼里蒸着大肘子，油锅里炸着肉丸子……香气四溢，比过年的时候还要热闹，还要丰盛。

郁棠无奈地笑着摇头，等三小姐和五小姐见过陈氏之后，就拉着她们去了自己的厢房里喝茶。

茶叶是陈氏昨天去市集上新买的岩茶，配着陈氏做的茯苓糕，再美味不过了。

三小姐和五小姐都迭声夸赞，还问起了那天去苦庵寺时郁棠送给她们的吃食：

"当时也说是伯母做的，伯母的手可真巧啊！"

郁棠就推了推她们面前的九攒梅盒，笑道："那等你们回去的时候，我让双桃给你们装一点。"

两人没有客气，笑盈盈地道了谢。

郁棠就陪着她们说了会儿闲话，郁棠这才知道，顾曦和裴彤的婚事一波三折，这几天又出了点事。

"也不知道大伯母是怎么想的，"五小姐低声道，"非要把大堂兄送去顾家读书，为这件事，不仅找了我姆妈，还找到了毅老安人和勇老安人。还好两位老安人都没有答应去做这个中间人，帮着她到三叔父那里去说项，不然岂不是个笑话。"

三小姐却若有所思，道："可杨家也是这样的说法。好像大堂兄在我们家读书读不出来似的。我瞧着，大伯母不像是急着给大堂兄找岳家，而像是在急着给大堂兄找读书的师傅。"

郁棠听着心中一动。梦中，老太爷去世之后，裴家的人都在临安守孝，后来杨家借口杨老太爷病危，裴彤去侍疾，这才留在了杨家，之后参加了乡试和会试。这其中到底发生了些什么事，她并不清楚。难道这才是大太太选了顾曦做儿媳妇的缘由？

郁棠思忖着，五小姐已转移了话题，道："反正我是不知道大伯母要做什么的。我姆妈也说了，遇到大伯母的事让我避着点，等除了服，我爹就该出仕了。等到三叔父娶了婶婶，我姆妈就会带着我和阿弟跟着阿爹去任上了。"说到这里，她有些依依不舍，道："可我不想跟着阿爹去任上，可我也不想跟我姆妈和我阿弟分开。"

三小姐好像是第一次听说这件事，她惊讶地道："那你，岂不是很快就要离开临安了？"

"我也不知道。"五小姐迟疑道，然后"哎呀"一声，对三小姐道，"我们别把正事忘了！"说完，还朝着三小姐使个眼色。

三小姐立刻正襟危坐，还咳了两声，这才正色地："郁姐姐，我们来找你，是为了苦庵寺的事。"

郁棠很是意外，和她们开着玩笑："我还以为是你们放假，想我了，来找我玩的呢！"

五小姐不好意思地笑了笑，道："我们是想来找你玩的，可功课有些紧，这些日子都没有长假，原本得等到过端午节的时候才能来找姐姐的。"

三小姐也在旁边点头，急急地道："是真的，郁姐姐。你要是不相信，遇到二姐姐和四姐姐的时候可以问她们。"

"我是和你们开玩笑的。"郁棠哈哈地笑，道，"你们是为了苦庵寺的事来找我的，是苦庵寺那边出了什么事吗？"

157

和三小姐就交换了一个眼神，五小姐才道："从苦庵寺回来，我们把苦庵寺的事禀了祖母。结果祖母说，这件事让我们姐妹几个自己拿主意，以后不管是我姆妈还是叔祖母她们，都不会再插手苦庵寺的事。香方是全都给苦庵寺的人还是只给一部分，浴佛节献香不献香，都由我们自己决定。"她说着，愁容全都浮现在了脸上："郁姐姐，我们虽然都跟着家里的长辈学习主持中馈，可这样的事却从来没有经历过，心里没底，想请郁姐姐和我们一起……"说完，她睁大了眼睛，哀求般地望向郁棠。

郁棠被她看得心里发软，恨不得上前捏捏五小姐还带着几分婴儿肥的圆脸。但她还是忍住了，道："你是想让我和你们一起帮衬苦庵寺吗？"

"是的，是的。"五小姐忙道。

三小姐觉得五小姐的话不足以打动郁棠，忙补充道："郁姐姐，我和五妹妹都觉得你说的有道理。佛香的配方对我们来说可能没什么，可对有些人来说却是发家的秘方。匹夫无罪，怀璧其罪。原本苦庵寺虽然清苦，却平安清泰，如果因为我们给苦庵寺惹出什么麻烦来了，那岂不是我们的罪过！我和五妹妹都觉得不能这样随随便便就做决定。"

郁棠莞尔，觉得自己很幸运，认识了裴家的几位小姐。她道："那三小姐和五小姐有什么需要我帮忙的呢？"这就是答应的意思了。

三小姐和五小姐都笑了起来。

五小姐道："我们想，昭明寺的香会是个好机会，无论如何我们都要抓住这次机会，让苦庵寺的佛香扬名香会。这几天我们派在苦庵寺的人回来告诉我们，苦庵寺的师父们做不出三叔父说的那种线香和盘香来，我们已经请胡总管帮忙，去找制香的师傅了。可香方的事，却有些为难。"

三小姐道："我们和二姐姐、四妹妹也讨论了半天，不知道交给谁好——二姐姐最迟明年就要出阁了，我，我这边也要议亲了。四妹妹和五妹妹年纪还小……"说完，她看了五小姐一眼："我刚刚才知道，五妹妹在家也待不了多长的时间了。"

五小姐道："我们都知道这件事很麻烦，可除了郁姐姐，我们想不出其他人可托了。"

三小姐道："郁姐姐，我们想请您掌管这香方，反正这香方原本就是您拿出来的。"

两人说着，站了起来，给郁棠行礼："郁姐姐，还请你帮帮我们。"

郁棠忙把两人拽了起来，道："有话好好说，你们这样，岂不是让我非得答应不可？"

"没有，没有。"三小姐、五小姐面露惶恐，急得额头冒汗，"我们，我们想了好久都没想到更好的办法……"

匹夫无罪，怀璧其罪。郁棠也不想让苦庵寺有事。

她想了想，道："你们不用和我这样客气。我既然答应了你们，肯定会想办法的。何况苦庵寺的事是我提出来的，我怎么能袖手旁观？"

三小姐和五小姐讪讪然地垂手恭立。

郁棠看着直笑，道："你们别这样，坐下来说话好了。"

两人这才坐在了太师椅上。

郁棠笑着暗中摇头，却也没有和她们再客气，直接说起了苦庵寺的事："你们说来说去，实际就是一桩事，苦庵寺的事怎么办，对吗？"

两人不住地点头。

郁棠的脑子已飞快地转了起来，道："我一个姑娘家，也不好直接出面管这件事。"最主要的是，她的威望名声都不足以让她管此事，这件事，还得扯了裴家的大旗，让裴家的女眷出头。不过，也不是没有折中的办法。

她沉吟道："我给你们推荐一个人，裴家临安当铺的小佟掌柜。他家世代在裴家为仆，忠心耿耿，当铺那边又有佟大掌柜拿主意，让他暂时管管苦庵寺的事，我想，他应该能有空闲。"

两人想了想，都露出欣喜的笑容。

五小姐甚至长吁了一口气，道："我就说，这件事得来找郁姐姐拿主意才是。"

三小姐嘻嘻笑，看得出来，整个人都放松下来。

郁棠就继续道："不过，要调动小佟掌柜，让小佟掌柜真心实意地帮我们，还得提前跟三老爷说一声才好。"

两人觉得这都不是什么事，神色间更轻快了。

五小姐还快言快语地道："三叔父在帮苦庵寺修路，就住在别院。我们这就去找三叔父，他肯定会答应的。"

这可真是打起瞌睡来有人送枕头。郁棠笑道："这敢情好。明天我们就去别院问问三老爷。"

五小姐茫然道："我们要亲自去吗？让管事们说一声不行吗？"

当然行。可裴宴每次在她面前都神神叨叨的，她也要在他面前神神叨叨一次。

"人怕对面。"郁棠道，"想让三老爷帮我们，我们若是能亲自求他，自然更好。我正好这些日子没什么事，我去一趟好了。有什么消息，我再及时地跟你们说。"

"这，合适吗？"三小姐有些不安地道，"原本是我们的事，却全都推到了你身上。"

"有什么不合适的？"郁棠笑道，"你们不是还要上课吗？我这些日子正好没什么事，等我忙起来，我可就要支使着你们跑腿了！这可是你们说的，让我和你们一起帮苦庵寺的师父们制香的。"

两人赧然地笑。

郁棠心情愉悦地拍板："这件事就这样决定了。"她马上就可以糊弄糊弄裴

159

宴了。

送走了三小姐和五小姐，郁棠就开始准备明天去见裴宴的衣饰。第二天一大早，她就出门去了裴家的别院。

到别院的时候，已快到晌午。

裴宴正躺在院子里那株树冠如盖的香樟树下的逍遥椅上看书，见郁棠进来，他喊阿茗去帮郁棠端了把玫瑰椅过来，又指了指茶几上的茶壶："桑菊饮，喝吗？"

清热解毒，正是春季的饮品。

"多谢三老爷。"郁棠笑眯眯地坐了下来。

第四十九章　挑战

裴宴又让人端了些桃李等果子过来。

郁棠望着果盘里鲜嫩的桃子、红彤彤的李子，掩饰不住的愕然浮现在脸上："这么早桃子和李子就上了市吗？"

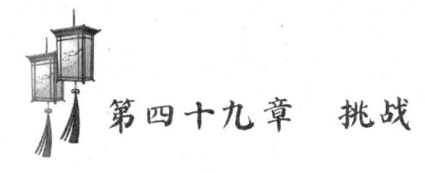

"应该还没有吧。"裴宴懒洋洋地答道，"是庄子里的庄头送过来的，说是庄子里种出来的新品种，只结了两三筐，还没有办法贩卖，先拿过来让我尝尝。"

郁棠想到过年时她去看的那些沙棘树，别说挂果了，就是花都开得少。她顿时觉得有些泄气，很想去裴家的庄子看看，两家的山林到底有什么不同……郁棠恨恨地咬了一口桃子。味道清甜，非常好吃。她心里的郁气又增了几分。

裴宴看她气鼓鼓的包子脸就觉得很有趣。他不明不白地说了那么一通话，想着郁棠也应该来找他问清楚了，郁棠果然就在他预期的时间内跑了过来。不枉他在这鸟不拉屎的地方住了好几天。不过，裴宴若是把心思放在了谁的身上，那个人就很难逃过他的手掌心。

他仔细地观察着郁棠，觉得他若是再不抛点饵出去，只怕郁小姐要炸了，那就不好玩了。

裴宴忙道："你说你有要紧的事找我，是苦庵寺的事吗？几个小丫头搞不定了，请了你出面帮忙？"

郁棠不得不佩服裴宴的聪明劲。她点头，开门见山地道："制香的事是我提出来的，我不能半路丢了不管。所以我想向您借个人。"

裴宴想了想，道："佟掌柜？"

160

这家伙太聪明了。

郁棠已经不想伤脑筋去想他是怎么猜到的。但他猜到了她打佟家人的主意，却没有猜到具体是谁，还是让郁棠在心底小小地得意了片刻，不由对着裴宴露出了一个比平日里更灿烂的笑容来，欢喜地道："佟掌柜呢，年高德勋，他要是再分心管这件事，裴家的当铺怎么办？何况我们这里不过是些制香的小事，杀鸡焉用牛刀？我想，裴家的当铺还是得请佟掌柜坐镇，请小佟掌柜帮我们拿个主意就够了。"

裴宴一愣。

郁棠看着，心生雀跃，忙不迭地道："怎么？您觉得不合适吗？我见识有限，只能想到小佟掌柜。要不，您给我们出个主意，看请哪位管事的来帮帮我们好？当然，也不是把这位管事就定在我们这里了，我们会尽快从身边的仆妇或是寺里的居士、师父中找个合适的人来接手的。到时候他就可以重新回裴家管事了。您觉得呢？"

裴宴觉得就算是把小佟掌柜派过去，也是杀鸡用牛刀。可他仔细想想，他手下的管事中，还真没有比小佟掌柜更适合的人了。

他瞥了郁棠一眼。正好看到她眼底一闪而过的得意。这小人儿！他就说呢，她怎么会这么老实，原来是在这里挖了个坑等着他呢。但他也不是吃素的。她不就是觉得他拿不出更适合的人了吗？那他把胡兴派过去给她用好了。

裴宴立刻道："小佟掌柜不错。不过，佟掌柜每个月都要去杭州城那边对账，他要是再走了，当铺也不是很方便。我看，让胡兴帮你们好了。正好他现在主要是给老安人当差，你们的事他应该也能顾得上。"

胡兴当然更好。

这个人极善交际，又是裴府的老人，不管是府外还是府内都很有人脉，也有手腕。缺点是胡兴是个老狐狸，想让他一心一意地听她的支使，帮她们办事，还得花一番心思。

只是这样一来，她又被裴宴牵着鼻子走了。

郁棠眼珠子一转，立刻有了说辞。她道："胡三总管自然是更好。但正如您所说的，他现在主要是听候老安人的差遣，若是跟着我们三天两头地跑苦庵寺，会不会喧宾夺主，老安人那边没有了可用之人。再说，老安人让几位裴小姐管这件事，就是想锻炼她们的处事能力，要是我们用了胡总管，老安人会不会觉得没有达到锻炼她们的目的啊？"

若是她这样说他都置之不理，那她也就没有什么顾忌了。他到时候可别怨她使劲地支使胡兴干活。

郁棠目光明亮地望着裴宴，还在她自己都没有察觉的情况下眨了眨眼睛。

她这是在向他宣战吗？裴宴挑了挑眉。不过，她这番话还真让他挑不出毛病来。

161

他母亲做了半辈子的宗妇，独断惯了。他既然已经让胡兴去服侍他母亲了，再把胡兴抽出来给几个侄女和郁棠用，的确有些不合适。看样子他还是轻瞧了郁小姐。她除了有相貌，偶尔鲁莽冲动之外，有时候还是有点脑子的。

裴宴向来欣赏能从他嘴里扒食吃的人。他笑道："那就这么说定了。我这就派人去跟佟掌柜说一声，让小佟掌柜去找你。"

这怎么能行呢？贵人不可贱用。她是去请小佟掌柜来帮忙的，可不是请小佟掌柜来给她跑腿的。

郁棠立刻道："哪用得着这么麻烦，我们家和佟掌柜家也算得上是世交了，只要您发了话，小佟掌柜那里，我亲自去请好了。"

裴宴既然决定帮她，已经准备放手，就不会再做那些小手脚了。他爽快地答应了，不再去关注这件事，丢给郁棠几个自己去想办法去了。

他端了茶，一副准备送客的模样。

郁棠气得不行。这个裴遐光，总是在她面前捣鬼，话说一半留一半的。

郁棠立马跟着端起了茶盅，喝了口桑菊饮，道："这茶挺好喝的。好像和我之前在家里喝的桑菊饮有些不一样。这茶是谁调配的？三老爷手里有方子吗？能不能外传？若是不方便外传，能不能告诉我哪里能寻得着？我觉得这茶味道清淡又回味绵长，想弄些给我姆妈也尝尝。"

想问他话就问，还弄出这么多的花样！裴宴装不知道，想看郁棠怎么出招，只管顺着她的话说："不知道是谁配的。青沅？燕青？我不记得了。让阿著去帮你问问，把方子给你。"

郁棠笑眯眯地道了谢，毫不客气地准备把方子拿到手，然后立刻打了个直球："您上次说顾小姐会在昭明寺浴佛节的讲经会上献香，您是怎么知道这件事的？难道顾小姐曾经派了人来与您商量？浴佛节讲经会不是由老安人牵的头吗？难道讲经大典上不管捐赠什么东西都能在大典上露面吗？"

有点意思！裴宴被郁棠突然这么一下子问得有点懵，但他很快就回过神来，笑道："当然是因为顾家派了人来跟我母亲说的。要是顾家和裴家的婚事成了，顾小姐就是我们裴家的长孙媳了，她若是能在香会上传出贤名，于我们裴家也是件好事。"

郁棠压根就不相信。她笑道："看来三老爷最终还是要把宗主的位置传给大公子的了。"

不然何必让顾曦贤名在外？

若是走仕途，家眷最好是低调无名，一来是免得有个什么事就被人求上门来，平白无故地惹出麻烦来。二来就是免得压了上峰家的女眷，让上峰面上无光，坏了彼此间的情分。

裴宴再愣住。外面有各式各样的猜测，却没有一个人敢当着他的面说出来，更不要说问他什么了。

郁棠就知道裴宴想不到她的言辞会这样地尖锐，索性干脆道："若是三老爷无意让大公子当宗主，我想不通您为何要抬举顾小姐争这个贤名，我想，临安城肯定不止我一个人会这么猜测。"

裴宴顿时脸色一沉。他没有想到郁棠这么大胆，敢戳他们家的痛处。他是不是太惯着她了，才让她敢从以前的小心翼翼到现在的大放厥词！裴宴端了茶，厉声道："时候不早了，郁小姐还是早点回去吧！免得天气太晚，路上不好走，让家里的人担心。"

这脾气！说翻脸就翻脸。半句不如他意的也听不得。

郁棠腹诽着，面上却不显，更不敢真的和他翻脸，她佯装出一副什么也不知道的样子，笑道："这还没过晌午呢，还来得及！"说完，她还突然露出恍然大悟的表情拍了拍自己的手，道："哎哟，我只顾着赶路了，忘记了这都要到晌午了。您肯定还没有用午膳吧？那我就不打扰您。我在附近歇会儿，等您用过了午膳，歇了午休，我再来拜访您好了。浴佛节的香会我们应该怎么办，我心里一点谱也没有，这件事只怕还得请教您。"随后也不等裴宴说什么，就起身笑着要和他告辞。

裴宴目瞪口呆。这算什么？以退为进吗？她不会以为他真的不敢得罪她吧？她想留下来用午膳，他偏偏就要学她，佯装出副什么也不知道的样子好了！

裴宴换了个微笑的面孔，轻声道："既然如此，我就不留郁小姐了。至于说到浴佛节的香会，我现在也不知道具体是怎样安排的，恐怕帮不上郁小姐什么忙。"

郁棠知道裴宴这个人不讲究，可她没有想到他会不讲究到这个地步。她在心里冷哼，却半点也没有服输。他不是让她别来吗？她偏偏要他开口留自己。

郁棠在心里琢磨着，笑容更灿烂了："三老爷能让小佟掌柜帮我们，已是天大的恩情，我们都感激不尽。既然您不知道香会那边的安排，正巧，我还没有去拜访老安人，我去问问老安人好了。"

郁棠这是什么意思？他不告诉她，她就去问他母亲……她这是在威胁他吗？裴宴端着茶盅的手一顿。她不会以为他母亲会站到她那边吧？裴宴嗤之以鼻。看来，这位郁小姐还挺天真！他觉得，他应该给郁棠一点教训。

"你去问问我母亲也好。"裴宴气极而笑，道，"浴佛节的事，我母亲的确是比我更清楚。"

郁棠闻言，心里的小人儿骄傲地抬了抬下颌。她就知道，这家伙听了她的话肯定以为她是要去裴老安人那里告状去的。她有这么傻吗？不管怎么说，裴老安人和裴宴是亲生的母子，就是五小姐，在裴老安人面前只怕也没有裴宴有面子，何况是她这个外人。不过，郁棠最多也就像只小猫，大着胆子拍了裴宴一下，已经让裴宴变脸了，可不敢再去挠他了。何况她本意就是来给裴宴添堵的，如今目的已经达到，再去招惹裴宴，让他恼羞成怒，那可就得不偿失了。

郁棠忙道："您也这么觉得！那可太好了。"她佯装松了一口气的模样，语气都变得轻快起来："我答应了三小姐和五小姐跟她们一起帮着苦庵寺制香之后，就直接来了您这里，就是有些事拿不定主意，觉得要先跟您说说才成。这下我终于放下心来了。既然顾小姐献香方的事是您和老安人都答应的，到时候我们家给昭明寺献功德箱就紧随着顾小姐好了。"说着，她笑眯眯地站了起来，黑白分明的大眼睛眨也不眨地望着裴宴，裴宴甚至能从她的双眸中看到自己的身影，那神情，不仅认真，而且还非常真诚："那我就不打扰三老爷用午膳了。我在路上吃点点心，赶到贵府的时候老安人应该正好有空。我先告辞了！"

说完，她朝着裴宴行了个福礼转身就走，把裴宴打了个措手不及不说，还让他喊住她也不是，不喊住她也不是。犹豫间，郁棠的身影很快就消失在了他的视野中。

裴宴顿时眉头紧锁。这让他有种虎头蛇尾的感觉。他在这里待了几天，一方面是想躲着沈善言，另一方面是觉得郁棠肯定会找他的。郁棠果然如他所料般地找了过来，但只说了三言两语就跑了，这让他不仅没有感受到守株待兔的闲情雅致，反而觉得自己有点傻。

他完全可以在其他地方躲着沈善言，为何要在这里受这罪？！裴宴心情一下子变得有些沮丧，特别是郁棠最后丢下来的那句话。郁家准备随着顾家献香方后给昭明寺献功德箱。郁家为何要和顾家比？她是觉得他会特别优待顾家吗？裴宴有些烦躁地喝了口茶。

舒青不知道从什么地方冒了出来，他若有所思地喊了一声"三老爷"。

裴宴回头。

舒青上前低声道："我倒觉得郁小姐言之有理——顾小姐献香方之事，是不是需要从长计议？"

裴宴不悦，但他不知道自己是因为舒青听到了他和郁棠说的话，还是因为舒青站在了郁棠那边而心生不悦。要说是前者，他自幼是个粗率的性子，进入官场之后，为了查缺补漏，他常常会在自己和别人说话的时候安排舒青在帷帐后听着，让舒青把他没有注意到或是没有意识到的事告诉他，他不应该生气才是。如果是后者，那就更不应该了，郁棠这小姑娘有点鬼机灵，就算舒青站在她那边也是对事不对人，舒青说到底是他的幕僚，他又有什么不高兴的呢？

他一时陷入到自己的情绪中，没有说话。

舒青向来觉得裴宴是个他也看不透的人，他早已放弃猜测裴宴的心思，学会了有什么就说什么。这次也一样，他没有顾忌，见裴宴好像还在沉思，他直言道："顾小姐的确不适合出风头，否则会有很多人像郁小姐那样猜测，这对长房来说不是恩典而是残忍。您心里清楚，裴家宗主的位置，是无论如何也不会交给长房的。若是因为献香方的事无端引起很多猜测，我看不如取消此事，这对裴府，对大太太，对您，都比较好。"

裴宴还陷在郁棠走前说的话里。他摆了摆手，没有和舒青讨论顾曦的事，而是道："你说，郁小姐是什么意思？郁家在顾家之后献上功德箱，她是怎么想的？"

舒青愕然。在他看来，这根本不是什么问题。

"郁小姐应该没有什么特别的用意吧。"他小心翼翼地道，心底到底担心有些事是自己疏忽了的，因此没能猜出郁棠的用意，"我看郁小姐的意思，也就是随口一说罢了。"

裴宴摇头，道："这小姑娘，可不是一般的小姑娘，她心思多着呢！她不可能无缘无故地跑这么远，就为了走的时候和我说这一句话。"他摸了摸下巴，猜测道："你说，她不会是想让顾小姐在香会上出丑，但又因为顾小姐将来会是我们裴府的长孙媳妇，怕因此得罪了我和老安人，隐晦地来给我打声招呼。我们要是事后追究起来，她却早就给我们打过招呼了……"

郁小姐应该没有这么重的心机吧？舒青想反对，但看看裴宴一本正经的样子，他又和郁棠不熟悉，一时不知道该说什么了。

裴宴见舒青没有说话，索性让舒青不要管这件事了："我会盯着的，你继续帮我关注顾昶那边的消息就行了。"

杨家也好，他大嫂也好，都是喜欢投机的。和顾家结亲，肯定不仅仅是想让裴彤去顾家读书这么简单。他沉吟道："裴彤的那位表妹，是真的病死了还是出了什么事？"不然，他大嫂是不会改变主意去和顾家结亲的。

"是真的暴病而亡。"舒青道，"裴伍亲自去送了葬，看到了杨小姐的尸体。杨家当时也慌了神，不知道如何是好。后来接到了大太太的信，杨家的两位舅老爷商量了好几天，才决定和顾家结亲的。"

裴宴冷笑，道："是真的病逝就好，别到时候人又从什么地方冒出来了，把大家都吓一跳。"

舒青想到杨家曾经做过的一些事，低头不语，不予评价。

裴宴就道："路上真的连个茶肆都没有吗？你派人去看看郁小姐她们午膳怎么样了。"

舒青在心里不停地吐槽。既然这么关心别人用没用午膳，怎么之前就不留人在这里吃了饭再走呢？失礼也没失到这个份上啊。郁小姐今天也太倒霉了点。

舒青脸上半点也看不出来。他恭敬地应"是"，退了下去。

裴宴琢磨着郁棠的话，觉得自己得回趟裴府才行。这小姑娘，太会忽悠了，别把他母亲真的给忽悠进去了才好。

裴宴草草地用了午膳，把修路的事交给了裴柒，赶路回了临安城。

郁棠要是知道裴宴被自己给糊弄住了肯定得高兴地跳起来，可这会儿，她啃着点心，喝着水，心里却把裴宴至少骂了三遍。见过小心眼的，可没有见过比裴宴更小心眼的。要是她的话没能把裴宴给糊弄住，她会更气的。

不过，讲经会大典的事，她也的确要好好想想。梦中，顾曦向昭明寺献香方的时候，是由她自己亲自送上去的。昭明寺的住持师父为了抬举她，还赠了她一盏莲灯。这盏莲灯底座上是由昭明寺住持师父亲手写的一章《金刚经》，据说还送到五台山去开了光的。顾曦一时风头无人可比。

说来也奇怪。梦中顾曦嫁到李府之后就一路顺风顺水的，做什么事都能引得人争相模仿，好像她是临安第一的贵妇人似的，裴家的女眷就没有一个和她打擂台的。这怎么想都不对劲啊！

就算裴老安人等老一辈的不屑去和她争这些，那裴府的那些小辈呢？

郁棠仔细地回忆着裴府给她留下了印象的子弟。

除了大公子裴彤，还有裴彤一母同胞的弟弟裴绯以及裴家的旁支裴禅、裴泊。裴彤和裴禅是中了进士的，裴绯和裴泊则中了举人。

长房的就不说了，裴禅和裴泊的妻子好像也非常低调，她作为李府的次媳都从来没有见过她们。

还有裴宴。梦中他到底有没有娶亲？娶的是谁家的姑娘啊？真是麻烦！郁棠越想心里越烦，恨恨地咬着点心，觉得自己有现在，全拜裴宴所赐。

好在是裴府快到了。她整了整衣襟和妆容，去见了裴老安人。

裴老安人听说郁棠要见她，立刻让陈大娘带了她进来，还见面就直言道："是不是三丫头和五丫头去麻烦你了？我就猜着她们得去找你！"

要不是顾曦和裴彤马上要订婚了，她们说不定还会把顾曦也拉进来。

郁棠有些不好意思地给老安人行过礼后就坐在了丫鬟端来的绣墩上，温声和老安人说着话："这件事也是我引起来的，我不能全部丢给裴家小姐们自己却不管。何况这是件善事，能帮得上忙，我也是很高兴的。"

裴老安人点了点头，笑道："说起来几个小丫头年纪也不小了，不过是家里小子多姑娘少，我们老一辈的都不由自主地宠着她们，明知道不应该，也就装糊涂了。她们能把你请来也算是她们的本事。关于这件事，你有什么想法？你来见我，肯定是想问问我的意思了？"

郁棠敢在裴宴面前装神弄鬼，却不好意思糊弄裴老安人。

至于说浴佛节那天昭明寺有什么安排，裴家这么多管事，她相信等到了浴佛节的前几天，自然会有人告诉她那天的行程，她不必着急上火现在就知道。

裴老安人不说，她也不必要问。

郁棠笑着点了点头，道："三小姐和五小姐让我和她们一起帮着苦庵寺的人学制香，我想着这件事也是我提出来的，不能丢了就走吧，就答应了。后来又知道这件事是您让她们几个负责的，就寻思着得来跟您说一声。关于浴佛节献香的事和香方的保管，也想跟您说说，请您给我们把把关，看我们想的对不对。"

也就是说，她们已经有了主意。

裴老安人对自家几个小辈还是清楚的。

二丫头这些日子忙着准备嫁妆，三丫头的婚事也开始商量定亲的日子，两个小姑娘的心思都不在这件事上了。四丫头和五丫头年纪小些，还懵懵懂懂的，自己身边的人都管不好，更别说苦庵寺的事了。

有想法的，肯定是郁棠。

裴老安人从前只觉得她安静、温和、大方、识大体，没想到她还能担事，不由感兴趣地朝她倾了倾身子，神色慈祥地温声道："那你都说说看，你们准备怎么办？"

郁棠就把借小佟掌柜和请人帮着制香的事告诉了裴老安人。

以她们的情况，请个制香师傅可以说是就能解决所有的问题了，裴老安人觉得若是换成她自己，也会这么做的。可借管事，而且借的还是小佟掌柜，这就让裴老安人心里不由得一动。

外人看佟家，只觉得佟家是裴家的老人，忠心耿耿，因而在东家面前也有些体面。可裴家的人却知道，佟大掌柜是裴宴的祖父留给裴老太爷的人。佟大掌柜年轻的时候，曾经服侍过裴老太爷笔墨，后来虽然放出去做了大掌柜，却一直掌管着裴老太爷的体己银子。裴老太爷过世后，也是佟大掌柜第一个站出来支持裴宴，还帮着裴宴把外面的一些财物盘点清理清楚了。对裴宴来说，佟大掌柜是家中管事中最值得他信任和尊重的人了，他甚至还准备提携小佟掌柜，想放小佟掌柜去掌管裴家在京城的铺子。

这样的人，他居然借给了郁小姐，让小佟掌柜跟着家中的几个女眷胡闹……

裴老安人仔细地打量着郁棠。白皙的面孔，明亮的双眸，红润的嘴唇，如三月枝头一枚含苞待放的玉兰花，虽衣饰普通，还带着几分赶路的风尘，却依旧漂亮得如夏日之光，只是静静地坐在那里，就让屋里都光鲜了几分，是个真正的美人。但裴宴可不是那种能让美色主导的人。要不然他也不会都这个年纪了屋里还没有个人。那这位郁小姐是凭什么打动了裴宴，让裴宴支持着她们做那些玩笑似的善事呢？裴老安人在心里琢磨着。

郁棠却没有想这么多，她觉得裴老安人审视她是很正常的——谁家小辈的好友家中的长辈能不注意，若是交了人品不端之人，受了影响，到时候可是哭都哭不回来的。

她镇定地道："老安人您觉得这样可行吗？"

裴老安人想了想，沉吟道："小佟掌柜的确很不错，不过，你们怎么想到了要借小佟掌柜？我有点好奇。"

郁棠心生异样。她觉得裴老安人今天的话有点多，好像在向她解释自己为什么要这么问，但她是裴府的老太君，根本没有这个必要啊！

167

郁棠觉得是自己多心了，依旧坦然地笑道："是我去求的三老爷——裴家的掌柜里面，我只和佟家的几位掌柜熟悉，其他的人我不了解，也不知道为人如何，就向三老爷借了小佟掌柜。"

裴老安人一愣，随后哈哈地笑了起来。有些人，就是运气好。有时候，你机关算尽，比不过别人运气好。郁棠说不定就是个有这样福气的小姑娘。

裴老安人不再多想，笑道："这个人选很好。"随后不由自主地告诉她为人处世："做事，就得选对人。人选对了，做什么都事半功倍。人若是选得不好，做什么事都会束手束脚。我们做事，有的时候其实就是选人。"

郁棠感觉到裴老安人的善意，恭敬地垂手听着。

还是个聪明的人。裴老安人很是满意，还指点她让小佟掌柜去帮着找做线香和盘香的人："这件事说来说去也是一件事。他既然接手了，这些事也不妨交给他去做。他认识的人比你们认识的多，他要是觉得有困难，还可以去找其他的管事帮忙，比你们交给胡兴要好得多。胡兴一直以来都只在临安城里走动，比不得佟家，几个叔伯兄弟都在四处做大掌柜。"

郁棠忙起身道谢，陪着裴老安人又说了几句闲话，直到小丫鬟来禀说大太太过来了，她这才起身告辞。

裴老安人也没有留她，让计大娘送她出门。

出门的时候，她碰到了大太太。

郁棠想给大太太行个礼来着，谁知道大太太满脸铁青，看也没有看她和计大娘一眼，由一群丫鬟婆子簇拥着，和她擦肩而过。

计大娘满脸尴尬，给郁棠赔礼道："大太太这些日子为了大公子的婚事忙得晕头晕脑的，还请郁小姐不要放在心上。"

这一看就是在盛怒之中，郁棠当然不会为此生气了，但她也止不住地好奇，悄声问计大娘，道："大太太这些日子都这样吗？"

计大娘看四周无人，低声和她八卦起来："可不是！之前不是住在别院吗？让她回来过年她不回来，后来不知怎的，杨家舅老爷来了，她就下了山，接着就天天为了大公子的婚事和老安人、三老爷置气。要不是马上要到大老爷的祭日了，老安人哪里还能忍她！"

说不定人家大太太就是看着马上要到大老爷祭日了才这样闹的呢！

郁棠不怀好意地猜测，又有点奇怪大公子成亲有什么好闹的。

计大娘看了她一眼，笑道："难怪郁小姐不知道。大户人家是无私产的，可也不能真的成了亲给娘子买个头花戴都得等着月例或伸手向家中的长辈要，成亲的时候，通常都会赠送些产业给晚辈，让他们有个买花粉胭脂、笔墨纸砚的进项。大太太就是为此事跟老安人置气呢！说大公子是家中的长孙，虽说不能继承永业田了，却不能和其他房头的少爷一样，只给几间铺子就算完事了。"她说到这里，警觉地又朝四周看了看，在郁棠的耳边轻声道："陈大娘说，大太太这是在打老安人陪嫁的主意！"

郁棠吓了一大跳。

计大娘以为她不相信，道："真的！是陈大娘跟我说的。"说到这里，她长长地叹了口气："老安人嫁进来的时候十里红妆，陪嫁不少。而老太爷却好像知道自己会走在老安人前头似的，老太爷走后，家里的人才知道老太爷把自己名下的产业都转到了老安人名下，三位老爷一个铜板也没有得到。"

"啊！"郁棠睁大了眼睛。为什么没有分给自己的儿子？难道是怕自己走后儿子们不孝顺老安人，还是觉得三个儿子都不好？可这也说不过去啊！郁棠皱了皱眉。

计大娘唏嘘道："不说别的，光是银子就不下十万两，还不是存在裴家自己的银楼里面。老太爷走后，那家银楼的大掌柜怕老安人把存的钱都提走了，没等老太爷下葬就开始围着老安人转，直到得了老安人的准信，依旧会把钱存在他们银楼。那大掌柜还觉得不放心，又在家里停留了月余才走。你说，谁摊上了这样的婆婆能不动心啊！"

"是啊！"郁棠还想着老太爷的安排，有些心不在焉地道，"这么多钱！"

"可不是！"计大娘摇头，"但留这么多银子有什么用？我觉得，老安人宁愿不要这银子，也不想老太爷走的。"

是啊！谁愿意老来失伴，何况听说老太爷和老安人的感情向来很好。郁棠顿时心情有些低落。

两人相对无语，在大门口正要分手，裴宴回来了。

看见车马，众人都非常惊讶，原本安静的侧门立刻喧哗起来。

裴宴下了马车却朝郁棠走过来："怎么，这就要回去了？见过老安人了？老安人怎么说？"一副有要事商量的模样。

跟车的裴柒眼睛珠子直转，有些僭越地插言道："三老爷，您这几天吃没吃好，睡没睡好，有什么话还是进屋说吧！"说着，他的视线落在了郁棠的身上，客气地喊了声"郁小姐"，做了个请的手势。

可郁棠看裴宴却皮肤光洁，一双眼睛清澈炯然，身材挺拔飒爽，半点也看不出疲劳倦色。她在心里冷笑。这个裴柒，又是个人精。

计大娘张大的嘴巴半晌都没能合拢，见裴柒要请郁棠重返裴府，这才回过神来，忙上前虚扶了郁棠，道："郁小姐，您随我来。"

可就算如此，她心里也很茫然，完全不知道发生了什么事。三老爷不是去修路了吗？怎么这个时候回来了？男女授受不亲，既然要请郁小姐进府，怎么不使唤青沉或是燕青？裴柒请郁小姐的时候，三老爷怎么也没有阻止？她高一脚低一脚地陪着郁棠往耕园去。

裴宴居然赶了过来。可见她的说辞对他起了作用。郁棠心里的小人儿欢喜雀跃，好不容易才控制住了想要上扬的嘴角，跟着计大娘到了耕园。

她决定，继续忽悠裴宴。反正他很厉害，她又忽悠的是些无伤大雅的事，就让他自己去头疼、去伤脑筋好了。郁棠越想越心情舒畅，不知不觉中就跟着计大娘进了裴宴的书房。

裴宴的书房一如往日，梅瓶里插着干枝，半新不旧的薄被整整齐齐地放在摇椅上，摇椅旁的茶几上还摆着个四格攒盒，放了些零碎的东西。浓浓的书香中透着几分温馨，让人看着心先跟着安静下来。

郁棠有点羡慕裴宴有个这么大的书房，她这次多打量了几眼。

裴宴却连衣裳都没有换就跟着走了进来，靠在书房中间的大书案旁，神色淡然地指了指摇椅旁的禅椅，道了声："坐！"

郁棠觉得裴宴原本就比她高一个头，若是她坐着，岂不是更没有气势？这于她接下来要说的话不利。她笑着道了谢，却没有听话地坐下来。

裴宴心中"啧"了一声。这是要和自己对着干了！不过，她最多就是只小猫猫，发起脾气来也不过是只敢伸出爪子挠两下，最多撕烂他一幅画，打碎他一个花瓶罢了，这些损失他还是承受得起的，不足为惧。

"我母亲怎么说？"裴宴也就没有客气，开门见山地道，"浴佛节昭明寺的香会是怎么安排的？"

"我没有问。"郁棠睁着她一双黑白分明的大眼睛，满脸真诚地望着裴宴。

裴宴讶然。

郁棠已满脸愧疚地道："这件事都是我的错。我到了府上，见了老安人才意识到——从前我在府上小住的时候，家里的管事和管事娘子有什么事都会提前一天告诉我们，讲经会那么大的事，肯定有管事在负责。既然这样，讲经会的行程肯定也会提前就定好，告诉所有参加讲经会的人。是我太急了，又自小生活在街衢小巷，之前没想明白，直到见到老安人、见到陈大娘才想明白的。"

裴宴闻言，一口气堵在胸口，都不知道该说什么了。也就他把这姑娘的话当真，还急着赶了回来，就怕她在讲经会上捣乱，到时候丢脸的可不仅仅是顾家，还有裴家和郁家。可望着眼底闪烁着愉悦的光芒，一副计谋得逞的郁棠，他难道还能指责她让自己上了当不成？裴宴觉得心累。

他疲惫地按了按太阳穴，无奈地道："你既然觉得没必要提前知道了，就等那天的行程单出来再说吧！不过，既然行程单出来了，你就得照着行程单来；否则讲经会不顺利，那丢的可也是老安人的脸面。"

郁棠明白。

她梦中经历过顾曦献香方的事。毕竟只是几页纸，顾曦就算是做得再漂亮，想通过这件事给自己争个好名声，可也不如需要四个人抬的功德箱，也不如脚盆大小的盘香、儿臂粗的线香。她有的是办法压制顾曦。而且，她还有点盼着这天早点到来，想看看顾曦阴沉的面孔。

"三老爷要是没有其他事我就先走了。"郁棠喝了一口阿茗端上来的岩茶，有点可惜没时间吃裴宴书房里的桃酥饼了。岩茶配桃酥饼，想想都好吃得让人舌头要卷起来了。可是她已经惹了裴宴，她怕裴宴发脾气。天子一怒，伏尸百万，流血千里。裴宴当然比不上天子，可让临安城的人或者是说让他们郁家不痛快是很容易的。

"我已经跟老安人说了要借用小佟掌柜的事，"她恭恭敬敬地道，不想在这个时候再招惹裴宴了，"还得亲自去请一趟才显得出我们的诚意。距离浴佛节没多长时间了，我心里有点急，想明天就去佟家拜访。"说完，给裴宴行了个福礼，摆出一副"不管你同意不同意，我有事要忙，得走了"的架势，还叮嘱裴宴："你记得派个人去跟两位佟掌柜说一声，免得我贸贸然地找了过去，两位佟掌柜还不知道发生了什么事，不相信我说的，那可就麻烦了。"

裴宴看着就心烦，摆了摆手，让她走了。

郁棠觉得自己像飞出了囚笼的小鸟，顿时人都飞扬了起来。

路上，她试着先说服小佟掌柜的岳母计大娘："虽比不上那些大掌柜看着气派，可这是做善事，是留名的事儿。人不管走多远，走多高，总归是要落叶归根的。在家乡有个好名声，可是别人求都求不到的事。"

计大娘听了直笑，道："郁小姐，您不必和我说这些。我们计家也好，佟家也好，都是裴家的世仆，受过裴家的大恩。三老爷和老安人让我们做什么，我们就做什么。别说是去帮着您和几位小姐打理苦庵寺的事了，就算是让他去庄子里做庄头，他也会好生生地跟着那些老佃户学，帮着三老爷和老安人打点好田间地头的事。"

郁棠嘿嘿地笑，脸有些热。

从裴府回到家里，她直接就累瘫在了床上。

陈氏还以为她只是去裴家做了一天的客，见状不免有些心疼，道："量力而行，要是实在顾不过来，就别管苦庵寺的事了，想必裴老安人能体谅的。"

郁棠敷衍般地"嗯"了几声。

陈氏哭笑不得，狠狠地拍了拍她的肩膀，坐到了她的床前，柔声道："阿棠，姆妈跟你说个事。"

郁棠一听这话立刻戒备地坐了起来，语气也变得干巴巴的："您说！"

陈氏一看她这样子就气不打一处来，又狠狠地拍了拍她的手，这才道："你这是干什么？我这不是为了你好吗？这一开年，你都十八了，别人家像你这么大的姑娘早就成亲了，你的婚事八字还没有一撇，我这不是着急吗？"

郁棠忙安慰陈氏："我知道，我知道。我也没说什么。我只是让您别着急。这又不是买碗买碟子，不好了还可以再买。"她脑子飞快地转着："我阿爹不也说了不着急吗？"

"可吴太太这次给你介绍的这户人家我瞧着挺不错的。"她不死心地道，"我觉得那孩子也挺好的……"

郁棠只得道："是哪家的子弟？要是您觉得好，我就去看看。"

反正自过年之后他们家又相看了几家，不是她姆妈嫌弃别人长得太寒碜，就是她阿爹嫌弃别人没有才学……有学识又有相貌的人，怎么可能去别人家入赘呢？

她不想打破父母的幻想，干脆就随他们去好了。反正婚事十之八九都不能成。

陈氏见女儿听话，精神大振，忙道："是吴太太娘家那边姑太太婆家姨母的孙子……"

郁棠左耳朵进右耳朵出，心里琢磨着明天去见小佟掌柜的事，把陈氏的话当催眠的曲子，居然睡着了。要不是被陈氏拍了一把，她恐怕就直接睡到明天早上才能起来了。

陈氏恨得咬牙切齿，把郁棠狠狠地训了一顿，吃晚膳的时候又向郁文告了她一状。

郁文笑着打马虎眼，好不容易把陈氏给哄得笑了起来，雨过天晴。

郁棠悄悄地向父亲竖了大拇指。

郁文得意地朝着她笑了笑，趁着陈氏叫了陈婆子进来问话的机会悄声和郁棠说着悄悄话："婚姻的事急不来的，一急就容易出问题。你也别什么都听你姆妈的。万一哪天你去相看了，要记得阿爹的话，但凡有点觉得不满意的，就不要答应，不然肯定是害人害己。"

郁棠连连点头。

可在裴府里，裴老安人端着茶盅好一会儿都没有动。

珍珠只得小心翼翼地上前，帮裴老安人捏着肩。

裴老安人喃喃自语："怎么这个时候回来？没有先来见我，倒是先去见了郁小姐，还是在门口把人给截下来的……"

她的儿子，什么时候干过这样的事？裴老安人心中一动。不会是他们家裴宴看中了郁秀才家的郁棠吧？

常言说得好，英雄难过美人关。郁棠倒是个美人儿，可到底是不是个关隘，谁又知道呢？横竖离除服没几个月的时间了，小儿子的婚事也不急。且就算她急也没有用。裴宴自小就主意大，和黎家的婚事他说不行，无论黎家怎么对他，他就是不答应。郁家……相差得也太远了。

也许是她多心了。

裴老安人摇了摇头，心里却始终感觉隐隐有些不安。

翌日，郁棠去见了大、小两位佟掌柜。

裴宴做事就是敞亮。大、小佟掌柜得了准信，见到郁棠的时候父子俩都笑

172

了起来，佟大掌柜还不见外地和她道："你这孩子，想让小佟去做点事就让他去做，何必去求三老爷给他这个恩典，还给他正正经经补了个管事的缺。以后若是总管里有人辞了工，小佟也能有个机会去争争总管的位置了。"

还有这种事？郁棠汗颜，不好意思抢了裴宴的功劳，道："这都是三老爷的意思，我只不过是在旁边帮着敲了敲边鼓。"

这中间的事佟大掌柜已经全都知道了，有些话他也不好说得十分明白，听了笑道："不管是谁的功劳，这个时候您能想着我们佟家，我们佟家上上下下都感激不尽。"说着，他好像不想再多说这些事似的，把话题转移到制香的事上去了："我收到消息就让人去打听制香的师傅了，应该这两三天就会陆陆续续地有消息过来了。"

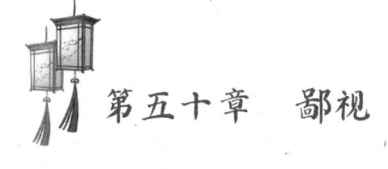

第五十章　鄙视

这么快！

郁棠非常惊讶，但惊讶过后又高兴起来，觉得自己很幸运，选择了小佟掌柜来帮忙。

她向佟大掌柜道谢。

佟大掌柜摆了摆手，让人去叫了小佟掌柜过来，三个人就坐在当铺后面内堂的小花厅里商量起以后的事来。

佟大掌柜的意思是先重金请外面的师傅帮着做一批脚盆大的盘香和儿臂粗的线香出来，用于讲经会上献香用，然后教苦庵寺的师父和居士怎样制这种香，再加上二小姐和三小姐已经教过的制香方法，制出来的香一大部分送到裴家的香烛铺里售卖，小部分留在寺里，或卖给上门求香的人，或送给来苦庵寺上香的香客。

前者郁棠能理解，这和她想的一模一样，可后者她就有点不明白了，道："苦庵寺颇为偏僻，几乎没有什么香客，来上香的人赠送些佛香挺好的，可卖香给上门求香的人……"

十之八九没人买！

佟大掌柜胖胖的脸笑得像个弥勒佛，道："郁小姐，做生意不是那么简单的事。有时候是为了赚钱，有时候是为了赚名声。有时候呢，赚钱更重要，有时候却是名声更重要。苦庵寺说到底，是要做善事的，既然做善事，那就是名声更要紧一些。

· 173 ·

何况苦庵寺现在压根就没有什么名声，那怎么打开苦庵寺的名声就是第一要紧的事了。就像您所说的，苦庵寺偏僻，香客都少，来求香的人就更少了，可我们的本意也不是为了卖香——您想想，要是您去苦庵寺里上香就得有香，可那些不进去上香的，想得到苦庵寺的佛香却要拿银子来买。您是选择进去上个香呢，还是选择过门不入只买个香就走呢？"

郁棠恍然，若有所思。

佟大掌柜看着暗暗点头。难怪郁秀才舍不得把这个女儿嫁出去，这是个机灵的，一点就透，过几年说不定真的能把郁家给撑起来！

佟大掌柜心里一高兴，索性就多说了一些："所以说，这送给昭明寺的香就很要紧了。一定要好闻，一定要让那些妇人觉得闻着就舒服。阿海过去呢，第一件事就是要闻闻那些佛香都是什么味道的。我听说有一道香方可以制出檀香味的佛香来。我觉得这个好，我们可以单独做一批檀香味的佛香出来，什么端午节、中秋节之类的节日可以送，先到先得，送完为止。还可制些安神的香，很多年纪大了的香客都有睡不好的毛病……"

他说起生意经来就有点话长，等他感觉到郁棠看他的眼睛有些直愣愣的，这才惊觉自己又说多了，忙打住了话题，笑道："这些都是我随便想的，具体要怎么办，还得根据实际的情况再具体分析，我们好好商量过了再说。"

可就这样随便说说，已经让郁棠大开眼界了。她忙道："您说，您说。就是我之前没有想这么多，怕自己一时没有记住，能不能让我找个笔墨记一记？"

佟大掌柜愕然，然后哈哈大笑起来。

郁棠脸一红，急道："我，我脑子真有点不够用了，您还是别笑我了。"

"挺好，挺好。"佟大掌柜笑道，"我也是带过很多徒弟的人了，不怕不知道，就怕不认真。你这样挺好，苦庵寺的生意一定能做起来的。"

原来在佟大掌柜的眼里，苦庵寺这件事也不过是门生意。

郁棠赧然地笑。

小佟掌柜这时才有机会开口说话。他恭敬地请教郁棠："香方我能看看吗？我早听说过这些香方是您从孤本里找到的。既然是孤本里的，肯定是前朝的香了。前朝的人用香崇尚奢华，如今的人用香崇尚清雅，这香方怕是还要调整调整。"

这是个误会。这香方就是梦中顾曦配的，不仅符合现在人的爱好，而且还特别受妇人的喜欢。

小佟掌柜没有见到过制好的香，自然会有所担心。

郁棠立刻爽快地答应了："我们也只是想帮苦庵寺有个收入，不至于靠着香火过日子，您想怎么改都没问题。"只要小佟掌柜请的人有这本事。

大、小佟掌柜都明显地松了口气。

郁棠暗暗抿了嘴笑。

她在当铺待了快一个时辰，三个人才把以后的章程说了个大概，可再继续说下去就涉及一些细节了。小佟掌柜刚刚接手，郁棠也还没有再去苦庵寺看过，问的不知道，答的也不清楚。他们没有继续讨论下去，而是约好等小佟掌柜去苦庵寺看过，找到了制香的师傅再说。

郁棠起身告辞。大、小佟掌柜送她出门。

正是春暖花开的季节，当铺内堂天井的香樟树枝丫吐绿，清新喜人，树下池塘里养的锦鲤摇曳生姿，活泼可爱。

郁棠不由脚步微顿。她突然想到了自己第一次进入内堂里的情景。裴宴就在雅间。她隔着天井看到他的侧影。事情好像就发生在昨天。可实际上已经过去了快两年。郁棠翘了嘴角，微微地笑。

那时候她只是觉得裴宴英俊逼人，让人见之不能忘，却没有想到，有一天她会成为裴宴的座上宾，还会和裴家发生这么多的纠葛。

她心情愉快地回到了郁家。

裴府那边，舒青从苦庵寺回来，正和裴宴说着修路的事："都安排好了，最多十天，路就能通了，不过若是全都铺上青石板，恐怕还得半年。"

最要紧的是，这段时间家家户户或要春耕或要植桑准备养蚕，未必有青壮年帮着修路。

舒青迟疑道："要不要请汤知府帮个忙？"

汤知府九年任期快满了，一直寻路子想调个更好的地方，可因为上次李家私下养流民为匪的事被揭露后，他既不想得罪裴家，又不想得罪在他眼里看来是新贵的李家，两边讨好的结果是两边都不满意他的处理结果，在这个节骨眼上，两家自然也都不会帮他。

他正为这件事急得团团转。

可裴宴不想给汤知府这个机会，他道："我们的根本在临安城，若是纵容个像汤知府这样的父母官，以后再来上任的官员会怎么想？照我说，李家私下收留流民的事就得一提再提，把他踢到哪个旮旯角落里去做官才是，让那些再到临安做官的人睁大了眼睛，知道什么事该做什么事不该做才是。"

舒青想想也有道理，遂点了点头，准备继续和裴宴说说知府的事——汤知府走后，由谁来临安做父母官，他们若是有心，是可以左右一下临安的官员任免的。谁知道裴宴却话题一转，转到了浴佛节昭明寺的讲经会上去了："那天的行程出来了吗？捐赠的事是怎样安排的？"

舒青愕然。说实话，这是件小事，以他在裴府的身份地位，根本不会关注这件事。但作为幕僚，他不能说他不知道。他立刻让人去喊了胡兴进来。

胡兴立刻道："还没有定下具体的章程，不过老安人的意思是，先捐赠，再讲经，之后想再捐赠的人，可以继续捐赠。所有当天捐赠过的人都可以留下姓名，刻在石碑上，立在寺后的悟道松旁边。您看这样行吗？"

原本这样的事都是有旧例可循的，胡兴虽然说老安人还没有完全确定下来，但这个章程肯定是经过老安人首肯的，不然他就会直接让裴宴拿主意了。他这么说，也不过是怕裴宴有什么意见是和老安人相左的，他提前打声招呼罢了。当然，若是裴宴一定要改，他肯定会依照裴宴的意思修改的。

只是这种情况发生的概率非常小。裴宴是家中的宗主，他是要管大事的人，这种丢个香火银子，捐赠点香油钱的事，以前根本不需要他过问的。

胡兴想他可能就是心血来潮问一问，十分自信地挺着胸膛等着裴宴夸奖他。

因为讲经会之后还继续接受捐赠，那这些会后捐赠的多半都是听了讲经会之后情绪激动的普通民众一时的激动之举。可这样一来，捐赠的东西和银两肯定比寻常的香会都要多，这次由裴家资助的讲经会肯定也会名扬江浙，让裴家锦上添花的。

不承想裴宴看了他一眼，却道："这件事安排得不错。不过，这次请了南少林寺的高僧过来，主要还是让大家听听高僧的教化，就不要喧宾夺主了。讲经会之后的捐赠依旧，讲经会之前的捐赠……"他沉吟："就由寺里统一安排知客和尚拿上去，知客堂的大师父唱个捐赠的名册就行了。过犹不及，这种在讲经会上露脸的事，裴府还是少沾为好。"

胡兴和舒青一个战战兢兢地应诺，一个睁大了眼睛，半晌都没有眨一下。

裴宴才不管这些人心里怎么想呢。把事情布置下去了，他心里一直绷着的那根弦终于松了下来。大家统一行事，又是临时改的，郁小姐应该没有什么机会捣乱了吧！他在心里琢磨着，思忖着自己还有没有什么失察之处。

胡兴和舒青却神色一个比一个奇怪地躬身行礼，退出了书房。

裴宴开始思考汤知府的事。

胡兴却一把拽住了舒青，诚恳地低声向他请教："三老爷这是什么意思？是不是觉得我之前的安排太高调了？他老人家不会生气了吧！"

这个新宗主，喜怒无常，真的让他摸不清脉络。

舒青却在想郁棠。这件事不会与郁家的那位小姐有关系吧？

因此他回答胡兴的时候就有点心不在焉的："应该不会吧！不过，那天据说顾家小姐也会来凑热闹。她虽然是嫡长孙媳，可宗主的位置却落到了三老爷这一支。"

胡兴被舒青的话吓出一身的冷汗来。他只想到怎么把这件事做好，让裴家大出风头，让自己能重新回到裴宴值得托付的人员名单中去，却忘记了裴家最忌讳的就是出风头了。

舒青可不是随随便便就乱说话的人。

"多谢，多谢！"胡兴连声道，"等舒先生哪天有空了，我们一起去喝个小酒。临安城有名的食肆、酒肆就没有我不知道的。"

176

舒青并不是临安人，而是跟着裴宴从京城回来的，具体是哪里的人，有些什么经历，胡兴并不清楚。包括账房陈其和车夫赵振，他都不熟悉不了解。

舒青笑了笑，客气地说了声"好"，就去忙自己的去了。

胡兴则站在树荫下发了半天的呆才离开。

小佟掌柜那边，比郁棠预料的还要顺利。就在她见过佟大掌柜的第三天，当铺那边就有消息传过来，佟家掌柜们找了两个制香的师傅：一个是富阳人，姓荀，年过六旬，过来可以，但要带着一家老小和自己的十几个徒弟一起过来；还有位姓米，武昌人，四十出头，也是要带着一家四口和两个徒弟过来。小佟掌柜介绍这两位师傅的时候道："各有利弊。荀师傅是老东家不在了，新东家要转行，给了他一笔银子养老。可他的儿子、女婿、徒弟都是学这个的，他要为他们找条出路，他自己可能不会再制香了。米师傅呢，正是年富力强的时候，他是因为和老东家不和，所以才远走江南的。具体选哪位，还请郁小姐拿个主意。"

郁棠想着这件事是裴老安人让几位裴小姐主理的，让人带了信去给裴家的几位小姐，询问她们的意见。谁知道裴家的几位小姐个个都为了浴佛节的事不得闲，二小姐干脆道："既然这件事交给了郁姐姐，就劳烦郁姐姐拿主意了。"一副要丢手的意思。

郁棠苦笑。还真应了那句话，谁出的主意谁干，这件事怎么就成了她一个人的事？

好在是小佟掌柜也和佟大掌柜一样，是个豁达之人，不仅没有笑她，还安慰她："没事，我们常遇到这样的事。您只要把您选择的理由告诉几位裴小姐，让几位裴小姐以后遇到这类的事能有个参考的就行了。这也是老安人让几位裴小姐主事的缘由——她们以后都会嫁到富贵之家的，难道还会真的去管这些事不成？就算是有什么事，婆家有丈夫叔伯，娘家有兄弟姐妹，有的是人给她们出主意。老安人也是怕她们见识少，这才拉着她们这里那里到处走动的。"

郁棠想想也觉得有道理，遂对小佟掌柜道："我是想选那位米师傅。"

小佟掌柜一愣。一般人通常都会选荀师傅。米师傅是和原来的东家闹不和，这是很受人诟病的事。

郁棠道："您找的这两位都是当地有名的制香师傅。那米师傅想找个糊口的事应该并不难，却宁愿背井离乡，显然是不想和原来的东家打擂台，可见这人还是有点底线的，和原来的东家不和，说不定也是另有内幕。而那位荀师傅呢，儿子、女婿、徒弟全都跟着他学制香，他年过六旬了，新东家要转行，他的家里人和徒弟们居然找不到很好的事做，还需要他出面帮着揽活。可见若不是他的那些儿子、女婿、徒弟什么的不争气，没有学到他制香的手段，就是他敝帚自珍，没有把手艺传给自己的传人。这样的人，就算是我们请了来，恐怕也不会真心地教苦庵寺的师父和居士们制香的。不过，两人具体的性子如何，还是得接触了才知道。"

小佟掌柜暗暗点头。他说这话也有些试探郁棠的意思。若是郁棠信任他，就会相信他所提供的消息；若是不信任他，只会相信她自己亲眼所见的。这关系到他今后以怎样的态度对待郁棠。如今就是最好的结果了。

小佟掌柜也就不再藏着掖着了。他道："我想把两位师傅都请过来试试。"说到这里，他还朝着郁棠笑了笑才继续道："正好帮我们赶制一批盘香和线香。"这就是要借着试用的机会让两位师傅都帮着苦庵寺做事了！

郁棠抿了嘴笑，道："可行！"小佟掌柜的眼睛也眯了起来。两人心照不宣地达成了协议，彼此都觉得对方是个机敏灵活之人，以后应该能够很好地共事。

很快，两位师傅就都到了临安。

这期间，郁棠还去相了次亲。

和前几次一样，郁棠仍旧没有什么感觉。郁文觉得这小子人还算老实，陈氏却挑剔别人长得不够高大，配不上郁棠。

郁文还难得地和陈氏争了一次："嫁人，最要紧的不就是人品和才学吗？"

陈氏道："可那孩子也太矮了一点。难道你想以后生个很矮的外孙吗？"

可能因为郁家的人都不太高，对于身高就有了一定的执念。

像郁远，一见相氏就觉得满意。可在外人的眼里，相氏人高马大，还不白，从相貌上来说，嫁给郁远就有点高攀了。

郁文立刻不吭声了。

郁棠松了一口气。她觉得自己还有好多事要做，还不想那么快成亲。

而按照之前小佟掌柜和两位制香师傅说好的协议，两位制香师傅在苦庵寺附近的两家农舍一安顿下来，他就亲自将两位师傅的车马费送了过去，还很委婉地表示，不是他不相信两位制香师傅的手艺，而是东家行事喜欢"是骡子是马要拉出来遛一遛"，他这个做小掌柜的也只能依命行事，还哄着两位师傅："一定要拿出最好的手艺，做出最好的香来，不然我这个推荐人没办法给东家一个交代。"

两位制香师傅自然迭声应"好"。

小佟掌柜送上已经配好的香料，就去了苦庵寺。

苦庵寺的住持师父已经按照小佟掌柜说的，通过这些日子的观察，找了十几个手脚伶俐的居士，见小佟掌柜过来，直接就把人交给了小佟掌柜，还照之前小佟掌柜的叮嘱说道："为了让我们苦庵寺出头，裴家不仅资助了昭明寺的讲经大会，还请了两位师傅帮着我们苦庵寺制香，可我们自己也不能袖手旁观。你们去了，一定要好好帮着两位师傅打下手。"

两位师傅对这些居士的态度，也决定了最终聘请谁。

没几天，两位师傅都做出了脚盆大小的盘香和儿臂粗的线香。小佟掌柜就请了郁棠和裴家的几位小姐试香，看看那香点着了会不会中间熄灭或是断掉。这才是脚盆大小的盘香和儿臂粗的线香不好做的原因。

郁棠和裴家的小姐当然都不可能真的等到盘香和线香烧完——那得几天几夜。不过是在小佟掌柜把香送过来的时候去看了看，然后找了个穿堂把香点着了后闻了闻香味，就跑到一块儿去说悄悄话了，穿堂里自有守着的丫鬟婆子告诉她们这些佛香是好是坏。

"郁姐姐那天准备穿什么衣服？"这是四小姐最关心的，她满脸兴奋，道，"我做了三套衣服，二姐和三姐姐都敷衍我，说都好。等会儿郁姐姐帮我看看。你说哪套好看我就穿哪套。"

五小姐气呼呼地道："郁姐姐别听她的。我们都说她穿那套粉色的好，可那套粉色的要戴珍珠首饰才好看。她最后却又新打了支金凤衔珠的步摇，她想戴着这步摇去昭明寺，就在那里纠结穿什么衣服好。"她说着，邀请郁棠："姐姐有些日子没来了，我们家后院的牡丹花快开了，你这些日子有空吗？我到时候让婆子送信给你，你过来赏花呗！今年家里新添了几株绿牡丹，我也是第一次见。"

郁棠奇道："三老爷不是不喜欢花吗？"

五小姐不满地哼哼道："三叔父就算是再不喜欢，还能管到我祖母的院子里去？那绿牡丹，是宋家派人送过来的，我祖母可喜欢了，还赏了我姆妈一盆。不过我姆妈怕养不好，依旧放在祖母的花房里。"

郁棠知道宋家和裴家的关系。她笑着应了："那你到时候记得让婆子跟我说一声，我也只是听说过绿牡丹，还没有见过。"

三小姐却冷笑道："宋家向来是无事不登三宝殿，他们这次又要做什么？"

五小姐迟疑道："应该没什么事吧！来的人只说宋家在太湖那边新做了两艘大船，说大船下水的时候，想请祖母过去看看。这不算是什么事吧！"

三小姐告诫五小姐："反正他们家做什么事我们都得多个心眼，能不走动就尽量别走动。"又感叹道："伯祖母什么都好，就是这门亲戚不好。"

郁棠听了直笑，道："皇帝还有三门穷亲戚的，你也不能指望着姻亲间个个都人品端方啊！"

三小姐脸色一红，道："我就是觉得宋家做事太不讲究了。"至于怎样不讲究，三小姐没有再说，郁棠也不好多问，但宋家造出了大船，却给郁棠留下了深刻的印象。不知道江潮这次出海平不平安。如果能平安归来，郁家可就搭上好运气了。

郁棠在心里想着，耳边却传来二小姐的抱怨："你们别一副争奇斗艳的模样好不好？浴佛节那天，我们都只能在厢房里看看热闹而已，穿那么好做什么？"

什么意思？众人的目光都望向了二小姐。

二小姐就道："你们难道都不知道吗？浴佛节的章程出来了，讲经会之前的捐赠，各家都不出面，东西事先交给昭明寺，到时候由昭明寺的知客和尚唱喝一番名册就行了。所有的女眷都不许出去看热闹。"

所有的女眷都不能出去看热闹？！也就是说，顾曦不可能出现在讲经会上。

郁棠顿时心花怒放。想象着顾曦花了两三个时辰打扮得光彩照人，好不容易到了临安城，在昭明寺里安顿下来，准备参加讲经会，却被告知不能上台，暗中气得直咬牙的样子……郁棠的嘴角忍不住翘了起来。她忙捂住了嘴。

四小姐还在那里和二小姐争辩："不让去看热闹难道我们就不用给长辈请安了吗？难道我们就躲在厢房里不见人了吗？既然要应酬，怎么能衣饰不整呢？我不管二姐姐你穿什么，反正我要带两套衣裳去换的。说不定能用得上。"

也对！

不管顾曦能不能到讲经会上去赠香方，浴佛节那天也是顾曦和裴彤商定了亲事之后第一次露面，肯定有很多人对顾曦好奇，很多人会找借口去看看顾曦长得怎么样。唉！那天顾曦注定会大出风头的。不能上台献香方对她的打击肯定也就没有那么大了。顾曦这个人，最喜欢成为万众瞩目的焦点，最喜欢不动声色地出风头。只是不知道大太太会不会出现？裴家大公子会不会参加？她还没有近距离地见过裴彤。不知道他长得什么模样，和裴宴像不像？

郁棠在这里天马行空地乱想，表情不免有些心不在焉。五小姐看着就拉了拉她的衣襟，见郁棠把注意力落在了她的身上，这才再次问道："郁姐姐，你的衣饰都准备好了没有？你要不要和我们一起做几件新衣裳？祖母在给三叔父做冬衣，请了苏州城那边的老裁缝过来。"她说着，左右瞧了瞧，压低了声音道："那位老裁缝比王娘子她们的手艺更好，我们也可以趁这机会让他们给做点东西。"

裴家的人都这么讲究吗？郁棠忙道："不用了，我家里还有没穿过的新衣裳，我到时候挑件好看的就行了。"

五小姐把郁棠当自己人，继续劝她，还指了指自己脚下的绣花鞋："你看！这就是我刚回来的时候那位师傅帮着做的鞋，做得可漂亮了。"

郁棠这才发现五小姐今天穿的是双湖绿色的鞋，小小巧巧的，用油绿色的丝线绣了忍冬花的藤蔓，用淡淡的粉色绣了小小的玉簪花，色彩淡雅不说，图样十分出彩。小小一双绣鞋上，绣出了各式各样不下二十种或含苞或绽放的玉簪花，让人叹为观止。

她顿觉惊艳。

五小姐看着就抿了嘴笑，得意地道："郁姐姐，你也觉得好看吧！我们女孩家的东西，也不好随意就交给别人做，不过，他们家的绣工真的很厉害，让他们帮着绣条裙子，做个什么小物件的，我觉得挺好的。"

郁棠看中的却是图样。如果能用在他们家铺子里的漆器上，肯定能让很多女眷喜欢。要知道，置办嫁妆，那可是母亲和姑母、姨母们的事。

郁棠蠢蠢欲动，道："知道这家铺子在哪里吗？我现在一时还用不上，可你这绣鞋绣得真是好，我到时候也想找他们帮着做点东西。"

三小姐嘻嘻地笑，道："难得有能让郁姐姐看着心动的衣饰。不过，这铺子向来只接熟客的单子，能到我们家来给我三叔父做衣裳，也是看在我三叔父的面子上。我们倒是知道他的铺子在哪里，但是要请他们家的铺子做东西，怕是得跟满大总管说一声，看看他能不能借着我们家的名头给你提前预约个时间。"

这么麻烦？郁棠很意外。

五小姐忙道："没事，没事。他也给我阿爹做衣裳，他来的时候我再跟你说一声，你到时候再想想有什么要做的也行。"

郁棠听出点名堂来，她道："他们家的铺子只给男子做衣裳吗？"

裴家的几位小姐都面露迟疑。

二小姐道："好像不是吧？我的嫁衣就是请他们家帮着做的。但其他的衣服是由王娘子家做的。"

也就是说，人家只接大活。郁棠心里有点谱了，在心里又想了想裴宴。这人也太讲究了，别人做嫁衣的手艺，硬生生地被他用成了做道袍的手艺。道袍有什么难的，她阿爹的道袍她都能做，用得着去找个这样的裁缝师傅吗？不过，这铺子的图样是谁画的，她心痒得非常想去看看，说不定还真的得请裴满帮忙呢！

几个人说说笑笑的，等到掌灯时分，五小姐等人留郁棠过夜——那脚盆大的盘香和儿臂粗的线香都还没有点完。

郁棠突然想到那些去庙里点长明灯的，通常都会点几盘脚盆大的盘香，那些盘香通常都能燃三天三夜。难道她还能等三天三夜不成？

郁棠忙道："这香能点几天？"

几位裴小姐都不知道，立刻喊了人去问。

去问的回来说："可以燃三天三夜。"

几位裴小姐差点晕倒。

三小姐更是可怜兮兮地问："难道我们要等三天三夜不成？夫子让写的小楷我还没有写完。要不，我把功课拿过来？"

二小姐迟疑道："或者是我们先回去，过两天再过来看看？"

这个主意郁棠觉得好。

四小姐却眼珠子直转，道："郁姐姐还是留在我们家住几天好了。我的小楷也还没有写完，制香的事我们都顾不上，这次的香做得好不好，还得郁姐姐多费心了。"

郁棠一看就知道四小姐有小九九，只是她一来不知道四小姐打的是什么主意，二来这件事也的确需要有人盯着，她想了想，就答应下来。

二小姐忙让人去报了胡兴，让胡兴安排人去郁家报信。

陈氏是知道郁棠去裴家做什么事的，接到信虽然有些惊讶，但也没有抵触。

郁棠已经不是第一次留宿裴家了，每次都能平平安安、顺顺利利地回来，她也就接受了郁棠留宿之事。但作为母亲，她还是有些担心，一面帮郁棠收拾了些

181

换洗的衣饰，一面反复地叮嘱双桃要注意关好门窗之类的话。

双桃却已经习惯了，笑道："太太您放心。小姐在裴家留宿的时候，客房就在离裴家五小姐不远的地方，过来服侍的都是裴老安人屋里的人，比我还尽心尽责。您就放心好了。"

陈氏不悦道："小心驶得万年船。你们住在别人家，小心点总不为过。"

双桃不敢再说什么，连声应诺，拿了郁棠的换洗衣饰坐着裴家派来的轿子出了门。

郁棠却在打着那裁缝铺子图样的主意。她思来想去，觉得这件事对裴家人来说可能根本不是个事儿，与其找裴宴帮忙，还不如去找裴满。

郁棠第二天一大早和几位裴小姐去看过了依旧在烧的盘香和线香之后，几位裴小姐回去上课了，她就让双桃去见裴满了。

裴满这几天忙得连口水都顾不上喝。

浴佛节昭明寺的讲经会原本不过是老安人心血来潮时的一个想法，最终消息传了出去，不仅宋家的人准备过来凑热闹，就是远在福建的彭家和印家都准备过来看看，如何安排这几家的住宿、吃食、出行，都是件颇为费心的事。何况汤知府的任期到了，他走吏部的路子没走通，到今天也没个准信会去哪里任职，急得团团转，正瞅着机会想往裴家钻，知道了讲经会的事，连脸面也不要了，这几天净找着借口来拜访三老爷。沈善言也为顾、裴两家的婚事不停地在三老爷面前晃……偏偏郁棠也有事找他，还是件当不得正事的事。

裴满哭笑不得，对双桃道："能不能等我忙过这几天？"

裴家大总管这个头衔在临安还是很有威慑力的。

双桃不敢勉强，忙道："那我就等您忙完了再过来。"

裴满点了点头。

双桃立刻退了下去。

只是她出门的时候正好和舒青擦肩而过，舒青见有个生面孔，想了好一会儿才想起双桃是谁。他不由好奇地问裴满："郁小姐身边的丫鬟来找你做什么？"

裴满把事情的由来告诉了舒青。

舒青狡黠地笑，若有所指地道："你最好把这件事放在心上，就算你一时半会儿抽不出空来，也叫个稳重点的人立马就去办。"他是裴宴的幕僚，不是个随便说话的人，何况他语气中提醒的味道非常重。

裴满不禁停下手中的事，仔细地想了想，悄声问舒青："我以后遇到了郁小姐的事，是不是都要放在需要立马解决的事之中？"

舒青笑笑没有回答。

裴满心里已经有数。他转身就吩咐人去问了给裴宴做衣裳的裁缝。

恰好那裁缝正在裴宴那里给他试衣裳，裴宴听着就有点不高兴。

182

这家裁缝铺子虽然是打着轻易不接单的旗号，可本质上也不过是个做生意的铺子。他们家的东西再好，也不值得郁棠费心去筹谋。

他打发了裁缝铺子里的人，叫了裴满过来，道："郁小姐要他们家铺子里的东西做什么？我母亲不是有个专门做衣裳的铺子吗？那家铺子的衣裳做得不好，还是那个姓什么的裁缝娘子行事张狂，怠慢了旁人？"

裴满嘴角抽了抽。旁人？这个旁人应该是指郁小姐吧！人家王娘子一年四季都会派人送他鞋袜，他收了人家的好意，关键时候总不能连一句话也不帮别人说吧！

裴满面色如常，神色恭敬地道："给老安人做衣裳的那妇人姓王，为人很是谦逊谨慎，服侍老安人很多年了，应该不是这样的人吧！"

裴宴冷笑，道："多的是人有两副面孔。你去查查，这到底是怎么一回事。"

每个人的确都有两副面孔，但有几个人敢在老安人面前露出两副面孔？

裴满心里不停地想着，面上还要不显露半分，继续恭敬地应"是"，派了人去查。

王娘子冤得不行，好在是裴满还是比较了解她的性子的，知道她一直以来都很紧张裴家的生意，就是遇到了裴家扫地的丫鬟也会客客气气，顺手的时候甚至会送两根红绳给那些小丫鬟们绑头发，查了查也就过去了。

裴宴这边却还是不放心，让人请了郁棠过来，问她找裁缝师傅要图样做什么。

郁棠窘然。她没有想到这点小事裴满也会请裴宴示下。

"家里的漆器生意不是不怎么好吗？"她把自己和郁远来来回回折腾的事告诉了裴宴。

裴宴很是鄙视，道："你们家就让你一个小姑娘家这样胡闹？"

这话郁棠就有点不爱听了。她道："什么叫小姑娘家？我也没有胡闹。我们家的漆器铺子是我祖父那会儿传下来的，虽然我阿爹和我大伯父各分了一间，可铺子却没有分开过，一直是在一块儿，由我大伯父管着的。我阿爹和我大伯父是想我和我阿兄一起掌管铺子的。"

裴宴对人对事向来都反应很快。闻言他立刻意识到，郁家这是准备让郁小姐招女婿上门了。可他心里莫名有些担心，不禁道："那你也同意家里的安排啰？"

男子以入赘为耻，愿意做上门女婿的，通常都有这点那点的不足。裴宴微微蹙眉。

郁棠一时没有反应过来，道："什么安排？"

裴宴心里就有些烦躁。这小姑娘，怎么傻乎乎的！平时挺机敏的，一到关键的时候就不知所谓了。

他没好气地道："你就同意你们家给你入赘？你不是还有个堂兄吗？他可以一肩挑两头啊！"

这是很多人家的选择。既不用改姓，也不用和亲生的骨肉分离，不过是多赡

183

养了一个叔父。可叔父家的产业也该侄儿得，算一算还是划算的。郁棠这才明白他说的是这件事。她再大大咧咧也不好和裴宴讨论这些。

郁棠脸色一红，答了句非常安全的话："父母之命，媒妁之言。我自然是听从父母的。"

那你还敢到我面前来大放厥词！这话都到了裴宴的嘴边，他猛地觉得这个时候说这样的话好像有些不合时宜……虽然不知道为何觉得不合时宜，也不知道以他随心所欲的性子为何就要忍着把这句话给咽了下去，但他还是忍了又忍，生硬地把话题转到了郁家的漆器铺子上："你为何瞧得起那裁缝铺子的图样？我瞧着很一般。"

他的话音一出，郁棠长长地松了口气，她这才发现原来她在回答裴宴问话的时候一直心弦紧绷着。至于为什么，她望着裴宴目光灼灼的眼睛，一时也没空多想，只觉得自己好像平安无事地从悬崖边逃脱了似的，让她本能地想快点揭过这一段去。她有点迫不及待地道："那是您没有注意到他们家的绣工。他们家的绣工可好了。"她说着，就举例说起五小姐的绣花鞋。

裴宴依旧是满脸鄙视，道："我要是没有记错，你们家铺子是做剔红漆的吧？"

郁棠连连点头："您没有记错。"

"剔红漆不是以华丽低调而见长吗？"裴宴不以为然地道，"像你所说的图样，零零散散的几朵花，你准备用在哪些器物上？这种图样我不用看就知道，螺钿做出来才好看。剔红漆做这种图案的，既不能体现剔红漆的繁复工艺，也不能体现剔红漆的特点。"说得好像他家有个祖传的漆器铺子似的。

郁棠气结，也有些不服气。她知道裴宴懂得多，但不至于连漆器也懂吧？

郁棠有些不服气地道："剔红漆有什么特点？为何就不能像图画一样留白？我之前向人讨要了几幅画做图样，销得就很好。"

裴宴撇了撇嘴，道："那是因为那些人没有见过更好看的剔红漆物件。再说了，剔红漆的特点不就是与其他漆器工艺有不同之处吗？我虽然是外行，可我也知道，剔红漆与其他漆器的不同之处在于它要在物件上反复抹上几十层的红漆，待干后再雕刻出浮雕的纹样，要藏锋清楚，纤细精致。大量的留白，就得突出图样的内容，做人物自然是好。如果是花纹或是花样子，恐怕就要仔细地考虑留白的颜色了。你难道准备让你们家的漆器做成黑色或是其他颜色的底不成？"

"当然不行！"郁棠脱口而出，随后不知道说什么好了。剔红漆的要点就是在于"红"，若是底色变成了其他的颜色，那就不叫剔红漆了。想到这里，她心中一动，道："能不能用别的颜色做底色？"

裴宴心累，不太想跟她说话，懒懒地道："那你可以试试，说不定还能推陈出新，创出个新漆器工艺来。"

郁棠还就真的动了这样的心思。她的心瞬间就飞了，恨不得转眼间就回到自己家的铺子里，和郁远商量这件事。

裴宴却不想理会她的那些小心思，继续道："剔红漆的工艺在于一个'剔'字，你们就应该在这方面下功夫才是。与其向那些裁缝铺子要图样，不如请人重新画花样子。人物之类的图样，对雕工的要求很高，五官要栩栩如生才行，你们家可有这样的师傅？"

没有！郁棠没有吭声。

裴宴也不需要她吭声，一看就知道了。他索性道："你去把你们家的那些图样拿过来我看看。"

郁棠杏眼圆睁地望着他，满目惊诧。

裴宴骤然觉得她看自己的目光太过明亮，让他感觉有些刺目，甚至生出微微的不自在的感觉。他不由轻轻地咳了两声，道："还不快让人把那些图样都拿过来！"

郁棠跳了起来，心里的小人儿手舞足蹈，快活得像小鸟。

"好的，好的。"她生怕他反悔，也顾不得失礼不失礼了，冲到门口就喊了双桃过来，叮嘱道："你快去铺子里，跟少东家说，三老爷愿意帮我们家看看漆器的图样，让他快点拿了图样进府。"

双桃喜出望外。裴家要是愿意帮忙，郁家的漆器铺子肯定会发财的。郁家好了，他们这些人走出去都能昂头挺胸，倍儿有面子。

"我这就去，我这就去。"她也顾不得礼仪，一溜烟地跑了。

郁棠怕裴宴是三分钟的热度，一面在心里暗暗祈求她阿兄得了信能片刻也不停留，快马加鞭地赶过来；一面觉得自己得把裴宴稳住才行，不能让他这个热情给散了。她想也没有多想，转身回了书房，立刻殷勤地和裴宴说起话来。

只是她和裴宴不论是从学识涵养还是眼界见识都没有什么共同之处，加上裴宴是个话短的，问候过吃了喝了没有之类的话后就不知道该说些什么了。

郁棠在心里腹诽。难道不说四书五经上的那些内容就没什么值得说的了不成？她心生郁闷，却也只能继续找话题，说起了漆器的工艺来。

裴宴冷眼看着郁棠在那里叽叽喳喳地找话说。他应该不耐烦，应该心生厌恶才是。可看着她亮晶晶的眼睛，找不到话题时的窘然，找到话题时的窃喜，他觉得自己好像在看滑稽戏似的，不，比看滑稽戏还要让他觉得有趣。

他居然就这样听她絮絮叨叨地说了大半个时辰，直到她说出"您觉得我们家再聘个手艺高超的雕工师傅怎么样"的时候，他没有忍住，低声斥责道："你们家好歹是经营了几代的漆器铺子吧？家里那么多的弟子，居然还要请个手艺高超的雕工师傅回来，你这是打郁家的脸呢，还是打你大伯父的脸？就算是你大伯父同意，你阿爹应该也不会同意吧！"

郁棠猝然间就没有了声音。的确，她要是真的请个雕工师傅回来，她大伯父说不定会觉得她是在指责他没有把铺子经营好。那怎么办？放弃雕人物图吗？那

185

怎么能行？郁棠摇头。他们家漆器铺子之前生意不好，就是货品单一，如果再没有了人物图，选择更少了，生意恐怕会更差了吧！她在那里沉思。

裴宴却饶有兴趣地看着她。一会儿摇头，一会儿失笑，一会儿皱眉，一会儿垂头，表情和动作不知道有多丰富，就是裴家三岁的小孩也没有她好动。他不由感慨还好郁小姐的相貌出众，不管怎么看都让人赏心悦目。若是别人做出这样的举动来，只怕早就被他当成失心疯了。也算她运气好，他正在躲沈善言，就在这里和她消磨些时光好了。

裴宴想着，道："现在做生意，不外两种。一种是什么都做，大家去了总归不会空手。还有一种，就是把生意做到顶尖，只要想起这个物件，第一件事就是去他们家看看，他们家没有了，才会考虑别人家。你们家这个漆器铺子，原来就是以做剔红漆器闻名，物品求大求全，我觉得根本没有必要。"

真是这样吗？郁棠有些忐忑，道："可如果做到顶尖，应该很难吧！"她们家根本没有自信能做到这种程度。

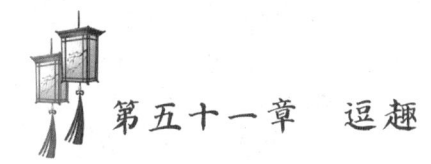

裴宴冷笑，道："花同样的功夫，同样的时间，同样的精力，居然事事都居人之下，你们家也够有出息的。"

第五十一章　逗趣

郁棠骨子里也是个不服输的人，要不然，梦中她也不会在知道了李家对她的恶意后，明知地位实力那么悬殊的情况下，她还想办法从李家逃了出来，寻思着怎么给父母兄长报仇了。

裴宴的话像火苗，立刻引得她心中激荡。

她握了握拳，瞪了裴宴一眼，立刻道："你别小瞧人！"

郁棠说这话的时候因为激动，面颊红彤彤的，眼睛亮晶晶的，从一株温婉兰花变成了火红的杜鹃花。

裴宴觉得这样的郁棠才漂亮。

他满意地点了点头，道："这还差不多——我可不帮那些遇到事还没有开始就已经胆怯了的人！天下为难的事多着呢，要是连试一试的勇气都没有，还谈什么成功？你就应该这样想！好了，这件事就这样定了。以后你们家铺子里的物件就以花样子为主。我想想，最好还是要有一种主打花样，让大家一想到这种花，

186

就想起你们家的剔红漆器来……"他说着，走到西边的书架前，开始翻起书来。

郁棠目瞪口呆。他们家铺子里的事就这样定下来了吗？不用和她大伯父、她阿爹、她大堂兄商量一下吗？这也太草率了吧？万一——要是这个法子不成呢？

郁棠望着裴宴穿着白色细布道袍却显得猿背蜂腰的背影，一时间陷入了两难的境地。

她要是不照着裴宴的意思去做，以裴宴那"老子天下第一聪明"的性格，肯定会觉得她这是不相信他，会觉得自己做了无用功而恼羞成怒，到时候可就不是理不理她的问题了，多半会和她绝交。

她要是照着他的话去做，裴宴就算是天下第一聪明的人，可这读书和行商是完全不同的两码事，要是他的办法行不通呢？难道她要拿着家里祖传的产业和裴宴去赌一把不成？

郁棠顿时如坐针毡，脸上红一阵子白一阵子的，恨不得这时候手里有个铜钱，拿出来抛个正反面才好。

她怎么会把自己弄到了这种境地的呢？郁棠想挠脑袋。

一会儿踮脚一会儿伸腰的裴宴突然转过身来，目带惊喜地对郁棠道："找到了！"

带着淡淡笑意的裴宴，眉眼陡然间变得生动起来，如一幅静止不动的山水画，一下子让人听到了溪水叮咚，闻到了青草浮香，感受到了风吹过的窸窣，整幅画都活了过来。裴宴整个人仿佛都发着光，看得郁棠心里怦怦乱跳，口干舌燥，半晌都没办法从他的脸上挪开目光。

她再一次感觉到了裴宴的英俊。

偏偏裴宴一无所察，还在那里继续笑道："这是我阿爹送给我的一本画册，是让我用来练习怎样画花鸟的。我觉得你可以拿回去和你们家的画样师傅仔细研究研究，应该会有所收获。"他说着，把一套六本的画册全都拿了出来，示意郁棠接过去。

郁棠过了一会儿才反应过来。

可裴宴已经皱眉，厉声道："你在想什么呢？难道刚才在我面前说的话都是在敷衍我？你们不敢走专精这条路？"

郁棠感觉自己再次站在了悬崖边，一个回答不好，裴宴就会生气地丢下她跑了。但他人跑了她好像不怕，大不了像从前那样在他面前做低伏小地把人给哄回来好了。可让他生气……就不好了！

这念头在她心里闪过，她自己都吓了一大跳，让她足足愣了几息的工夫，这才慌忙地跑了过去，一面伸手去接裴宴手中的画册，一面语无伦次地解释道："没有，没有。我刚刚就是在想这件事。没注意到您在说什么。我既然答应了您会好好经营家里的漆器铺子，我就一定会做到的。这一点您放心。我不是那言而无信的人……"

郁棠伸出去的手却落空了——裴宴转了个身，把手中的画册放在了旁边的茶几上，眉头一蹙，又成了那个神色冷峻严肃的裴府三老爷。

"你别拿话糊弄我。"他冷冷地看着郁棠，立刻在他与郁棠之间划出一道冷漠的小沟，"这画册是我曾祖父送给我父亲的，虽然称不上孤本，但也十分难得，勉强也算是我们家的传家宝之一。你要是没有那个信心和决心让你们家的铺子专攻花卉，就别答应得那样爽快，免得糟蹋了我家的东西。你们家就算是不专攻花卉，我也有别的法子让你们家的铺子赚钱。你别这个时候勉强答应我了，回到家里一想，困难重重，又反悔了……"

可他让她有时间反悔了吗？郁棠在心里腹诽。她不过是伸手晚了一点，他就敏感地板着脸教训她。她要是说他的这个法子不行，他还不得丢下人就跑了，像她预料的那样，从此以后再也不管他们家的事了，甚至有可能见到她都像没有看见似的。

她能说真话吗？郁棠心里的小人儿流着泪，想做出一副兴高采烈的样子，抬眼看见裴宴那鹰隼般锐利的目光，她立马不敢再做戏了，而脑子却飞快地转着，一面想着对策，一面正色道："我真的没有反悔。我只是奇怪，我几次进府都没有看见府里的花花朵朵，怎么您会让我们家专攻花卉的图样，还有专画花鸟的册子。我太惊讶了，有点走神。"

裴宴的眉头还是皱着的，但周身凛冽的气势却一敛，让人感觉温和了很多。他道："还没有除服，我觉得家里还是别那么热闹的好。"

姹紫嫣红也是热闹？！郁棠还是第一次听到这样的说法，她只能绷着脸继续道："原来如此！那您觉得，我们家主打什么花卉好？"说到这里，她再去拿画册的时候，裴宴就没有阻止，而是让她顺利地抱走了画册。

郁棠这才惊觉自己好像忘记了奉承裴宴。她忙补救般轻轻抚抚手中的画册，道："真没有想到，这些画册居然这么贵重。您放心好了，我肯定会小心保管这些画册的，等到我们家的画样师傅翻阅过后，我再丝毫不损地给您还回来。"

裴宴给了她一个理所当然的眼神。

郁棠恨不得把这些画册都高高地举起来。不过，她也看到了这些画册的价值。虽然只是看了一下封面，封面上那幅芭蕉美人图野趣十足，让人看了记忆深刻，想一看再看。能让裴宴称为传家宝的东西，的确不是凡品。

郁棠在心里评价着，裴宴已走过来毫不客气地抽了其中一册画册，看似随意实则非常熟悉地打开了其中的一页，指着道："你觉得莲花如何？我小的时候，画过一幅莲花，只有几枚用来点缀的叶子，其余全是大大小小的莲花。当时我就觉得挺好看的，连那几片叶子其实都可以不用。我看有些剔红漆的盒子，天锦纹、地锦纹交织的，我觉得你们家也可以做这样的盒子出来。"

188

莲花原本就繁复，全做成莲花的样子会不会让人看着觉得累赘？郁棠想象不出盒子的模样。

裴宴就一副嫌弃的样子坐在了大书案前，开始勾勒他心目中的莲花图样。

认真的人有种别样的漂亮。郁棠看着因为认真而闪闪发亮的裴宴，觉得非常奇妙。事情怎么就发展成了这个样子？裴宴……居然在给他们家画图样！

她要是悄悄地在上面雕上裴宴的私印，肯定会让人疯抢……郁棠心里忍不住乐呵起来。

就在她怕自己笑出声的时候，阿茗轻手轻脚地走了进来，禀道："郁老爷的侄儿过来了！"

郁棠听着就撇了撇嘴。敢情她大堂兄在裴宴这里连个正式的姓名都没有。真是万般皆下品，唯有读书高。她阿兄的儿子，一定得有个功名才行。

郁棠胡思乱想着，裴宴头也没抬地"嗯"了一声，阿茗又急赶急地去请人了。

她只好继续站在那里等着裴宴画图样。

郁远进来的时候看着不免满头雾水，他看了看裴宴，又看了看郁棠，不知道如何是好。

郁棠只好眼睛看着郁远，朝着裴宴抬了抬下颌。

郁远会意，先上前给裴宴行了个礼。

裴宴依旧没有抬头，而是吩咐郁棠："你招呼你大堂兄坐一会儿，把我们之前说的事先跟他说说，我这里很快就完了。"

郁远震惊地望着郁棠。这……这副口吻，怎么像是吩咐自己的……家里人？下属？

郁棠已见怪不怪，神色平静，低声向郁远解释起裴宴的主意来。

郁远一听就亢奋起来，他忙道："好主意！好主意！我看我们家的铺子就照着三老爷的意思经营好了。就是阿爹知道了，也肯定会同意的。"

郁棠眨了眨眼睛。难道什么时候裴宴给阿兄喝了什么神仙水，让她阿兄觉得只要是裴宴说的就都是好的不成？

郁远见自己的堂妹还一副傻傻的样子，急得不行，朝着她直使眼色。

郁棠顿时醒悟过来。既然这主意是裴宴出的，若是失败了，那就是裴宴的责任，以裴宴的为人和财力，他肯定会想办法补偿郁家的损失的。

从裴宴给他们家的铺子出主意的那一刻起，郁家的铺子就已经立于不败之地了。这对郁家来说，如同天上掉馅饼的好事。

郁棠作为郁家的人，又一直希望自家的铺子能红火起来，理应高兴才是。可不知道为什么，当她明白了大堂兄的用意时，只是觉得心里堵得慌，没有半点喜悦。

裴宴无知无觉，他低着头，认真地画着画。洁白如玉的面庞，完美的侧面线条，静谧的表情，如同雕刻，让他有种别样的英俊。

· 189 ·

郁棠在心里暗暗地叹了口气。她不喜欢大堂兄说起裴宴时的口气，好像裴宴是个傻瓜似的。裴宴可是比大多数的人都要聪明的……念头闪过，郁棠坐直了身体。他应该也知道吧，指点他们家铺子的生意，若是赢利，自然大家都好；若是亏损了，他是要负责的。他是觉得郁家不过是蝇头小利，是亏是赢都无所谓呢，还是觉得就算是要他负责任，他也要帮他们家一把呢？郁棠痴痴地望着裴宴的侧脸，心里乱成了一团麻。

好在裴宴画画的速度很快，不过两盏茶的工夫，他那边就画好了。

裴宴拿着画稿从大书案后面站了起来，一面朝兄妹俩走过来一面道："你们看看！我只画了个三寸见方的小图，但大致上就是这么一个图样了。"

郁棠后知后觉地坐在那里等着裴宴走过来。

郁远已"腾"地一下站了起来，上前两步迎了过去，伸出双手去捧裴宴手中的画样，嘴里不停地道着"有劳三老爷了，您辛苦了"之类的话。

郁棠看着脸色一红，这才惊觉自己是不是对裴宴太怠慢了。

她忙跟着站了起来。

裴宴却看了郁棠一眼。

郁棠眨了眨眼睛。裴宴这是什么意思？就算她对他不敬，补救一下总比无动于衷好吧？她茫然地望着裴宴。

裴宴垂了眼帘，好不容易才忍住没笑。平时看着挺机敏的一个小姑娘，怎么家里的依靠一到，她就完全一副不谙世事的样子了？

不过，这样的郁小姐也挺有意思。像个好不容易收起了爪子的小兽，结果发现爪子收得不是时候，只好又强装镇定地重新穿上盔甲，却让人无意间窥视到她的柔软内里。不知道她在家里的时候是不是也这样懒散。

裴宴决定不理会郁棠，让她自己忐忑不安地去胡乱猜测。

"我画了两幅画。"他坐在郁棠兄妹俩旁边的禅椅上，淡淡地道，"一幅是莲花图，一幅是梅花图。莲花图一整幅画的都是莲花，梅花图则画了两只喜鹊。"说到这里，他眉头微蹙，道："你们家的师傅雕花鸟如何？不会雕花鸟的手艺也一般吧？"

雕刻花鸟是郁家的传统手艺，可在裴宴的面前，郁远就不敢把话说满了。

"还好，还好。"他连声道，"要不，我这就让人去铺子里拿个雕花鸟的匣子过来您看看？"

裴家和郁家虽然都在临安城，可一个东一个西的，往返也要半个时辰，而且这眼瞅着时候不早了，还是别这么麻烦了吧？

郁棠想着，谁知道裴宴却很认真地点了点头，对郁远道："那你就让人拿一个过来吧！"

郁远一听，立刻吩咐跟他随行的三木去铺子里拿匣子，还叮嘱他："拿雕工最好的匣子。"

三木飞奔而去。

郁棠看着裴宴。

裴宴就挑了挑眉，一副理所当然的样子，道："不是我信不过你们家的雕工，有些事，得亲眼见过才知道。"

还找借口！分明就是信不过他们家的雕工！

郁棠正想反驳他几句，谁知道还没有等她开口，郁远已道："那是，那是。三老爷见多识广，能指点我们，我们家已经感激不尽了。不了解我们家的手艺，就不好指点我们卖什么东西好，这个道理我懂的。"

她大堂兄也太恭谦了吧？郁棠瞪了郁远一眼。

郁远当没有看见。他觉得郁棠虽然比一般的女子有主意，有担当，可到底在内宅待的时间长，不知道裴家的厉害。

他这算什么？不过是在裴宴面前说了两句好话罢了，别人想说好话还没机会说呢！

他继续道："您看我要不要把家里的画样也全都整理一份给您送过来？"

裴宴看着郁棠生气却又无可奈何的样子，心情愉快，道："也行。你什么时候能整理出来？"

郁远立马道："很快的！我回去之后就和铺子里的伙计们连夜整理。"

至于到底什么时候能整理出来，却没有明确地告诉裴宴。

裴宴也没有追究，让两兄妹看他画的图样。

莲花那幅，全是半开或是盛开的莲花，或清丽或激滟，千姿百态，小小的三寸之间，却已道尽了莲花的各种姿态。梅花那幅，只是淡淡地勾了几笔，却因为有了两只在枝头婉转啼鸣的喜鹊而变得春意盎然，不复梅花的凛然却带着世俗的烟火，让人心暖。

郁远手艺一般，眼光却不错，是个懂画的。

他当即"哎呀"一声，惊叹道："没想到三老爷居然画得这样好。不愧是两榜题名的进士老爷。"

裴宴抬眼看了郁远一眼，毫不留情地道："君子六艺。就是七十岁的老童生也有这样的画功。"

郁远窘然，"呵呵"地笑。

郁棠虽然有点恼火大堂兄，却也不会看着他被人欺负，立刻就帮大堂兄回话。

她幽幽地回复道："若是人人都能画的图样，销量应该没有那么好吧！"

这小丫头片子，左也不是，右也不是，没想到她还有副脾气。裴宴气结，道："就算是一样的画，也要看是谁画的。要不然吴道子的佛像为何能成传世之作呢？"

郁棠最多也就敢伸出爪子来抓裴宴一下，却不敢真的惹了裴宴生气。不管怎么说，裴宴是在帮他们郁家嘛！她立刻笑容满面地道："这莲花好看。这梅花……您之前不是说留白多了不好看吗？要不要也画上满满的梅花，我觉得那样应该也挺好看的。"说着，她还发散思维，天马行空地道："如果能让那些梅花一层一层的，就像真的梅花粘在匣子上那样，应该更好看。"她的话音一落，她自己却心中一动，脑海中浮现出一个堆满了梅花的剔红漆匣子，花团锦簇的，恐怕没有女孩子不喜欢。

她越想越觉得这种方法可行。

"要不，我们也画个全是梅花的画样？"郁棠和郁远商量，"如果好看，我们还可以雕满是兰花的、满是玉簪花的、满是栀子花的匣子，那可就真如三老爷说的一样，是我们的特色了。"

裴宴闻言抽了抽嘴角。敢情他之前说的都是废话，郁小姐压根没有听进去？他没有理会郁棠，而是把目光落在了郁远的身上，道："你觉得如何？"

郁远可看出点门道来了，但他在裴宴面前有些胆怯，迟疑道："三老爷画的这些图样，花瓣层层叠叠不说，而且还线条分明，柔里带刚，的确都非常适合剔红漆的工艺，特别是这幅梅花图的留白处，用了同色的底色，线条就越发重要了……"

他说着，脑海里浮现出自家的那些图样。还别说，换成了裴宴画的，不仅看着好看，而且整体的档次和格调都上去了，那，那他们家的漆器就能卖出更好的价钱来了。

郁远激动起来："三老爷，真是多谢您了！要是没有您，我们不知道还要走多少弯路！说不定我们这一辈子都不知道问题出在哪里了。"

他的语气非常真诚，让人一听就知道他是真的很感激裴宴。

裴宴嘴角微弯，气势都比刚才和煦了很多。

"你能看出来就有救。"他道，"这是我从前进宫的时候，在上书房里看到的一件剔红漆的匣子，那图样就给人这样的感觉。我想，你们也应该能借鉴。"

"能的，能的。"郁远连连点头，欢喜掩饰不住地从他的眉宇间溢出来。

郁棠闻言也明白过来。果然人就得有见识。像裴宴，不仅果树种得好，就是给他个漆器铺子，他也很快就能想出办法打开局面。

她道："我们仿了御上的东西，要不要紧？"

"有什么要紧的！"裴宴不以为然地道，"这就像画画，刚开始的时候要临摹，可若是想要名留青史，就得有自己的风格和技法。你们现在先想法子打开局面，然后还得细细地琢磨这些细微之处，不然就算是一时赢利，只怕也难以长久。"

郁远小鸡啄米似的点头，看裴宴的眼光完全变了。不再是奉承巴结的小心翼翼，而是仰慕崇拜的敬重。

郁棠抚额。

裴宴却得意扬扬地斜睨了她一眼。

郁棠目瞪口呆。难道裴宴知道会这样？她仔细地打量着裴宴。他依旧是那样傲然，恨不得让人打他一顿才甘心。郁棠咬牙切齿。

裴宴还哪壶不开提哪壶，状似无意地问郁远："我是不怎么懂漆器工艺的，你说，剔红漆为何要用红色打底？用白色或是黑色不是更好看吗？"

郁远用学生回答老师提问的口吻恭敬地答道："有用白色或是黑色打底的，不过，那叫做填漆，又是另一种工艺，我们家不会。"

"是吗？！"裴宴拉长了声音，似笑非笑地瞥了郁棠一眼。

郁棠低头，恨不得有道地缝能钻进去。

裴宴还不放过她，继续道："要不，你们家也学学这填漆的手艺？不知道难不难。"

郁远望着裴宴，一副不知道说什么好的表情。手艺是糊口的依仗，而夺人口粮，等同于谋财害命！这是谁都知道的，三老爷怎么会说出这样傻瓜一样的话来？他尴尬地道："就算我们家想学，那也得有地方学，也得有人愿意教才是。"

郁棠就气得不行。

裴宴知道自己再逗下去郁小姐又要伸出爪子来了，被挠他不怕，把人逗哭就不好了。他转移了话题，道："原来如此。那我们还是好好研究一下哪些图样更能体现剔红漆的与众不同吧！"

给郁家画漆器图样是裴宴临时起意，郁棠压根不相信裴宴懂漆器，可裴宴一本正经的模样，又让她不由得心生疑窦。说不定人家真的就是一通百通呢！在守孝之前，裴宴不也没有种过地吗？可现在，连她都听说了，裴家庄子里出的桃子、李子还有水梨都远销到江南和两湖去了。还有传言说他们家出的桃子要做贡品了。郁棠只好压下心中的疑惑，安安静静坐在旁边听裴宴说话。

就听见他问她大堂兄："你想把你们家的铺子做成什么样子的？"

郁远一愣，想了想，小心翼翼地道："要每年都能赚到钱，让家里的长辈不必再为铺子里的生意发愁。"

裴宴听着撇了撇嘴，道："你这志向也太大了。"

郁棠知道他说的是反话，寻思着要不要给大堂兄说两句话，郁远已笑道："我们小门小户的，可不就只有这点志向。要想把生意做大，就得官场上有人。我们家人丁单薄，读书读得最好的就是我二叔了，我们也就不坐着这山望着那山高了。"

她以为大堂兄说了这样的话裴宴听了肯定会更加不屑的，谁知道裴宴却表情微滞，像想起了什么似的，发了半天的呆，这才轻声道："知足常乐！有时候这才是福气。"

他的声音里带着些许的幽怨，听得郁棠毛骨悚然。裴宴怎么会用这种口吻说话，还说出这样的话来？她不由侧了头去看裴宴。裴宴却正巧回头，和她的目光碰了

· 193 ·

个正着。郁棠忙冲着他笑了笑。

他又是一滞，随后自嘲般地弯了弯嘴角，一扫刚才的低落沮丧，又重新变得盛气凌人起来，道："你想赚钱，可也得能赚到钱才行！你只把目标定在赚钱上，那你肯定就赚不了大钱。要我说，你胆子得再大一点，怎么也要做个临安第一，浙江前三吧？不对，就算你做到临安第一，浙江前三，估计也没办法名震苏州或是广东。照我看来，你得想办法把铺子做成浙江第一。这样，你的铺子才会不愁赚钱。你想想，我说的有没有道理。"

有道理。别说是郁远了，就是郁棠也觉得他说的有道理。可要想做到浙江第一，一要有钱投入，二要有人庇护。裴宴可真是站着说话不腰疼啊！

但郁远和郁棠都是聪明人，裴宴明知道他们家是什么情况，还敢这么说，多半是已经有什么主意了。郁远也看出来了，这位裴家的三老爷和老太爷可不一样，老太爷如冬日暖阳，若有什么难事求上门来，只要他老人家知道了，一准就给你办了。这位三老爷，特别喜欢别人拍马屁，就算是有办法，也要人捧着，他才可能告诉你。

他也不怕丢脸了，直接道："我这个人向来愚钝，想不出来有什么办法。您是裴府的三老爷，肯定有办法。要不，您就直接告诉我好了。"

裴宴每天不知道听多少好话，哪里会在乎郁远说了些什么？

他望着郁棠没有说话。

郁棠气得不行。难道他们家阿兄说了好话还不成，还得她也说几句好话？

郁棠就偏不理他，也直直地望着他。两人互看了一会儿，最后还是裴宴败下阵来。

他摸了摸鼻子，觉得郁小姐的猫爪子又露了出来，他还是别去惹那个麻烦为好。

当然，他也不是怕这个麻烦，而是他觉得自己的时间宝贵，不能就这样为了件小事浪费了，何况还有沈善言这个人追在他身后，让他防不胜防。他还是尽早把郁家的事解决了为好。

裴宴干脆直言道："我看到你们家漆器的时候就想到了。过几天，有御史到这边来复查几宗案子，我得了信，司礼监也可能会跟着来人，你们就按照我说的，想办法尽快做出几个漂亮的剔红漆的匣子，我用来送礼。到时候你们家的匣子名声也就出去了。"说来说去，还是要走这条路子。

郁远喜出望外，连声应"是"。

裴宴见郁棠面上并无喜色，心中顿时不悦，问郁棠："你觉得这样不好吗？"

"不是。"郁棠当然知道裴宴这是在帮他们家。可她知道什么事都是求人不如求己，别人能帮你一时，不能帮你一世。受了人家的恩惠，铭记于心，报答别人的同时，也要趁着这个机会自己立起来才行，才没有辜负那些帮助过她的人。

她道："我在想，要做些什么样的匣子！"

裴宴神色大霁，道："今天太晚了，有点来不及。等这几天我有空的时候再给你们画几个图样，凑足八幅或是十一幅才好。至于你们家那边，得尽快把匣子做出来才行。"

剔红漆的匣子得来来回回往匣子上涂几十层漆才行。

郁远道："您放心。这件事一定会办妥的。"

他话音刚落，三木喘着粗气，怀里抱着两个匣子跑了进来。

郁棠接了匣子，亲手递给了裴宴。

裴宴仔细地看了看他们家的匣子，道："这雕工真的很一般。你们看，这里，这里，还有这里，线条都处理得不够明快。我要的匣子你们一定得注意了。还有，这漆也不够亮。是因为漆不好，还是你们家调不出更亮的漆来？我在宫里看到的那个剔红漆的匣子，光彩照人，像镜子似的，你们得想办法达到这样的工艺才行。"

关于剔红漆的手艺，郁棠也不是十分懂。她和裴宴一起看着郁远。

郁远紧张得背心冒汗，道："是漆不好。从前我祖父在的时候，也曾做出过像镜子一样光亮的匣子，不过要花很多的功夫。"也就是，手艺方面还是可以解决的。

裴宴立马道："那好。你先去进点好漆，再和家里的师傅商量怎么样能做出光亮如镜的匣子来，怎样改良你们家的雕工。"说完，还大声叫了阿茗进来："你去账房里支两千两银子给少东家。"

郁氏兄妹被这通变故弄得目瞪口呆，齐声道："不用，不用。我们家这些银子还是有的。您上次帮我们家那么大的忙，还有钱存在银楼里呢！"

裴宴却不改初衷，道："既然是我的主意，那这件事的成败就是由我负责。这银子也不是给你们的，是暂时借给你们的。等你们赚了钱，是要还给我的。"说完，还一副怕他们不收的样子，顿了顿，继续道："算你们三分的利好了。"

这下郁棠和郁远都没话说了。

裴宴又说了几个他们匣子上的不足，阿茗来禀说沈先生来了。

裴宴眉头皱得能夹住蚊子了，道："请沈先生去花厅里坐会儿，我这就来。"

郁远起身告辞。郁棠也不好多留，可她临出门前还是忍不住悄声问裴宴："沈先生找您做什么？我听说他这些日子总是来找您！"

裴宴欲言又止。

郁棠非常诧异。是什么事？居然会让直来直去的裴宴不知道说什么好……但她不是那强人所难的人，她就当没有问过这话似的，笑道："那我先去送送我阿兄。"

裴宴颔首。

郁氏兄妹出了耕园。

郁远道："你还要在这里住几天？到时候我来接你吧！"

郁棠摇头，道："阿嫂过些日子不是要生了吗？你还是别管我了。我还要在裴家住上两三天，到时候裴家的轿子会送我回去，你不用担心，只管把三老爷交代的事办好了。"

"那肯定的。"郁远感慨道，"三老爷对我们有大恩，我们可不能抽他的船板。无论如何我这次也要把三老爷要的匣子做出来。"

郁棠鼓励了大堂兄几句，看着大堂兄离开了裴家，她这才慢悠悠地往自己住的客房走去。

梦中，在她看不到的地方，裴宴貌似也帮了她很多。如今，她希望有个机会能报答裴宴才好。

而且帮助郁家漆器铺子的事，裴宴并没有刻意隐瞒，相信裴家上上下下的人很快就会知道。她要不要跟裴老安人说一声呢？毕竟是他们郁家受了恩惠，她于情于理都应该去道声谢才是。

郁棠拿定了主意，就去了裴老安人那里。

老安人正倚在贵妃榻上听着珍珠给她读佛经。见她进来，就笑着让珍珠去搬了绣墩过来。

郁棠客气了一番，坐了下来，和老安人寒暄了几句，就把话题慢慢地往刚才的事上引："……送走了我阿兄，想着他回去做匣子去了，我就想问问您有没有什么喜欢的图样，我让阿兄也做几个给您装东西。"

裴老安人眼睛转了转。小丫头，是想告诉她郁家受了裴宴的恩惠吧？

裴老安人笑道："你说遐光帮你们家画了两幅图样？我也不想要别的，你就送我两个他画的图样的匣子给我好了。"

这个简单。郁棠最怕裴老安人觉得她是别有用心，来蹭裴宴的光似的。

"好的。"她忙不迭地应道，"我让我阿兄给您选两个雕得最好的。"

裴老安人想了想，道："那就干脆给我多做几个，浴佛节我要给昭明寺送佛经。你就再做两个能装佛经的匣子。"

郁棠连声应下，等到五小姐下了学，两人陪着裴老安人用了晚膳，又说了会儿佛香的事，这才各自回了屋。

陈大娘就问裴老安人："要不要跟三老爷说一说？"这样无缘无故地突然照拂起郁家的生意来，谁知道了都会多想的。

裴老安人明白陈大娘的意思，她也觉得有点不妥当了，但郁棠的身份……不仅岔着辈分，还太低了些，她觉得儿子不至于有这样的心思，而且，就算是儿子有这样的心思，她也不想管了。

他们家的三小子，拗起来那可是真拗。丈夫已经走了，她不想再和儿子们离了心。最最要紧的是，随着丈夫的去世，那个和她盟誓白头不相离的人就这样突然地没了，她感觉到了世事的无常，年轻时坚持和固守的一些不关底线的事也就不那么坚持了。

裴老安人就若有所指地对陈大娘道："遐光年纪最小，是我们的老来子，生他那会儿，他两个哥哥都已经大了，看得出来都是读书的种子，我们对他的要求就不像对他两个哥哥那么严了。常言说得好，抱孙不抱子。可遐光，从小就是在他阿爹肩膀上长大的，是第一个由老太爷亲自照顾大的孩子，就是阿彤这个长孙，也没有享受过这种宠爱。

"你别看遐光总是和老太爷对着干，实际上，他是和老太爷最亲的那一个，老太爷呢，也是最心疼他。老太爷去了，就连我这个未亡人因为有孙女孙子在膝下孝敬，都慢慢缓了过来。但遐光这口气，到现在还堵在胸口呢！你别以为你们瞒着我，我就不知道。前些日子，遐光院里那个叫什么芷的，不就是在身上洒了点香露，他就直接叫了牙婆过来……从前他可不是这样暴躁的脾气。可你看这两年……

"他心里不痛快，又说不出来，我是知道的。

"要是这件事能让他高兴，就随他去好了。"

陈大娘想了想，也跟着释然了，笑道："也是。我们家三老爷是个有主见的，我们能想到，他肯定也能想到。要说这郁小姐，还真是个可馨儿，会说话不说，性子也娴静，识大体。"

裴老安人不置可否，问起了浴佛节的事："高僧住的地方可安排好了？让胡兴盯着点。他也是老人了，有些规矩应该不用我说才是。"

陈大娘忙道："您放心好了。除了胡兴，三老爷还拨了两个管事的过来帮忙，什么事都安排得妥妥帖帖的了。"

两人就坐在昏黄的瓜灯下说着话。

临安城里的郁家漆器铺子，却是彻夜未眠。

按照裴宴的要求，郁远领着夏平贵忙着做匣子。两人的眼睛都熬红了，特别是夏平贵，因为拿刻刀的时间太长，手都开始发抖起来。

郁远看着这不是个事，劝道："你别因小失大。不行就先休息休息。"

夏平贵苦笑，道："新漆什么时候能到？"

郁远到底是做少东家的，更注意的是铺子里的销量。夏平贵是手艺人，更关心的是技艺。裴宴的话让他如雷贯耳，突然眼前一亮，从前一些想不通的事一下子全都想通了。裴宴不懂漆器，却知道欣赏，而且欣赏水平非常高。他想再遇到这样的机会，听到这样的指点，非常难。

他想抓住这次机会。夏平贵如果没有这点韧劲，早就和郁博一起随波逐流了。

郁远看夏平贵的样子，知道自己劝不动他，也就不再劝他，道："明天一早就能来。照往年的经验，时间应该来得及。"

江南的梅雨季节要过了端午节。

夏平贵点头，把目光重新聚集在桌上的剔红漆匣子上："你觉得这次我雕的莲花花瓣怎么样？有没有达到裴三老爷要求的线条明快，转角清楚？"

197

郁远笑道："不管有没有，你都去眯一会儿，等新买的漆到了，我再来叫你——这次我们郁家的铺子能不能像裴三老爷说的那样赚大钱，就全看你了，你可不能关键的时候给我倒下。"然后又苦口婆心地道："你就算是不为了自己，也要为了铺子里的这些师兄弟着想啊！"

夏平贵犹豫了半晌，有小徒弟"噔噔噔"地跑了进来。

"师父，师父。"他也没有仔细看看屋里的人就是一通乱喊，"少东家呢？少奶奶生了个小少爷，大太太让少东家快点回去！"

"啊？！"不仅是郁远和夏平贵，作坊里的人全都抬起头来望着郁远。

有反应快的小徒弟已站起来嚷着"恭喜少东家"了。

其他人也跟着回过神来，纷纷向郁远道贺。

郁远的眼睛都眯成了一道缝，也顾不得和夏平贵讨论剔红漆匣子的事了，拔腿就往外跑，一面跑，还一面高声道："平贵，这里就交给你了。我先回家去看看，等会儿就回来。你也不妨先睡个觉。"

还没有等夏平贵回答，他已经跑得不见了踪影。

回到家里，王氏怀里抱着个襁褓，正喜出望外地和陈氏说着话，"要不怎么说得找个身体好的呢？你看你侄儿媳妇，昨天晚上发动的，今天一早就生了。孩子七斤八两不说，坐起来就能吃东西了，我们家的这个心肝宝贝张开眼睛就有吃的了。我准备的米汤都没有用上。"

陈氏稀罕地扒着襁褓看，嘴里应道："谁说不是。像我当年就不行，我们家阿棠生出来也跟着受了罪。侄儿媳妇能吃就好，我已经跟城西的屠户说好了，明天一早我再去拿两副猪脚过来。"

说话的内容让郁远脸红得能滴出血来，他却还得硬着头皮上前去给两位长辈问好。

王氏有了长孙，万事都好。冲着儿子点了点头，道："快去看看你媳妇。她可给我们家立了大功了。你以后要待她好点才是。"

郁远连声应"好"，看了看周围，发现除了他母亲和陈氏，就是给孩子请的乳娘和两个相氏身边的人，不由道："阿棠呢？通知她了没有？"

"通知了，通知了。"陈氏连连道，"和去给你报信的人是前后脚走的，算算时间，她也应该知道了。"

郁远笑着说了声"那就好"，小心翼翼地接过母亲手中的襁褓看了几眼，觉得这孩子红彤彤的，皱巴巴的，像个猴儿似的，就把孩子重新放到了母亲的怀里，道了声"我去看看孩子他姆妈"，就急匆匆进了内室。

王氏看着直摇头，笑着对陈氏道："你可看清楚了，这是有了媳妇就忘了娘。"

陈氏抿了嘴笑，道："阿嫂还不是一样。从前郁远回来的时候您多关心他啊，问吃了喝了没有不说，还会倒杯茶给他，再看您刚才，别说是茶水了，就是眼神都没有多给他一个，一直都望着您这大孙子了。您也就是睡竹席的笑睡地上的了，谁也不比谁好。"

王氏被打趣了也不恼，哈哈大笑，继续和陈氏说着自己的大孙子，至于郁远怎么安排他自己的妻子，王氏问都懒得问了。

郁棠到了下午才赶回来。又带了一车的东西。除了裴老安人送的，还有裴宴送的。

因为此时郁博和郁文也得了信，一家人围着孩子坐着，笑眯眯地看着孩子，说着话，也没谁注意到这车东西有一张礼单是裴老安人的，有一张是裴宴的。

东西被拿出来先给王氏挑了一遍，送给相氏补身体，然后车夫才把东西送到了郁棠家里。

郁远却是在家里已经待了大半天了，要赶着回铺子里去，只来得及问郁棠："你这么快就回来了，佛香的事怎么样了？"

郁棠笑道："没事，裴三老爷派人去看了，比我们靠谱多了。"

郁远拍了拍郁棠的肩膀，示意自己知道了，就急匆匆地出了门。

郁棠抢着抱了会儿孩子，随后去内室和相氏说了会儿话，等她出来的时候，几位长辈正在商量给孩子过"洗三礼"的事。

这样忙了几天，孩子做完了"洗三礼"，郁远的匣子也做好了，他邀了郁棠一起去裴府。

郁棠见他胡子邋遢的，自打她小侄儿出生的那天回来看了一眼就一直待在铺子里，她不禁道："有必要这么急吗？"

"怎么能不急？！"郁远满脸疲倦，可却是满眼的神采，"我现在做父亲了，就更要赚钱了，要不然连孩子读书都供不起。这次能不能借了裴三老爷的东风，就全看这回做的匣子了。"

郁棠觉得要是换做自己，肯定受不了。

她道："你也太怠慢我阿嫂了。"

谁知道郁远却得意地道："这也是你阿嫂的意思，她和我一条心，都盼着能做出裴三老爷说的那种匣子。"

郁棠抚额，思忖着难怪老一辈的人都告诉小一辈的，别人家的家务事别掺和，可见是很有道理的。

她拿了郁远带过来的匣子看，有图案的雕的正是裴宴画的莲花和梅花图，没有图案的是素面。有图案的都正如裴宴所说的，虽然雕的只是花卉，却轮廓分明，带着几分剔红漆器特有的繁华之美；素面匣子都光亮如镜，透着几分古朴大气。

郁棠惊道："这，这就算成了吗？"

"不知道！"郁远状似谦逊，实则骄傲地道，"要给裴三老爷看过才知道。"

"我觉得能成！"郁棠实际上觉得那几个素面匣子应该可以更亮，莲花和梅花图有些小小的细微之处还是让人看着不太舒服，但她看着大堂兄这样辛苦，又不好意思打击他，"那我们就先去裴家给三老爷看看，之后你也可以回到家里好好地睡一觉了。"

这次郁远没有反驳。

兄妹两个人捧着匣子，坐上轿子，往裴府去。